LE VISAGE DU DÉMON

ŒUVRES DE JACK VANCE
CHEZ POCKET

Collection « Science-fiction »

LA GESTE DES PRINCES-DÉMONS

1. LE PRINCE DES ÉTOILES
2. LA MACHINE À TUER
3. LE PALAIS DE L'AMOUR
4. LE VISAGE DU DÉMON
5. LE LIVRE DES RÊVES

CHRONIQUES DE DURDANE

1. L'HOMME SANS VISAGE
2. LES PALADINS DE LA LIBERTÉ
3. ASUTRA !

LYONESSE

1. LE JARDIN DE SULDRUN
2. LA PERLE VERTE
3. MADOUC

LES CHRONIQUES DE CADWAL

1. LA STATION D'ARAMINTA
2. ARAMINTA 2
3. BONNE VIEILLE TERRE
4. THROY

LES AVENTURIERS DE LA PLANÈTE GÉANTE

1. LA PLANÈTE GÉANTE
2. LES BALADINS DE LA PLANÈTE GÉANTE

LES MAÎTRES DES DRAGONS
LES MONDES DE MAGNUS RIDOLPH
UN TOUR EN THAÉRY
EMPHYRIO
SPACE OPERA
LES CINQ RUBANS D'OR
UN MONDE D'AZUR
LES MAISONS D'ISZM
LES DOMAINES DE KORYPHON
LA VIE ÉTERNELLE
CRIMES ET ENCHANTEMENTS
DOCTEUR BIZARRE
CHÂTEAUX EN ESPACE
PAPILLON DE LUNE (Le Grand Temple de la S.-F.)

Collection « Noir »

CHARMANTS VOISINS
LILY STREET
UNE MÉCHANTE FILLE
UN PLAT QUI SE MANGE FROID

Collection « Terreur »

MÉCHANT GARÇON

SCIENCE-FICTION

Collection dirigée par Jacques Goimard

JACK VANCE

LA GESTE
DES PRINCES DÉMONS

****

LE VISAGE DU DÉMON

POCKET

Titre original :
THE FACE

Traduit de l'américain
par Jean-Pierre Pugi

ISBN 2.266.04193.2

PREMIÈRE PARTIE

ALOYSIUS

CHAPITRE PREMIER

Extrait du *Manuel Populaire des Planètes :* 330ᵉ édition, 1525 :

> *ALOYSIUS, Véga VI*
> *Constantes planétaires :*
> *Diamètre : 11.744 kilomètres*
> *Jour sidéral : 19,836218 heures*
> *Masse : 0,86331 standard*
> *Etc.*

« Aloysius, comme ses planètes sœurs Boniface et Cuthbert, fait partie des premiers mondes colonisés par la Terre, et le voyageur qui recherche des traces du passé y trouvera maintes choses pouvant le combler.

Contrairement à la croyance populaire, les premiers colons ne furent pas des fanatiques religieux mais des membres de l'Association pour un Univers Naturel, qui abordèrent avec circonspection ce nouvel environnement et n'érigèrent aucune construction qui ne fût pas en harmonie avec le paysage.

L'A.U.N. a disparu depuis longtemps mais son influence est toujours présente et, presque partout, l'on notera du respect pour les coutumes et les structures de la société autochtone.

L'axe d'Aloysius est incliné selon un angle de 31,7 degrés de son plan orbital. Le climat, qui connaît des variations saisonnières d'une importante sévérité, est cependant légèrement adouci par une atmosphère dense et humide. Des sept continents, la Terre de Marcy est le plus vaste, avec New Wexford comme cité principale. Le plus petit des continents est la Terre de Gavin, sur laquelle se trouve la ville de Pontefract.

On peut noter ici qu'à l'époque sacerdotale chaque continent représentait le diocèse d'un cardinal et portait son nom : Terre du cardinal Marcy, Terre du cardinal Bodart, Terre du cardinal Dimpey, etc. Ces appellations sont tombées en désuétude et ne sont plus que rarement utilisées.

Grâce à une politique de faible imposition et de dispositions favorables, tant Pontefract que New Wexford ont longtemps été des centres financiers importants dont l'influence s'étendait sur tout l'Œcumène. Nombreuses sont les maisons d'édition qui ont également établi en ces lieux leur siège social, y compris le prestigieux magazine Cosmopolis.

Religions, sectes, croyances, mouvements, contre mouvements, orthodoxies, hérésies, inquisitions : telle est l'essence de la prime histoire végane, surtout sur Aloysius, qui doit son nom au saint patron de l'ordre Aloysien. Les Ambrosiens, qui précédèrent les Aloysiens, fondèrent la cité de Rath Eileann sur les rives du lac Feamish, au centre de la Terre de Llinliffet. Les conflits entre ces congrégations religieuses au demeurant fraternelles ont donné matière à une chronique fascinante.

La flore et la faune indigènes n'ont rien de particulièrement remarquable. Grâce aux efforts intensifs des premiers colons, arbres et arbustes terriens sont extrêmement répandus, les conifères ayant plus particulièrement trouvé un environnement hospitalier. Quant aux mers, elles ont été peuplées d'un choix de poissons terrestres.

Jehan Addels, méticuleux comme toujours, arriva avec dix minutes d'avance au lieu de rendez-vous. Avant de descendre de son véhicule, il inspecta avec soin les environs. Le paysage était impressionnant mais apparemment dénué de menace, et Addels ne trouva rien qui éveillât son inquiétude. Sur la droite se dressait l'*Auberge de Phruster*, aux poutres noircies par des siècles de pluie et de vent, et au-delà, les Crags de Dunveary qui entassaient pics sur contreforts pour disparaître finalement dans les hautes brumes. Sur la gauche, le Belvédère de Phruster faisait face à un territoire de plusieurs milliers de kilomètres carrés en forme de cercle presque complet, à l'aspect changeant selon les caprices du temps.

Addels descendit du véhicule, jeta un seul coup d'œil sceptique vers les pentes majestueuses du Dunveary, et se rendit à la plate-forme de l'observatoire. Accoudé au parapet, la tête enfoncée dans les épaules pour échapper au vent, il attendit : homme mince à la peau couleur de parchemin et au grand front dégarni.

C'était presque le milieu de la matinée. Véga, à mi-parcours de son ascension dans le ciel, avait une clarté blafarde à travers la brume. Une douzaine d'autres personnes se tenaient le long du parapet. Addels soumit chacune d'elles à un examen attentif. Leurs vêtements ornés de volants et de houppes dans des tons sourds de rouge, brun et vert foncé, les désignaient comme des ruraux : les citadins ne se paraient que de nuances de brun avec, occasionnellement, un ornement noir. Ce groupe paraissait inoffensif. Addels reporta son attention sur le panorama : le lac Feamish sur la gauche, Rath Eileann au-dessous, la Vallée de Moy noyée dans le brouillard sur la droite...

Il fronça les sourcils et abaissa le regard vers sa montre. L'homme qu'il attendait lui avait donné des instructions précises. Un retard pourrait fort bien signifier que quelque chose de grave s'était passé. Addels eut un reniflement, exprimant à la fois l'envie et le dédain qu'il éprouvait pour une façon de vivre tellement plus mouvementée que la sienne.

Le moment prévu pour leur rendez-vous approchait. Addels remarqua un sentier qui prenait naissance à la limite de Rath Eileann, tout en bas de la colline dont il escaladait le flanc en zigzags pour venir se terminer par une volée de marches creusées dans le roc, non loin de lui. Un homme de taille moyenne, musclé sans que cela paraisse, aux pommettes plutôt aiguës, aux joues plates et aux épais cheveux noirs coupés court, gravissait ce sentier

C'était Kirth Gersen, sur le compte de qui Addels savait peu de choses, hormis que, par quelque méthode mystérieuse et sans nul doute illégale, il était entré en possession d'une vaste fortune [1].

En tant que conseiller juridique de Gersen, Addels recevait un salaire dont l'importance avait de quoi apaiser ses scrupules, quels qu'ils fussent.

Gersen semblait bien connaître les méthodes de la C.C.P.I. [2], et ce fait, aux moments critiques, apportait à Addels une certaine paix d'esprit.

Gersen monta les marches d'un pas rapide, s'arrêta, vit Addels et traversa la plate-forme de l'observatoire. Addels nota avec détachement qu'après une escalade qui aurait fait de lui une épave pantelante, la respiration de Gersen n'était même pas hachée.

Addels effectua un geste de salut majestueux.

« Je suis ravi de vous voir en bonne santé.

– Effectivement, dit Gersen. Votre voyage a été agréable?

– J'étais distrait, j'y ai à peine prêté attention, expliqua Addels d'une voix mesurée et pleine de sous-entendus. Mais vous appréciez certainement votre séjour au *Domus* [3]? »

Gersen acquiesça.

« Je reste assis des heures dans le salon, à respirer l'atmosphère.

– Est-ce pour cette raison que vous séjournez ici, à Rath Eileann?

– Pas tout à fait. C'est justement de cela que je désire vous parler et ici personne ne nous entendra. »

Addels regarda à droite et à gauche.

« Vous redoutez des oreilles indiscrètes au *Domus*?

– Ici, le risque est moins grand. J'ai pris les précautions habituelles. Je suis persuadé que vous en avez fait autant.

1 Voir *La Machine à tuer*. (Presses Pocket nº 5080.)

2. Compagnie de Coordination de Police Intermondiale.

3. Domus, c'est la « maison » en grec et en latin. Et, en italien, le mot « dôme » signifie « église ». Les deux interprétations se conjuguent ici. Le *Domus* est une église transformée en hôtellerie.

– J'ai pris toutes les précautions que j'ai jugées nécessaires.

– En ce cas, nous sommes pratiquement en sécurité. »

L'unique réponse d'Addels fut un petit rire sec. Durant un instant les deux hommes demeurèrent accoudés au parapet. Contemplant la cité grise, le lac, et la vallée brumeuse qui s'étendait au-delà. Gersen dit :

« Le spatioport du pays se trouve à Slayhack, au nord du lac. D'ici une semaine l'*Ettilia Gargantyr* doit s'y poser. Ce vaisseau est enregistré au nom de la Compagnie de Transport Celerus, dont le siège social se trouve à Vire, sur Sadal Suud Quatre. Cet appareil s'appelait autrefois le *Fanutis* [1] et était immatriculé au nom des Services Spatiaux dont le siège se trouve également à Vire. Ces inscriptions sont toutes deux de pure forme. Ce vaisseau appartenait à Lens Larque et lui appartient probablement toujours. »

Addels fit une moue de dégoût.

« Durant une de nos conversations vous avez déjà mentionné ce nom. Ce qui m'a quelque peu embarrassé, je dois l'admettre. C'est un criminel notoire.

– Vous l'avez dit.

– Et vous avez l'intention de traiter des affaires avec lui? C'est fortement déconseillé. On ne peut lui faire confiance.

– Nos activités relèvent de domaines différents. Dès que l'*Ettilia Gargantyr* se sera posé, je veux qu'il soit saisi ou que toute autre action légale comparable soit exercée contre ce vaisseau et son chargement, afin qu'il soit immobilisé sans la moindre possibilité de départ. Je veux que le titre de propriété du vaisseau soit attaqué, afin que son possesseur réel, et non son agent ou son représentant légal, soit contraint de venir ici protéger ses intérêts. »

Addels fronça les sourcils.

« Vous voulez obliger Lens Larque à se rendre à Rath Eileann? Espoir extravagant!

1. Lors du raid de Mount Pleasant, où Gersen avait perdu sa famille et son foyer, le *Fanutis* avait été utilisé comme transporteur d'esclaves.

– Cela vaut la peine d'essayer. Il utilisera naturellement une autre identité.

– Vous imaginez Lens Larque venant se présenter devant un tribunal? Absurde.

– Effectivement. Lens Larque adore les situations absurdes. Il est également avare. Si notre action en justice est jugée recevable, il n'acceptera jamais de perdre son vaisseau par défaut. »

Addels émit un grognement approbateur qui manquait d'enthousiasme.

« Je puis en tout cas vous dire une chose. Le meilleur semblant de légitimité est la légitimité elle-même. Trouver une base pour introduire une action ne devrait pas poser de sérieux problèmes. Les vaisseaux spatiaux traînent dans leur sillage une multitude de petites plaintes. La difficulté réside dans la juridiction compétente. Cet appareil s'est-il déjà posé à Rath Eileann?

– Pas que je sache. Habituellement, il croise dans les Marches d'Argo. »

Addels déclara d'un ton cérémonieux :

« J'accorderai à ce sujet toute mon attention.

– Un point important à ne pas oublier : Lens Larque n'est pas un homme aimable, en dépit de ses tours et fantaisies. Mon nom, est-il utile de le répéter, ne doit pas être employé. Et vous-même seriez sage d'agir avec discrétion. »

Addels fit courir nerveusement ses doigts dans sa maigre chevelure blonde.

« L'idée d'affronter cet homme ne me plaît guère, que ce soit discrètement ou pas.

– Néanmoins, dit Gersen, il faut que ce vaisseau soit immobilisé ici, à Rath Eileann. Utilisez un ordre de saisie, une mise sous séquestre, ou un autre document de ce genre. Le véritable propriétaire doit être contraint de se présenter sous peine de perdre son titre de propriété par défaut.

– Si le vaisseau appartient à une personne morale ou une société à responsabilité limitées, ce résultat est impossible à obtenir, fit remarquer Addels avec humeur. Intenter cette action n'est pas aussi facile que cela. »

Gersen eut un rire sardonique.

« Si c'était facile, je m'en chargerais moi-même.
– Je le sais bien, répliqua Addels d'un ton morose. Laissez-moi un ou deux jours pour étudier la question. »

***

Trois jours plus tard, dans l'appartement de Gersen au *Domus St. Revelras*, un motif musical annonça un appel. Gersen effleura la touche du détecteur; une pluie d'astérisques lui assura que la ligne était libre de toute interférence. Quelques secondes plus tard, le visage aux traits fins d'Addels apparut sur l'écran.

« Je me suis renseigné discrètement, déclara Addels de sa voix la plus didactique. J'ai obtenu confirmation qu'au regard de la justice une action du type que vous envisagez n'est recevable que si un citoyen de la localité a subi un préjudice important, la dette ou le dommage en question ayant, dans le meilleur des cas, été contractée ou causé dans le pays même, et ce à une période récente. Pour l'instant, nous ne répondons à aucune de ces conditions. Nous n'obtiendrons pas la saisie de cet appareil. »

Gersen hocha la tête.

« Je m'en doutais. »

Il attendit patiemment, tandis qu'Addels tiraillait son menton osseux et choisissait ses mots.

« En ce qui concerne l'*Ettilia Gargantyr* lui-même, j'ai cherché dans les archives s'il y avait des recours, dettes et autres litiges. Étant donné que les vaisseaux spatiaux passent continuellement d'un port à l'autre, ils contractent fréquemment de petites dettes ou provoquent des dommages mineurs, pour lesquels nul ne prend la peine d'entamer des poursuites judiciaires.. L'*Ettilia Gargantyr* ne fait pas exception. Voici deux ans, un incident s'est produit à Thrump, sur la planète de David Alexandre. Le capitaine avait organisé un banquet pour un groupe d'affréteurs locaux et employé les stewards et d'autres membres du personnel du vaisseau pour préparer et servir le repas. Plutôt que le mess du *Gargantyr*, il avait préféré utiliser une salle de sport spatial. La Guilde des Cabaretiers de Thrump a estimé que cela contrevenait aux règlements locaux. Elle a porté plainte pour manque à gagner et réclamé des dommages et intérêts. Le vaisseau est reparti avant qu'une assignation ait pu être signifiée et l'action est en conséquence restée en suspens, dans l'attente, peu probable, du retour de l'appareil. »

Addels fit une pause pour réfléchir. Gersen attendit patiemment. Addels apporta quelques corrections délicates à ses pensées, puis poursuivit ses explications :

« La Guilde des Cabaretiers a depuis contracté un emprunt auprès d'une certaine banque Cooney, dont les statuts sont déposés à Thrump, sur cette même planète de David Alexandre. Avec d'autres garanties, elle a remis ses droits de recours contre l'*Ettilia Gargantyr*. Voici environ un mois, la Guilde n'a pu rembourser à échéance et le procès a été transféré au bénéfice de la Banque Cooney. »

La voix d'Addels prit un accent méditatif :

« J'ai souvent pensé que vos affaires pourraient être conduites avec plus de souplesse par l'entremise d'une banque. La Banque Cooney, bien que foncièrement saine, est handicapée par une direction lasse et âgée. Les actions sont en vente à un prix raisonnable et vous pourriez aisément en acquérir le contrôle. Des succursales pourraient alors être installées partout où il deviendrait opportun de le faire : A Rath Eileann, par exemple.

– Et les poursuites pourraient être transférées, si je comprends bien.

– Tout à fait exact.

– Et serait-il possible de demander la saisie du vaisseau afin de le retenir ici, à Rath Eileann?

– J'ai effectué une enquête, en termes de cas hypothétiques. J'ai découvert qu'un tel procès ne relève pas de la juridiction du Podium de la Cité ou du Tribunal des Terres, mais seulement de la Cour de l'Équité Intermondiale, qui siège trois fois par an à l'Estremont, sous la direction d'un Proposeur itinérant. J'ai demandé conseil à un spécialiste en équité intermondiale.. Il estime que l'affaire de la Banque Cooney peut être menée à bien si l'*Ettilia Gargantyr* se pose à Rath Eileann. La présence matérielle du vaisseau en ce lieu attribuerait une juridiction *in rem*. Il est cependant certain qu'aucun magistrat ne délivrera un mandement requérant la présence du propriétaire sur des bases aussi insignifiantes.

– C'est pourtant l'essentiel! Il faut que Lens Larque vienne sur Aloysius

– On m'a averti qu'il est impossible de l'y contraindre, déclara avec suffisance Addels. Je suggère de reporter à présent notre attention sur d'autres sujets.

– Qui est le Proposeur qui siège à la cour?

– Nous ne pouvons le savoir avec certitude. Ces magistrats sont au nombre de cinq et ils se déplacent dans tout le système végan.

– La cour ne siège donc pas actuellement?

– Elle vient de terminer sa session.

– Et la prochaine session ne s'ouvrira pas avant des mois, je présume?

– Exact. Quoi qu'il en soit, le Proposeur rejetterait presque certainement toute demande requérant la présence du propriétaire du *Gargantyr.* »

Gersen hocha pensivement la tête.

« C'est ennuyeux.

– Bon... alors, pour la Banque Cooney? demanda Addels après avoir attendu un moment. En ferai-je l'acquisition?

– Laissez-moi le temps de réfléchir. Je vous rappellerai ce soir.

– C'est entendu. »

CHAPITRE II

Extrait de *La Cité des Brumes*, article paru dans *Cosmopolis*, mai 1520.

Sur une carte, Rath Eileann ressemble à un T déformé. Le long de la barre horizontale, de droite à gauche, se trouvent les Jardins Ffolliot, Bethamy, la Vieille Ville, l'Orangerie derrière laquelle se dresse le Domus, puis l'Estremont sur une île du lac Feamish. La barre verticale du T s'étale vers le nord sur des kilomètres, à travers le quartier de Moynal, puis de Drury, de Wigalville, de Dundivy, de Gara avec son Dulcidrome, et finalement de Slayhack et le Spatioport.

De tous ces quartiers, c'est la Vieille Ville qui exerce le plus grand charme. En dépit de ses brumes continuelles, de ses vapeurs aux senteurs étranges, de ses ruelles tortueuses et de ses immeubles biscornus, ce lieu est loin de manquer d'attraits. La population locale ne porte que des vêtements dans diverses tonalités de brun : sable et gris-brun, en passant par les marrons intermédiaires, le chêne et autres bois jusqu'aux terres d'ombre les plus soutenues. Lorsqu'ils sortent sous la faible clarté végane, leurs costumes, parfois rehaussés par un turban rouge foncé, jaune, ou bleu nuit, créent des effets d'une beauté particulière contre la pierre, le fer forgé et les poutres noires de suie. Le soir, la Vieille Ville scintille des lueurs d'innombrables lanternes suspendues devant le seuil de chaque taverne, en raison d'une ancienne loi. Étant donné que les rues sinueuses et les innombrables petites ruelles n'ont jamais reçu de nom, et ont encore moins connu la présence d'une plaque, l'étranger apprend rapidement à s'orienter à l'aide des lanternes de ces tavernes.

Les moines de l'ordre des Ambrosiens, qui ont été les premiers à s'installer sur les rives du lac Feamish, ont bâti avec un profond mépris pour l'ordre, en accord avec la ferveur fiévreuse de leur foi. L'Ordre des Aloysiens, qui s'est installé quarante ans plus tard (et qui a donné son nom à ce monde) a essayé sans grand enthousiasme de modifier la Vieille Ville. Mais les religieux ont rapidement perdu tout intérêt pour ce projet et, après avoir créé le nouveau quartier de Bethamy, ils ont reporté toute leur énergie sur la construction du Temple de St. Revelras.

Gersen quitta le *Domus* et flâna vers le nord, le long de la promenade centrale de l'Orangerie : un jardin régulier de dix hectares, au nom inadéquat étant donné que parmi les arbres soigneusement taillés on ne trouvait pas le moindre oranger mais seulement des ifs, des tilleuls, et les arbres verre-verts qui sont originaires de la planète.

Après avoir atteint la Grande Esplanade, Gersen obliqua vers l'est et longea la courbe du lac. Il suivit finalement une digue jusqu'à l'Estremont, un bâtiment massif de porphyre gris argenté érigé sur quatre niveaux étagés et surmonté par quatre hautes tours et un dôme central. Une fois arrivé au Tribunal de Justice, Gersen posa un certain nombre de questions puis, plus pensif que jamais, il regagna le *Domus.*

Dans sa chambre, il prit du papier et un style et établit un tableau chronologique précis des événements, qu'il étudia ensuite avec soin. Puis il se tourna vers le communicateur et fit apparaître l'image de Jehan Addels sur l'écran.

« Aujourd'hui, dit Gersen, vous avez esquissé les bases d'une procédure contre l'*Ettilia Gargantyr.*

– Ce n'était qu'une hypothèse, dit Addels. Tout s'effondre dès que nous arrivons à l'Estremont. Le Proposeur itinérant ne rendra jamais une décision qui nous serait favorable.

– Vous êtes bien trop pessimiste, dit Gersen. D'étranges

choses se produisent; on ne peut prévoir le verdict d'une cour de justice. Veuillez faire le nécessaire pour entreprendre l'action dont nous avons parlé. Achetez la Banque Cooney et ouvrez immédiatement une succursale locale. Puis, dès que le *Gargantyr* aura ouvert son écoutille, bombardez-le de toutes les assignations qui vous viendront à l'esprit.

– Entendu.

– N'oubliez pas que nous avons affaire à des gens qui se moquent de la légalité, pour dire le moins. Assurez-vous que le vaisseau est immobilisé. Allez signifier l'assignation en compagnie d'une section de policiers au minimum, et débarquez immédiatement l'équipage. Retirez la barre d'alimentation en énergie, scellez les coursives à l'aide de verrous explosifs, enchaînez la porte de la cale en position ouverte. Ensuite, postez une garde importante, avec au moins six hommes armés de faction en permanence. Je veux être certain que le vaisseau restera à Rath Eileann. »

Addels tenta une plaisanterie morose.

« Je vais emménager dans la cabine du commandant et monter la garde de l'intérieur.

– J'ai d'autres projets pour vous, rétorqua Gersen. Vous n'allez pas vous en tirer si facilement.

– Souvenez-vous que cette affaire est du ressort de la cour de l'Équité Intermondiale. Il n'y aura pas de nouvelle session avant des mois, d'après le rôle.

– Nous voulons laisser au propriétaire le temps de venir, rétorqua Gersen. Veillez à ce que figurent dans notre plainte les termes de préméditation, d'entente délictueuse et de politique délibérée de fraude interstellaire... des accusations que seul le propriétaire est en mesure de réfuter.

– Il se présentera devant le tribunal, il niera tout en bloc. Le Maître-magistrat rejettera l'affaire et vous n'aurez plus qu'à balayer la salle d'audience.

– Mon cher Addels, vous ne comprenez visiblement pas mes intentions... ce qui est, tout compte fait, préférable.

– Exact, dit Addels d'une voix morne. Je ne veux même pas faire la moindre hypothèse. »

***

Un mois plus tard Gersen rencontra à nouveau Addels au Belvédère de Phruster.

C'était au milieu de l'après-midi. Les brumes au-dessus des Dunveary s'étaient réduites à quelques petits nuages et le paysage révélait sa grandeur sous la froide clarté de Véga.

Comme la fois précédente, Gersen avait gravi le sentier qui montait des jardins Ffolliot, à la bordure ouest de Rath Eileann. Il était appuyé au parapet lorsque Addels arriva posément dans son véhicule.

Addels traversa la route et vint rejoindre Gersen.

« Le *Gargantyr* s'est posé, dit-il d'une voix grave. La saisie a été signifiée. Le capitaine a poussé les hauts cris et a tenté de regagner l'espace. Il a été expulsé du vaisseau et accusé de tentative de fuite, pour échapper à la juridiction de la cour. Il est à présent sous bonne garde. Toutes les précautions ont été prises. Le capitaine a envoyé un message aux armateurs. » Addels avait à présent appris les détails du projet de Gersen et n'avait pas encore recouvré entièrement son assurance. « Il a également engagé un avocat, qui est sans nul doute compétent et qui pourrait fort bien nous mettre tous en très fâcheuse posture. »

Gersen dit :

« Espérons que le grand Maître-magistrat partagera notre point de vue sur cette affaire.

– Un concept amusant, grommela Addels. Espérons que nous trouverons notre séjour dans les Carcères tout aussi distrayant. »

CHAPITRE III

Extrait de *La Vie*. Volume I, par Unspiek, baron Bodissey.

Si les religions sont les maladies de la psyché humaine, ainsi que l'affirme le philosophe Grintholde, les guerres de religion doivent être alors reconnues comme étant les chancres et les plaies qui en résultent et qui infectent le corps collectif de l'espèce humaine. De toutes les guerres, ce sont les plus abominables, étant donné qu'elles n'ont pour but aucun gain tangible et qu'elles sont seulement menées pour imposer une série de croyances arbitraires à d'autres esprits.

Rares sont les conflits de cette espèce qui peuvent égaler les Premières Guerres Véganes par leurs excès grotesques. L'enjeu du conflit, dans sa phase initiale, fut un bloc d'albâtre blanc sacré que les Aloysiens comptaient employer pour ériger le temple de St. Revelras, alors que les Ambrosiens revendiquaient le même bloc pour leur temple de St. Bellaw. La bataille décisive des Marécages de Rudyer est un épisode défiant l'imagination. Le décor : un plateau brumeux des Montagnes de Mournan; le moment : tard en fin d'après-midi, alors que Véga darde des traits de lumière blafarde ici et là, au gré des déplacements des nuages. Sur les plus hautes pentes se trouve une bande d'Ambrosiens hagards dans leurs bures brunes qui battent au vent. Ils tiennent des bâtons noueux taillés dans des ifs corrib. Au-dessous s'est réuni un groupe plus nombreux de la Fraternité Aloysienne : des petits hommes aux jambes courtes, replets et ventrus, chacun d'eux avec le bouc et la tonsure de leur ordre, armés de couteaux de cuisine et d'outils de jardinage.

Frère Whinias lance un cri dans une langue inconnue. Les Ambrosiens s'élancent vers le bas de la pente en poussant des hurlements hystériques, pour tomber sur les Aloysiens tels des forcenés. La bataille se poursuit avec indécision durant une heure, alors qu'aucun des deux camps n'a l'avantage. A la tombée du jour le Cornu Ambrosien, obéissant aux règles inflexibles de son ordre, sonne l'appel à douze notes des vêpres. Les Ambrosiens, selon leur habitude immuable, se placent alors dans les attitudes de recueillement. Les Aloysiens se mettent rapidement à l'œuvre et massacrent toute l'armée d'Ambrosiens bien avant l'heure de leurs propres dévotions, et ainsi se termine la Bataille des Marécages de Rudyer.

Les rares Ambrosiens survivants, en habits séculiers, regagnent discrètement la Vieille Ville, où ils donneront naissance à une communauté avisée de négociants, de brasseurs, de taverniers, d'antiquaires, de prêteurs sur gages, et peut-être de pratiquants d'autres métiers plus clandestins. Quant à l'ordre des Aloysiens, ce même siècle verra sa dissolution et sa ferveur ne subsistera plus que sous la forme d'une tradition curieuse. Le Temple de St. Revelras est devenu le Domus, *la plus grande de toutes les hôtelleries véganes. Quant au Temple de St. Bellaw, ce n'est plus qu'un triste amas de pierres moussues.*

Gersen était assis dans le grand salon du *Domus de St. Revelras*, l'ancienne nef où les cénobites avaient peiné sous le regard de l'Œil Gnostique. Les clients actuels du *Domus* savaient peu de choses sur la gnose, et encore moins au sujet de l'Œil, mais rares étaient ceux qui pouvaient regarder la vaste salle sans éprouver un sentiment de crainte respectueuse.

Les vibrations d'un gong millénaire indiquèrent l'heure de fin d'après-midi. Un grand jeune homme mince au nez mince et aux yeux gris d'une grande limpidité, avec un air d'intelligence désinvolte, entra dans la salle. C'était Maxel Rackrose, le correspondant local de *Cosmopolis*, à présent chargé de seconder « Henry Lucas » – l'identité que Gersen utilisait dans son rôle d'envoyé spécial de ce magazine.

Maxel Rackrose se laissa choir dans un fauteuil, à côté de Gersen.

« Votre homme est à la fois fuyant et sinistre.

– Il a donc toutes les qualités requises pour donner matière à un bon article.

– Sans doute. »

Rackrose présenta une liasse de documents.

« En huit jours de recherches, j'ai découvert peu de choses qui ne soient du domaine public. Ce type a le génie de l'anonymat.

– Aussi bien, dit Gersen, il est assis dans ce salon. C'est moins improbable que vous ne le supposez. »

Rackrose secoua négativement la tête, avec assurance.

« Je viens de passer une semaine à étudier Lens Larque. Je le flairerais à un kilomètre. »

De telles convictions ne devaient pas nécessairement être écartées, pensa Gersen.

« Ce gros homme là-bas, avec le cache-nez, pourrait-il être Lens Larque?

– Certainement pas.

– Êtes-vous catégorique?

– Absolument. Premièrement, cet homme répand un parfum de patchouli et d'hispanolia, ce qui n'a rien à voir avec l'odeur pestilentielle que dégage, paraît-il, Lens Larque. Deuxièmement, sa description ne correspond à celle de Larque que parce qu'il est gros, chauve, et affreusement mal habillé. Troisièmement... » Rackrose émit un rire amusé. « Il se trouve que je connais cet homme : il se nomme Dett Mullian et fabrique de vieilles lanternes de taverne pour les touristes. »

Gersen eut un sourire sardonique et commanda du thé à un serveur proche, avant de reporter son attention sur les documents que Rackrose lui avait apportés.

Il en connaissait déjà une partie, comme par exemple un extrait du *Massacre de Mount Pleasant*, par Dauday Wans, publié dans *Cosmopolis* :

Lorsque les Princes Démons se retrouvaient pour confirmer leur unité, leurs fortes personnalités se heurtaient souvent avec violence. Howard Alan Treesong servait avec désinvolture de médiateur. Attel Malagate restait aussi inébranlable qu'un roc. Viole Falushe avait des points de vue motivés par des lubies malveillantes. Kokor Hekkus, s'il était imprévisible et novateur, ne charmait personne. L'arrogance de Lens Larque faisait naître un fort antagonisme. Seul Howard Alan Treesong restait d'humeur égale. Le surprenant est que cette entreprise ait pu réussir. C'est un hommage qu'il faut rendre au professionnalisme de ce groupe.

L'article suivant, intitulé *Lens Larque le Flagellateur*, était dû à Eramus Heupter. Juste sous le titre et la signature apparaissait le croquis d'un homme presque nu, à la taille impressionnante et à la musculature souple et luisante. Sa tête était petite et rasée, étroite au crâne, plus large aux mâchoires. Ses lourds sourcils se rejoignaient au-dessus d'un long nez tombant. Le visage reproduit sur cette image exprimait une euphorie stupide et salace. L'homme ne portait que des sandales et un court pantalon ajusté sur de lourdes fesses désagréablement charnues, et dans sa main droite il arborait un fouet possédant un manche court et trois longues lanières.

Rackrose eut un petit rire.

« Si c'était notre homme, je pense que nous le reconnaîtrions, même ici dans le *Domus.* »

Gersen haussa les épaules et lut le texte :

On dit que Lens Larque est amoureux de son fouet; il le considère comme un ami fidèle et un instrument pratique pour châtier ses ennemis. Il l'emploie souvent à ces fins, car il estime la flagellation préférable à toute autre méthode. A Sadabra, il possède une vaste demeure avec une pièce semi-circulaire dans laquelle il s'assied pour prendre ses repas : des platées de hork et de pummigum [1]

1. Pummigum : pudding de farine jaune, de viande, de tamaris, d'ogave, de scivit et autres fruits, servi selon mille variantes dans tout l'univers humain par les restaurateurs qui ont une clientèle de spationautes.

qu'il fait glisser à l'aide de chopes de vin doux. Il garde à son côté un fouet à manche court dont la lanière a trois mètres soixante-quinze. Le manche d'ivoire est gravé du nom de ce fouet : Panak. L'origine de ce nom n'a jamais été tirée au clair, pour autant que le sache l'auteur de cet article. Ce fouet est terminé par une bande de cuir fourchu de dix centimètres de long : le « scorpion ». Le long du mur, sur le pourtour de la salle, se tiennent les ennemis de Lens Larque, enchaînés à des anneaux et nus comme des vers. Sur les fesses de chacun d'eux est collée une cible en forme de cœur de sept centimètres de diamètre. Afin d'animer son repas, Lens Larque tente de faire sauter les cibles à l'aide de son fouet, et on dit que son adresse est grande.

Au-dessous, en caractères différents, apparaissait une note :

L'article reproduit ci-dessus est paru dans la Revue Galactique *et n'est sans doute rien de plus que le fruit d'une imagination exaltée, surtout en ce qui concerne l'illustration. Tout désigne Lens Larque comme un homme corpulent, mais il est difficile d'accorder une quelconque crédibilité au géant rieur dessiné ci-dessus.*

Il est intéressant de noter que l'auteur, Erasmus Heupter, a disparu sitôt après la publication de l'article en question et qu'il n'a jamais reparu depuis. Un de ses amis a reçu une courte lettre :

Cher Gloebe,

Je fais tout mon possible pour découvrir la signification du mot : PANAK. J'ai déjà trouvé plusieurs indices mais ce travail n'est pas sans réserver de petites surprises.

Il fait beau mais je me languis de rentrer chez moi.

En toute sincérité,

Erasmus.

Gersen émit un petit grognement.

« Cela donne quelque peu la chair de poule, n'est-ce pas? dit Rackrose.

– Oui, en effet. Désirez-vous toujours m'assister? »

Rackrose fit la grimace.
« Ne mentionnez pas mon nom, je vous en prie.
– Comme il vous plaira. »
Gersen examina l'article suivant : une feuille dactylographiée, apparemment dû à Rackrose lui-même :

Le nom de Lens Larque est sans nul doute un pseudonyme. Les criminels ont tendance à faire usage de noms d'emprunt et de surnoms. Il est possible de suivre un nom authentique jusqu'à son lieu d'origine, où l'on découvre des photographies et des liens intimes, ce qui brise le secret et la sécurité. Lorsqu'un criminel remporte du succès dans ses entreprises illicites, il éprouve souvent le désir de regagner son pays natal afin de jouer le rôle d'un personnage important devant ceux qui l'ont méprisé par le passé. Il peut à présent traiter de haut la jolie fille qui l'a autrefois repoussé pour un mari conventionnel, surtout si elle a perdu de son charme et vit dans des conditions difficiles. Tout cela n'est réalisable que s'il est impossible de l'identifier en tant que criminel notoire. C'est pour ces raisons qu'il éprouve le besoin d'utiliser un nom d'emprunt différent du sien pour commettre ses méfaits.

Ces concepts, une fois mis en évidence, semblent couler de source. Ils nous incitent à nous poser la question suivante : quelle est l'origine des noms d'emprunt? Ils en ont deux. Nous trouvons tout d'abord ceux choisis au hasard, dans l'intention d'être passe-partout, puis ceux qui ont une signification symbolique. On rencontre plus fréquemment cette deuxième catégorie chez les criminels possédant de l'envergure et de l'originalité, ce dont Lens Larque est un parfait exemple. En conséquence, je suppose que « Lens Larque » est un pseudonyme d'une signification symbolique.

Je me suis rendu au S.U.C.T. [1] *local et j'ai demandé une étude de tous les langages et dialectes de l'Œcumène et de l'Au-delà, dans le passé et le présent, pour trouver les homonymes du nom « Lens Larque ».*

Veuillez trouvez ci-joint les résultats de ces recherches.

1. Service Universel de Consultations Techniques.

Gersen examina une feuille bordée d'orange, sortie de l'imprimante du S.U.C.T.

LENS LARQUE – Homonymes et définitions.

1. *Lencilorqua : village de 657 habitants sur le continent Vasselona, Reis, sixième planète de Gamma Eridani.*
2. *Lanslarke : prédateur ailé de Dar Sai, troisième planète de Cora, Argo Navis 961.*
3. *Arc de Laenzle : lieu géométrique d'un point selon le septième théorème de la dynamique triskoïde, d'après la définition donnée par le mathématicien Palo Laenzle (907-1070).*
4. *Linslurk : excroissance moussue originaire des marais de Sharman Hyaspis, cinquième planète de l'Étoile Fritz, Ceti 1620.*
5. *Linsil Orq : lac des plaines Bienheureuses, Verlaren, seconde planète de Komred, Epsilon Sagittae.*
6. *Lensle Erg : un désert...*

La liste se poursuivait avec vingt-deux noms, de plus en plus éloignés du modèle.

Gersen revint à l'analyse de Rackrose :

J'ai estimé que, compte tenu de l'hypothèse de départ, le second nom semblait représenter la possibilité la plus plausible.

Grâce au S.U.C.T. j'ai obtenu tous les renseignements disponibles au sujet du lanslarke. Il s'agit d'une créature qui possède deux paires d'ailes, une tête en forme de flèche, et une queue cinglante. Elle atteint une longueur de trois mètres, queue exceptée. Elle survole les déserts Darsh à l'aube et au crépuscule, s'abattant sur des ruminants et, occasionnellement sur un homme solitaire. Ce prédateur est rusé, rapide et féroce, mais on ne le voit plus que rarement de nos jours, bien qu'en tant que fétiche des membres du Clan Bugold il ait le privilège de pouvoir voler librement au-dessus de leurs terres.

C'est tout sur le lanslarke, et je passe au document n° 8 ci-joint. C'est l'unique récit d'une rencontre avec Lens Larque, alors qu'il en était au début de sa carrière. Le narrateur ne mentionne jamais son nom mais semble être mandaté par une entreprise industrielle. Le lieu où se déroule cette rencontre est également laissé dans l'ombre, la discrétion est de rigueur.

Gersen se reporta au document n° 8.

Extrait de *Souvenirs d'un commissionnaire péripatéticien* par Sudo Nonimus, tel qu'il a été publié dans *Thrust*, revue commerciale de l'industrie métallurgique. (Le nom de l'auteur, tel qu'il est présenté, est de toute évidence un pseudonyme.)

Nous nous rencontrâmes (Lens Larque et moi) dans un restaurant à une centaine de mètres du village. Cette bâtisse était un excercice d'austérité et de lourdeur, comme si une entité monstrueuse avait avec insouciance empilé de gros blocs de béton les uns sur les autres, presque au hasard, pour créer un groupe d'enclos irréguliers. Sous la violente clarté du soleil, ces blocs blanchis à la chaux m'éblouissaient. Mais, à l'intérieur, les espaces étaient frais et obscurs, et dès que j'eus surmonté ma peur qu'un bloc pût basculer sur moi, j'estimai l'effet obtenu étrange et digne d'attention.

Après m'être renseigné auprès d'un jeune serveur apathique, je fus dirigé vers une table d'angle. Là, Lens Larque était assis devant un grand plat de viande et de légumes. De la nourriture s'élevait un fumet d'épices amères, fort et agressant les narines. Cependant, un commissionnaire ne doit avoir aucun haut-le-cœur, aussi ai-je pris un siège en face du sien et l'ai-je observé pendant qu'il mangeait.

Durant un long moment, il m'a ignoré, comme si je n'étais qu'une autre des vesses-flottantes qui dérivaient paresseusement dans la salle. J'en ai profité pour le jauger selon mes propres critères. Je voyais un homme grand, massif au point d'être corpulent, qui portait un ample vêtement blanc dont le capuchon était rabattu sur son visage. Je pouvais voir son teint, un riche roux-bronze, comme la robe d'un cheval bai. Je distinguais également une partie de ses traits qui étaient à la fois larges et étrangement resserrés, voire compressés. Ses yeux, lors-

qu'il daigna finalement m'accorder un regard, brûlaient d'une flamme jaune dont l'intensité aurait pu m'intimider si je n'avais déjà rencontré maints regards semblables dans l'exercice habituel de mes fonctions, et qui le plus souvent étaient dus à un espoir de lucre. Pas en cette occasion!

Tout en terminant son repas, l'homme se mit à parler, en phrases choisies comme au hasard et n'ayant aucune signification plausible. Était-ce une nouvelle méthode de marchandage? Espérait-il embrouiller mes pensées dans un écheveau de perplexité? Il ne savait pas à qui il avait affaire; comme à l'accoutumée, je n'avais nulle intention de me laisser manœuvrer ou leurrer, et encore moins berner. Je prêtai attention à chacun des mots qu'il prononçait prenant bien soin de ne rien approuver ou désapprouver de crainte que de tels signes pussent être considérés comme des bases de tractations. Ma patience sembla avoir un effet contraire sur cet homme étrange. Sa voix devint stridente et dure, et ses mains battaient l'air comme des fléaux.

Je parvins finalement à interposer calmement une suggestion dans son flot de paroles.

« A propos de notre affaire, puis-je vous demander votre nom? »

La question le surprit. D'une voix menaçante, il me demanda :

« Mettriez-vous ma loyauté en doute?

– Aucunement! » m'empressai-je de répliquer, étant donné que l'homme était manifestement brutal.

J'avais eu affaire à maintes personnes de cette espèce, durant ma carrière, mais jamais à quelqu'un d'aussi hargneux que cet individu.

« Je suis un homme d'affaires, ajoutai-je sur un ton affable. Je désire simplement m'assurer de l'identité de la personne avec laquelle je négocie. C'est l'habitude en matière de transactions commerciales.

– Oui, oui, marmonna-t-il. Évidemment. »

Je poussai mon avantage.

« Des hommes bien nés qui entament des négociations se conforment aux usages, et la moindre des politesses veut que nous nous adressions l'un à l'autre par nos noms. »

L'homme hocha pensivement la tête et émit un rot des plus remarquables, chargé de la senteur des épices qu'il avait ingérées. Étant donné qu'il ne semblait pas y prêter la moindre attention, je décidai de faire de même.

« Oui, oui, évidemment, répéta-t-il avant d'ajouter : Eh bien, c'est sans grande importance. Vous pouvez m'appeler Lens Larque. »

Il se pencha alors vers moi et me lorgna d'un œil à la fois malicieux et méchant à travers les replis de son capuchon.

« Ce nom me convient à merveille, ne trouvez-vous pas [1]*?*

– Nous ne nous connaissons pas depuis suffisamment longtemps pour que je puisse prétendre avoir une opinion sur ce point. Maintenant, passons à nos affaires. Quelle est votre offre?

– Quatre tonnes de duodécimates [2] *noirs, SG 22 de premier choix. »*

Nous n'eûmes aucune difficulté à parvenir à un accord. Il m'annonça son prix. C'était à prendre ou à laisser. Je résolus de lui prouver que d'autres que lui pouvaient agir avec dignité et décision, sans viles flatteries, marchandages ou feinte colère. J'acceptai immédiatement son offre, sous réserve d'obtenir la preuve de la qualité du produit. Mon exigence piqua au vif sa vanité, mais je parvins à apaiser son irritation. Il entendit finalement raison et devint d'une jovialité inquiétante. Le serveur apporta deux grandes chopes d'une mauvaise bière au goût de moisi. Lens Larque lampa sa part en trois gorgées et, en raison de la situation, je fus contraint de l'imiter tout en remerciant avec ferveur, bien que silencieusement, l'estomac d'acier et la contenance sans égale dont

1. Le mot *lark* peut se traduire par *alouette* (d'où l'allusion à l'oiseau prédateur dans la liste de Rackrose), mais aussi par *farce* Lens Larque est un prince-démon porté à jouer des tours.

2. Duodécimates . éléments stables transuraniques de nombre atomique 120 et au-delà Le duodécimate noir est un sable non raffiné composé de divers sulfites, oxydes et autres composants simples similaires, avec une densité spécifique stipulée dans ce cas à « SG 22 ».

m'avaient doté de nombreuses années d'activité en tant que commissionnaire itinérant.

Gersen remit les documents dans leur dossier.

« Du très bon travail. Lens Larque prend de la substance. C'est un grand homme corpulent avec un nez et un menton forts, qui ont peut-être à présent été modifiés chirurgicalement. Sa peau, à cette occasion tout au moins, était brun rouge. Il peut naturellement employer un fond de teint aussi facilement que tout un chacun. Enfin, il est peut-être originaire du monde de Dar Sai, tant en raison de son nom que de la référence faite au duodécimate, qui est extrait sur cette planète. »

Rackrose se redressa sur son siège.

« Connaissez-vous Wigalville?

– Absolument pas.

– C'est un quartier sordide et sinistre où l'on trouve une douzaine, ou plus, d'enclaves d'autres mondes. Absolument pas à la mode naturellement, mais si vous aimez les odeurs étranges et la musique bizarre, Wigalville est le lieu idéal où aller flâner. Il y a une petite colonie de Darsh et ils ont un restaurant dans la rue Pilkamp. L'établissement s'appelle la *Taude de Tintle.* J'ai souvent remarqué son enseigne sur laquelle est écrit : « Provendes fines de Darsh. »

– Voilà qui est intéressant, déclara Gersen. Si Lens Larque est un Darsh et s'il passe dans les parages, nous pouvons nous attendre à ce qu'il s'y rende. »

Maxel Rackrose jeta un regard par-dessus son épaule.

« Je commence à trouver un air menaçant même à Dett Mullian. Qu'est-ce qui vous fait supposer que Lens Larque se trouve à proximité?

– Je n'ai aucune certitude. Cependant, il peut arriver à tout instant.

– Les probabilités mathématiques, au moins, viennent étayer votre thèse.

– Exactement. Nous devrions devenir nous-mêmes des habitués de la *Taude de Tintle*, simplement dans cette éventualité. »

Rackrose fit la grimace.

« Des senteurs étranges s'élèvent de cet endroit. Je me

demande si j'ai le cœur suffisamment accroché pour m'y rendre. »

Gersen se leva.

– Nous essayerons les “ provendes fines darsh ” pour notre dîner. Peut-être deviendrons-nous de fidèles clients de la maison. »

Rackrose se leva à son tour, sans enthousiasme.

« Nous ferions mieux de nous changer, grommela-t-il. Vêtus pour le *Domus*, nous nous ferions plutôt remarquer à la *Taude de Tintle*. Je me déguiserai en couvreur et je vous retrouverai sur place dans une heure. »

Gersen abaissa le regard sur ses propres vêtements : un élégant costume ample de couleur bleue, une chemise blanche au col flottant, une large ceinture d'étoffe cramoisie.

« J'ai l'impression d'être déjà déguisé. Je vais changer d'habits et y aller en tant que moi-même.

– Dans une heure. Rue Pilkamp, en plein centre de Wigalville. Nous nous retrouverons dans la rue. Si vous prenez l'omnibus, descendez au passage Noonan. »

***

Gersen sortit du *Domus* et se dirigea vers le nord, le long de la promenade de l'Orangerie plongée dans la pénombre. Il portait une blouse sombre, un pantalon gris serré aux chevilles et des bottines souples : le costume traditionnel des spationautes.

Arrivé sur l'esplanade, il monta sur une plate-forme d'arrêt de bus et attendit. Le lac reflétait les derniers scintillements des couleurs du soleil couchant : rouille, vert pomme, orange soutenu. Comme Gersen les observait, ils disparurent et le lac se para d'un miroitement couleur de l'acier à canon, illuminé par quelques faibles lueurs le long de la rive opposée... un omnibus ouvert approchait. Gersen y entra, s'assit, et laissa tomber une pièce dans la fente afin de ne pas être éjecté au prochain arrêt.

A la courbe du lac, l'Esplanade devenait la rue Pilkamp. L'omnibus glissa vers le nord à travers Moynal et Drury, sous une chaîne sans fin de lampadaires à la lumière bleutée.

Le véhicule pénétra dans Wigalville. A la station la plus proche du passage Noonan, Gersen en descendit.

La nuit était tombée sur Wigalville. Dans le dos de Gersen des contreforts de roche noire s'accroupissaient dans le lac. De l'autre côté de la rue Pilkamp s'élevaient d'étroits immeubles qui formaient des dessins invraisemblables et bancals contre le ciel. Derrière certaines des étroites et hautes fenêtres l'on pouvait voir de la lumière, les autres étaient obscures.

En diagonale, de l'autre côté de la rue, pendait une enseigne illuminée :

TAUDE DE TINTLE

Provendes fines de Darsh
Chatowsies
Pourrian
Ahagaree

Gersen traversa la rue. Maxel Rackrose sortit des ombres du passage Noonan. Il portait un pantalon de velours côtelé marron, une chemise à carreaux marron et noirs, une veste noire ornée de blasons clinquants, une casquette souple également noire à visière de métal.

Gersen lut l'enseigne.

« Chatowsies. Pourrian. Ahagaree. Ressentez-vous de l'appétit?

– Pas vraiment. Je suis un mangeur délicat. Je goûterai une bouchée par-ci par-là. »

Gersen, qui avait souvent avalé tout rond une nourriture sur laquelle il n'osait pas réfléchir, se contenta de rire.

« Un journaliste digne de ce nom ignore le mot « délicat ».

– Il faut savoir parfois tracer une limite. Elle est peut-être ici, à la *Taude de Tintle.* »

Ils poussèrent la porte et pénétrèrent dans une salle. Devant eux un escalier menait aux étages supérieurs; sur le côté, une voûte donnait sur une pièce carrelée de blanc où régnait une puissante odeur de moisi. Une douzaine d'hommes buvaient de la bière devant un comptoir où servait une vieille femme en robe noire, à la peau orange foncé et aux cheveux raides aussi noirs que sa moustache. Des affiches annonçaient des spectacles et des danses, à Rath Eileann et ailleurs. Sur l'une d'elles était écrit :

La Grande Troupe Rincus
Assistez à une centaine d'exploits merveilleux!
Allez voir les galopiots danser et jouer pendant
que les fouets sifflent et gémissent!

Suissedi
Salle Fuglass

Sur une autre :

Ned Ticket « FOUETTARD »
et
ses galopiots vivants!
Qu'ils bondissent! qu'ils font des cabrioles!

Ned Fouettard chante ses chants de cuir luisant
et réprimande sa troupe pour ses erreurs
ou un zèle insuffisant, peut-être
avec un petit coup de fouet!

« Pourquoi restez-vous plantés là comme deux poissons crevés? cria la femme derrière le bar. Vous venez pour boire ou manger?

– Soyez patiente, répondit Gersen. Nous réfléchissons à notre décision. »

Cette réponse irrita la femme dont la voix devint rauque.

« Vous me dites d'être patiente? Toute la nuit je sers de la bière à des crapules : ce n'est pas assez de patience? Venez ici, à reculons. Je vais vous fourrer quelque part où vous ne vous attendez pas ce robinet, ouvert à fond, ensuite nous verrons qui a besoin de patience!

– Nous avons décidé de manger, dit Gersen. Comment sont les chatowsies, ce soir?

– Pas pires que d'habitude. Débarrassez le plancher et ne me faites plus perdre mon temps, à moins que vous preniez une bière... Qu'est-ce que c'est? On me ricane au nèz, hein? »

Elle saisit une chope de bière pour la lancer contre Maxel Rackrose qui recula d'un bond avec agilité dans le vestibule, suivi de près par Gersen.

La femme secoua sa crinière noire d'un mouvement dédaigneux, roula sa moustache entre le pouce et l'index, puis se détourna.

« Elle manque de charme, grommela Rackrose. Elle ne m'aura jamais pour habitué.

– La salle à manger peut nous réserver une surprise, rétorqua Gersen.

– Agréable, j'espère. »

Ils se mirent à gravir les marches qui, comme la taverne, dégageaient une senteur déplaisante : un mélange d'étranges huiles de cuisson, de condiments d'autres mondes, et un relent ammoniacal.

Au premier palier, Rackrose fit halte.

« Sincèrement, je trouve tout cela un peu déconcertant. Nous avons vraiment l'intention de dîner ici, croyez-vous?

– Si le cœur vous manque, n'allez pas plus loin. Pour ma part j'ai fréquenté des auberges meilleures et d'autres pires. »

Rackrose marmonna des paroles inintelligibles puis reprit d'un pas lourd l'ascension de l'escalier.

Deux épaisses portes de bois donnaient dans la salle de restaurant. A des tables largement éloignées les unes des autres de petits groupes d'hommes confabulaient comme des conspirateurs. Ils buvaient de la bière ou mangeaient dans des plats posés juste sous leurs visages.

Une femme corpulente s'avança. Gersen ne la trouva pas moins redoutable que celle qui manipulait le robinet de la pompe à bière, bien qu'elle eût peut-être quelques années de moins. Comme celle du dessous, cette femme avait une robe noire informe et ses cheveux pendaient en un enchevêtrement touffu; sa moustache n'était pas tout à fait aussi fournie. Avec des yeux étincelants, elle porta son regard de l'un à l'autre.

« Alors, vous voulez manger?

– Oui, c'est précisément pour cela que nous sommes ici, dit Gersen.

– Asseyez-vous là-bas. »

La femme les suivit à travers la salle. Lorsqu'ils furent assis, elle se pencha en avant avec un air menaçant, mains posées à plat sur la table.

« Q'est-ce que vous voulez?

– Nous ne connaissons la nourriture de Darsh que de réputation, expliqua Gersen. Quelles sont vos spécialités?

– Ah ah! Celles-là, nous nous les réservons. Ici, on ne sert que de la *chichala* [1], et vous devez vous en contenter.

– Et les provendes fines de Darsh vantées sur votre enseigne? Les chatowsies, le pourrian, l'ahagaree?

– Regardez autour de vous. Ces hommes en mangent.

– Je vois.

– C'est ce que vous devez manger, vous aussi.

– Apportez-nous des portions de tous ces plats; nous allons y goûter.

– Comme vous voudrez. »

La femme partit.

Rackrose garda le silence tandis que Gersen parcourait la salle du regard.

« Notre homme ne se trouve pas parmi les personnes présentes », déclara finalement Gersen.

Rackrose jeta un coup d'œil sceptique d'une table à l'autre.

« Vous attendiez-vous vraiment à le découvrir ici?

– Pas avec certitude. Cependant, les coïncidences se produisent. S'il vient à Rath Eileann, c'est ici que nous pouvons espérer le rencontrer. »

Maxel Rackrose examina Gersen avec doute.

« Vous ne me dites pas tout ce que vous savez.

– Cela vous surprend?

– Absolument pas. Mais j'aimerais avoir une idée de ce dans quoi je vais me fourrer.

– Pour ce soir, vous n'avez à redouter que les chatowsies et peut-être également le pourrian. Si nos recherches se poursuivent, il peut y avoir un véritable danger. Lens Larque est un individu redoutable. »

1. Chichala : terme vulgaire; dans ce contexte, ce mot désigne métaphoriquement la nourriture servie aux hommes.

Rackrose regarda la salle avec nervosité.

« Je préférerais ne pas irriter ce type. Il a un tempérament rancunier. Vous vous rappelez Erasmus Heupter? Quelle que soit la signification du mot « panak », je ne tiens pas à la connaître. »

La femme approcha avec un plateau.

« Je vous sers la bière que les hommes boivent généralement avec leur repas. La coutume veut également que les nouveaux venus fournissent un peu de distraction. La boîte-à-ombres se trouve là-bas. Avec une pièce vous ferez apparaître une troupe d'images amusantes. »

Gersen se tourna vers Rackrose.

« Vous êtes expert en ce genre de choses, vous ferez le choix.

– Avec plaisir », répondit Rackrose sans grand enthousiasme.

Il se rendit auprès de la boîte-à-ombres, lut la liste des spectacles proposés, tira une chevillette et laissa tomber une pièce dans la fente. Une voix aiguë cria : « Javil Natkin et ses Fripons Futés! » Accompagnés par une musique assourdissante de bruits de ferraille et de coups sourds, les artistes apparurent en projection : un grand homme maigre vêtu d'un pagne blanc et noir qui tenait un fouet, entouré par une bande de six garçonnets portant uniquement de longs bas rouges.

Natkin chanta des vers de mirliton déplorant les sottises des enfants dont il avait la charge, puis il se lança dans une gigue aux cabrioles excentriques, claquant son fouet de-ci de-là tandis que les garçonnets bondissaient, tournoyaient, et décampaient avec une agilité extraordinaire. Natkins, insatisfait de leurs gambades, claqua son fouet sur leurs fesses rebondies. Les jeunes garçons ainsi stimulés exécutèrent des sauts acrobatiques avec frénésie jusqu'à ce que Natkins fût entouré de gamins culbutant, alors il leva triomphalement les bras et l'image disparut. Les clients, qui avaient accordé toute leur attention au spectacle, marmonnèrent et murmurèrent, puis revinrent à leur repas.

La femme en robe noire sortit de la cuisine, avec des bols et des plats. Elle posa le tout sans douceur sur la table.

« Voilà votre repas. Chatowsies, pourrian, ahagaree. Mangez votre soûl. Ce qui reste retourne dans la marmite.

– Merci, dit Gersen. Au fait, qui est *Tintle*? »

La femme renifla avec mépris.

« Le nom de Tintle est porté sur l'enseigne. Nous faisons le travail; nous empochons l'argent. Tintle garde ses distances.

– Si c'était possible, j'aimerais lui dire deux mots. »

La femme renifla à nouveau.

« Vous n'apprécieriez pas sa conversation. Il est stupide et sans intérêt. Cependant, si ça vous tente quand même, vous le trouverez dans l'arrière-cour en train de compter ses doigts ou de se gratter avec un bâton. »

La femme s'éloigna. Les deux hommes goûtèrent avec méfiance la nourriture. Au bout d'un instant, Rackrose déclara :

« Je n'arrive pas à décider ce qui est le pire. Les chatowsies sont fétides, mais l'ahagaree est épouvantable. Quant au pourrian, il est simplement infect. De plus, la dame semble avoir utilisé la bière pour laver son chien... Hein? Vous mangez encore?

– Vous devez en faire autant. Il nous faut un prétexte pour revenir. Tenez, essayez quelques-uns des remarquables condiments. »

Rackrose leva la main.

« J'en ai pris assez, tout au moins sur les bases de mon salaire actuel.

– Comme vous voudrez. » Gersen avala quelques bouchées supplémentaires, puis il reposa pensivement sa cuiller. « Nous en avons vu suffisamment pour ce soir. »

Il fit un signe à la femme. « Madame, l'addition s'il vous plaît. »

La femme regarda les plats.

« Vous avez mangé comme des ogres. Je vais devoir demander deux, ou mieux, trois U.V.S. à chacun de vous.

– Trois U.V.S. pour quelques bouchées de nourriture? s'écria Rackrose. Ce serait déjà exorbitant au *Domus*!

– Au *Domus* on ne sert que de la bouillasse insipide. Payez votre note ou je m'assois sur votre tête!

– Allons, dit Gersen. Ce n'est pas la bonne méthode à employer pour s'attirer une clientèle régulière. Je pourrais ajouter que nous attendons de rencontrer un certain membre du Clan Bugold.

– Bah! se gaussa la femme. Qu'est-ce que vous voulez que ça me fasse? Un paria Bugold a pillé l'entrepôt Kotzash, et maintenant je vis dans ce pays de vents humides et de chassies figées.

– On m'a raconté une version quelque peu différente, déclara Gersen avec un air d'insouciante omniscience.

– Alors, vous avez entendu dire des sottises! Ce rachepol Bugold et ce scorpion de Panshaw étaient de connivence. C'est eux qui auraient dû avoir les membres rompus et pas ce pauvre Tintle. Maintenant, payez et filez. Cette histoire de Kotzash me rend malade. »

Résigné, Gersen posa six U.V.S. sur la table. Avec un rictus triomphant adressé à Maxel Rackrose, la femme ramassa les pièces.

« Quant au service, deux U.V.S. de plus feront l'affaire. »

Gersen tendit l'argent et Mme Tintle s'éloigna.

Rackrose émit un grognement de dégoût.

« Vous êtes bien trop complaisant. L'avarice de cette femme n'a d'égal que l'atrocité de sa cuisine.

– J'ai par hasard entendu votre dernière remarque, déclara Mme Tintle qui venait de réapparaître derrière son épaule. Quand vous reviendrez, je ferai bouillir mon cache-sexe pour assaisonner vos chatowsies. »

Elle disparut à nouveau. Gersen et Rackrose quittèrent eux aussi la salle.

Une fois dans la rue, ils attendirent un moment. La brume formait un épais manteau sur le lac; au nord et au sud de la rue Pilkamp les lampadaires apparaissaient comme une succession d'auréoles bleu pâle s'estompant dans le lointain.

« Et maintenant? demanda Rackrose. On cherche Tintle?

– Oui, il est par chance à proximité.

– Cette femme vulgaire a parlé d'une arrière-cour, grommela Rackrose. Nous la trouverons de l'autre côté, là-bas, en remontant le passage Noonan. »

Les deux hommes contournèrent la *Taude de Tintle* et gravirent la colline en longeant un mur où apparut bientôt une grille de métal qui ouvrait sur l'arrière-cour en question. Au fond se dressait une rangée de cabanes délabrées, dans l'une desquelles apparaissait une lumière.

A une fenêtre du premier étage de l'auberge quelqu'un produisit un son de gong en frappant une casserole contre le mur, puis fit descendre une marmite dans la cour, au bout d'une longueur de corde.

« Tintle est sur le point de dîner, à ce qu'il paraît », dit Gersen.

La porte de la cabane s'ouvrit, révélant la silhouette d'un homme trapu, aux larges épaules. Il traversa lentement la cour, détacha de la corde la marmite qu'il rapporta à la cabane.

« Tintle! appela Rackrose à travers la grille. Hé, Tintle! Ici, à la grille! »

Tintle s'immobilisa de surprise, puis pivota sur lui-même et courut à grandes enjambées vers sa cabane. La porte se referma derrière lui; la lumière s'éteignit aussitôt.

« Nous n'obtiendrons rien de plus de Tintle, ce soir », déclara Gersen.

Ils regagnèrent la rue Pilkamp, montèrent à bord du premier omnibus, et s'éloignèrent vers le sud et la Vieille Ville de Rath Eileann.

CHAPITRE IV

Extrait des *Princes-Démons*, par Caril Carphen :

Quand l'auteur de cette monographie s'interroge sur les Princes-Démons et leurs exploits prodigieux, il est souvent désorienté par le nombre important d'événements survenus. Afin de remédier à cela il a recours à des généralisations, simplement pour voir chacune d'elles s'effondrer sous le poids des exceptions.

En fait, ces cinq personnages n'ont qu'un point commun : leur mépris absolu de la douleur humaine.

Ainsi, lorsque nous essayons de comparer Lens Larque à ses pairs, nous ne trouvons absolument rien qui puisse correspondre, cet unique trait de caractère excepté. Même l'anonymat et la discrétion que l'on pourrait supposer être un élément commun sont, dans le cas de Lens Larque, distordus en une caricature grossière et téméraire, presque comme s'il cherchait à attirer l'attention du public. Lens Larque semble en effet parfois presque désireux de s'exhiber.

Cependant, lorsque nous faisons la somme de ce que nous savons sur Lens Larque, nous découvrons bien peu de faits précis. Il a été décrit comme étant un homme de grande taille et d'une carrure exceptionnelle qui, par son regard brûlant et ses mouvements brusques donne l'impression d'avoir un tempérament passionné et changeant. Aucune description précise de son visage n'existe. Selon les rumeurs, il serait un maître dans l'art du maniement du fouet et prendrait plaisir à punir ainsi ses ennemis.

L'essai se termine par cette liste :

A nouveau, je succombe au besoin de généraliser et je vais énoncer les propositions suivantes.

On ne peut comparer la magnificence diabolique des Princes-Démons sur un plan quantitatif. Sur une base qualitative, il est possible, en faisant peut-être appel à l'intuition, de les différencier.

1. *Viole Falushe est aussi venimeux qu'une guêpe.*
2. *Malagate Le Monstre est inhumainement insensible.*
3. *Kokor Hekkus aime les plaisanteries macabres.*
4. *Howard Alan Treesong est impénétrable, tortueux, et très certainement dément, si ce concept peut s'appliquer à des êtres tels que ceux-ci.*
5. *Lens Larque est brutal, vindicatif, et étonnamment sensible aux affronts. Comme Kokor Hekkus il n'ignore pas le sadisme, selon des variantes grotesques. L'on trouve occasionnellement une référence à une « puanteur » ou à des « effluves âcres » qui émaneraient de sa personne, mais nul n'a jamais pu découvrir s'il s'agissait d'une aura psychologique ou véritablement d'une mauvaise odeur. Cependant, Lens Larque semble être, sur le plan physique, le plus répugnant des Princes-Démons, à l'exception possible d'Howard Alan Treesong dont nul ne connaît l'aspect.*

Les dernières pluies d'un orage qui avait précédé le lever de l'aube balayaient encore l'extrémité nord du lac Feamish. Des nuages couraient et fuyaient à la débandade au-dessus de Rath Eileann, laissant tomber des dards blafards et aveuglants de la clarté de Véga sur la cité grise. Ainsi, au sein d'une succession d'ombres et de lumière, Gersen et Jehan Addels longeaient l'Esplanade en direction de l'Estremont.

Addels avançait avec une démarche raide et peu enthousiaste, épaules voûtées, le visage buté et attristé. Comme ils approchaient de la digue, il s'immobilisa brusquement.

« Vous savez, c'est de la pure folie.

– Mais pour une juste cause, répondit Gersen. Un jour vous vous féliciterez vous-même. »

Addels reprit sa marche à regret.

« Oui, le jour où je serai libéré des Puits de Crapaudville ».

Gersen ne répondit pas.

Devant la digue, Addels fit halte à nouveau.

« Vous ne devriez pas aller plus loin. Il ne faut pas qu'on nous voie ensemble.

– Très juste. J'attendrai ici. »

Addels s'engagea sur la digue. Les grandes portes de verre et de fer s'ouvrirent devant lui. Il pénétra dans un hall silencieux pavé de marbre et de steltite [1].

Addels monta au quatrième étage et avança avec abattement jusqu'au bureau du greffier. Il s'arrêta dans le corridor, prit une profonde inspiration, redressa les épaules, s'humecta les lèvres, détendit son visage en un masque de sérénité et d'assurance, puis franchit la porte.

Un comptoir de marbre divisait la pièce. Au fond, quatre employés subalternes en robes rouge sombre examinaient des documents. Ils levèrent des regards dépourvus d'expression puis se replongèrent dans leurs tâches.

Addels tapa péremptoirement sur le marbre. Un des employés en fit une grimace attristée, se leva, et s'approcha du comptoir.

« Quelle affaire vous amène?

– Je veux m'entretenir avec le greffier, annonça Addels.

– A quelle heure avez-vous rendez-vous?

– Maintenant! dit sèchement Addels. Annoncez-moi et faites vite! »

L'employé prononça nonchalamment une ou deux paroles dans un micro, puis il guida Addels dans une salle au plafond élevé, illuminée par un globe de cristal aux cent facettes. Des tentures de velours rose pendaient en travers des hautes fenêtres et un bureau semi-circulaire de style Vieil Empire, émaillé blanc ivoire relevé de touches d'or et

1. Steltite : scories précieuses extraites de la surface des étoiles mortes.

de vermillon, occupait le centre d'un tapis bleu pâle. Un homme bien en chair, entre deux âges et à la calvitie avancée, au visage rond empreint de douceur y était confortablement assis. Comme les employés, il portait une robe rouge sombre, ainsi qu'un bonnet blanc carré marqué de l'emblème officiel de la Terre de Llinliffet. Comme Addels s'avançait, il se leva avec courtoisie.

« Conseiller Addels, c'est à la fois mon devoir et mon plaisir que de vous être utile.

– Merci. »

Addels s'assit dans le fauteuil que lui désignait le greffier.

Ce dernier versa du thé dans une fragile tasse de Beleek et la posa près d'Addels.

« C'est très aimable de votre part, déclara Addels qui but une gorgée. Excellent. De l'Or Lutique, si je ne me trompe? avec une pointe d'autre chose qui en rehausse le goût?

– Votre palais est infaillible, répondit le greffier. C'est en effet de l'Or Lutique de la pente nord, avec une once de Dassawary Noir par livre. Je considère que rien n'est préférable à ce mélange, par des fraîches matinées telle que celle-ci. »

Durant quelques minutes ils parlèrent de thé, puis Addels déclara :

« A présent, passons aux choses sérieuses. Je représente la banque Cooney, qui vient d'ouvrir une succursale à Rath Eileann. Comme vous devez le savoir, nous venons d'attaquer en justice la Compagnie de Transport Celerus, de Vire, sur Sadal Suud Quatre; le vaisseau *Ettilia Gargantyn* et quelques personnes. Je me suis entretenu avec l'honorable Duay Pingo qui défend les intérêts de nos adversaires. Il désire que cette affaire soit réglée au plus tôt et je partage son opinion. En fait je parle au nom des deux parties. Nous désirons être inscrits à la date la plus proche, dans le rôle des procès. »

Le greffier, plissant les lèvres et gonflant ses joues, consulta un document qui était posé devant lui.

« Il advient justement que nous pouvons vous proposer une audition relativement proche. Un Maître-magistrat, un certain Dalt, a été désigné pour cette tournée. »

Addels leva ses sourcils blond-roux.
« Est-ce le même Maître-magistrat Waldemar Dalt qui a siégé à la Cour Intermondiale de Myrdal, sur Boniface?
– Le même. Il y a un article très important sur son compte, dans *l'Observateur légal*.
– Tiens, *L'Observateur légal?* Je n'ai encore jamais lu cette publication.
– C'est son premier numéro, publié à New Wexford. Sans doute l'ai-je reçu en raison de ma charge.
– Je dois en trouver un exemplaire, ne serait-ce que pour lire ce qu'on y raconte sur Dalt.
– C'est une lecture instructive. Ils félicitent Dalt pour sa précision, mais ils le dépeignent comme quelqu'un qui tend à tout faire marcher à la baguette.
– C'est conforme au souvenir que j'ai de lui. »
Addels prit le magazine et étudia l'article. Une photographie représentait un homme aux traits durs dans le costume noir et blanc de la magistrature, la frange noire frontale de la toque traditionnelle pendant bas sur le front. Les sourcils noirs accentuaient son extrême pâleur. Une bouche serrée et d'étroits yeux luisants suggéraient de l'inflexibilité et, peut-être, de la sévérité.
« Hmm, dit Addels, c'est bien le Maître-magistrat Dalt. Je l'ai vu à l'œuvre. Il est aussi dur qu'il le paraît. »
Il reposa le magazine. Le greffier le ramassa et lut à haute voix :
« Parfois considéré comme trop abstrait et trop rigoureux, le Maître-magistrat Dalt n'est aucunement un théoricien rêveur; il insiste, au contraire, sur le respect de l'étiquette. Ses pairs voient en lui un partisan inflexible de la discipline. »
Avec un faible sourire, Addels demanda :
« Et vous, qu'en pensez-vous? »
Le greffier secoua lugubrement la tête.
« Il a tout du vieux dragon tyrannique.
– Il n'est pas si vieux que ça. En fait, on raconte même qu'il s'efforce de prouver le contraire.
– Oui, oui, j'ai entendu dire la même chose, de diverses sources, murmura le greffier.
– Secouez vos huissiers. Fournissez à votre assesseur les

meilleures pastilles pour la gorge... car le Maître-magistrat Dalt va venir animer votre cour. Il a un regard d'aigle et celui qui bâclera son travail sera écorché jusqu'à l'os. Pour ma part, je préférerais un juge plus aimable. Personne d'autre ne peut donc présider la séance? »

Le greffier secoua la tête d'un air inquiet.

« Vous devrez vous contenter de ce Dalt, et moi également grand merci pour vos conseils, je vais mettre mes huissiers en garde, et le Maître-magistrat Dalt n'aura aucune raison de se plaindre. »

Les deux hommes burent leur thé à petites gorgées, dans un silence pensif.

« Tout compte fait, j'ai peut-être de la chance de l'avoir, déclara finalement Addels. Ce Dalt est inflexible envers les escrocs et il ne se laissera pas arrêter par des points de droit pour rendre justice. C'est cependant une arme à double tranchant. Quand doit avoir lieu notre audience?

– Meessedi prochain, en milieu de matinée. »

***

Meessedi matin, la tempête qui s'abattit sur le lac Freamish envoya maintes vagues crêtées d'écume battre les fondations de l'Estremont. Les hautes fenêtres de la salle d'audience ne laissaient entrer qu'une lumière grise et humide, et les trois chandeliers qui symbolisaient les trois planètes véganes brillaient à pleine puissance. Le greffier était assis à son bureau en robe écarlate et noire immaculée, coiffé d'un bonnet noir à bourrelet. Deux huissiers se tenaient debout près de la porte, bien droits, vigilants, attentifs à la réputation d'irascibilité qui accompagnait le Maître-magistrat Dalt. Sur la droite était assis le conseiller Duay Pingo, avec ses clients. Sur la gauche se trouvait le conseiller Jehan Addels en compagnie des représentants de la banque Cooney. Une demi-douzaine de spectateurs étaient également présents, pour des raisons connues d'eux-mêmes. Le silence régnait dans la salle. Seul le lointain murmure des vagues qui allaient se briser contre la pierre venait le troubler.

Un carillon sonna la mi-matinée. Le Maître-magistrat

Dalt sortit de l'arrière-salle, personnage de taille moyenne, sec physiquement, arborant l'uniforme d'apparat de la Haute Cour. La frange de sa toque ombrageait son front et cachait ses oreilles sous des rabats noirs. Sans regarder ni à droite ni à gauche, il monta à son siège puis parcourut la salle d'un coup d'œil. Sa pâleur crayeuse et ses traits tendus et autoritaires lui donnaient un air d'austère élégance.

Au fil des siècles, le rituel du système judiciaire végan avait été simplifié, mais il était toujours célèbre pour ses correspondances symboliques. Le Grand Maître-magistrat ne se rendait plus jusqu'à son siège dans une chaise à porteur soutenue par quatre vierges aveugles, mais le siège lui-même – la « Balance » – était toujours posé sur un pivot en forme de coin, bien que les Maîtres-magistrats les plus progressistes eussent réclamé des entretoises stabilisatrices afin d'immobiliser, de modérer les oscillations de l'Aiguille de la Justice [1]...

Le Maître-magistrat Dalt avait commandé des stabilisateurs pour la balance, afin de maintenir l'aiguille immobile au point central.

L'assesseur apparut sur un balcon, derrière le siège du juge.

« Qu'on se le dise maintenant; oyez! La séance de cette cour sacrée, sous la présidence de son Honneur le Grand Maître-magistrat Waldemar Dalt, est ouverte! »

Il lança dans les airs trois plumes blanches, pour symboliser la libération de trois colombes. Les bras haut levés, il proclama : « Que les ailes de la vérité voyagent loin à l'intérieur de ces Terres! La cour de l'Équité Internationale est à présent en session. »

Il abaissa les bras, recula dans son réduit, et disparut à la vue des personnes présentes.

Le Maître-magistrat Dalt frappa un coup sec de son marteau, puis il jeta un coup d'œil à un mémorandum.

1. Le Maître-magistrat qui se tenait sur la balance avec tant de rigidité que l'aiguille n'indiquait aucun mouvement était appelé « cul raide » dans l'argot malicieux de la cour, alors qu'un magistrat plus agité, sous les déplacements et mouvements duquel l'aiguille se déplaçait constamment, pouvait obtenir le surnom de « vieille culotte tremblante ».

« Je vais procéder à l'audition préliminaire des parties dans l'affaire de la banque Cooney contre la Compagnie de Transport Celerus, le vaisseau *Ettilia Gargantyr*, ses officiers et tous propriétaires légaux. Les parties en litige sont-elles présentes?

– Les plaignants sont prêts, votre Honneur, dit Addels.

– Les défenseurs sont prêts, votre Honneur, dit Duay Pingo. »

Le Maître-magistrat s'adressa à Addels.

« Veuillez avoir l'amabilité de formuler votre plainte.

– Je vous remercie, votre Honneur. Notre action en dommages et intérêts a pour origine les faits suivants. A une date qui, convertie en Temps Standard de l'Étendue Gaéane, devient le jour 212 de l'année 1524, dans la cité de Thrump sur la planète de David Alexandre, le propriétaire du vaisseau *Ettilia Gargantyr* s'est, dans une intention criminelle, entendu avec l'officier qui commandait le vaisseau, un certain Wislea Toom, pour léser la Guilde locale des Cabaretiers d'une rémunération qui lui revenait de droit. Ils ont ensuite mis leur plan infâme à exécution grâce à un procédé simple et abject que... »

Le Maître-magistrat frappa avec son marteau.

« Si le conseiller voulait modérer son indignation et donner à la cour une simple explication des faits, me laissant le soin de décider si des termes tels que « infâme » et « abject » s'y appliquent, nous pourrons poursuivre beaucoup plus vite l'étude de cette affaire.

– Je vous remercie, votre Honneur. Nul doute que j'ai brûlé les étapes dans ma présentation complète des faits, mais nous plaidons pour réclamer une sanction autant que la réparation des dommages subis, sur la base d'une intention de nuire et d'une fraude préméditées.

– Très bien, continuez. Mais souvenez-vous que je ne suis pas sensible aux présentations des faits subjectives.

– Je vous remercie, votre Honneur. Le vol a donc eu lieu ainsi que je l'ai déclaré, et les parties lésées ont entrepris une action sur le plan local. Cependant, l'*Ettilia Gargantyr* a pris la fuite et, avec lui, tout représentant de la Compagnie de Transport Celerus.

« En temps voulu, l'affaire a été transférée à la banque Cooney.

« L'arrivée de *L'Ettilia Gargantyr* à Rath Eileann a attribué *in rem* la juridiction à cette cour et, conformément à notre ordre de saisie, nous avons préparé une nouvelle action judiciaire. L'*Ettilia Gargantyr* est maintenant immobilisé au spatioport de Slayhack. Nous réclamons pour les dommages subis la somme de douze mille huit cent vingt-cinq U.V.S. Nous déclarons que le propriétaire du vaisseau, par l'entremise de la Compagnie de Transport Celerus, à l'existence apparemment fictive, a conclu, avec préméditation et un mépris arrogant de la légalité, une entente délictueuse avec le capitaine Wislea Toom au détriment des cédants du plaignant. Nous estimons qu'une pareille conduite n'est que trop fréquente et qu'elle mérite une punition exemplaire. Voici sur quoi nous fondons notre demande dommages et intérêts.

– Vous avez employé le terme de « propriétaire » de l'*Ettilia Gargantyr.* J'ai horreur des circonlocutions. Veuillez préciser de qui il s'agit, je vous prie.

– Je suis désolé, votre Honneur, mais j'ignore son nom.

– Très bien. » Le marteau s'abattit à nouveau. « Conseiller Pingo, avez-vous une déclaration à faire?

– Simplement ceci, votre Honneur. Ce procès est monstrueux et absurde. C'est l'exploitation malveillante de ce qui est, au pire, une négligence insignifiante. Nous ne nions pas qu'à un moment donné une plainte a effectivement, été déposée contre ce vaisseau. Mais nous réfutons catégoriquement toute compétence à la banque Cooney pour poursuivre cette action en justice et nous considérons que les accusations d'intentions criminelles et d'entente délictueuse sont irrecevables.

– Vous aurez l'opportunité de le démontrer grâce au témoignage du principal intéressé. » Le Maître-magistrat parcourut du regard les clients de Duay Pingo. « Le propriétaire légal de ce vaisseau est-il présent?

– Non, votre Honneur.

– En ce cas, comment comptez-vous réfuter ces accusations?

– En prouvant leur totale absurdité, votre Honneur.

– Aha, Conseiller! Vous insultez mon intelligence. J'ai eu l'occasion de constater, tout au long de ma carrière, que des douzaines de choses apparemment absurdes étaient en réalité des faits irréfutables. Je vous ferai remarquer que les accusations sont précises. Elles invoquent la préméditation, la fraude et l'entente délictueuse, et cela ne peut être réfuté par la rhétorique ou les faux-fuyants. Vous faites perdre du temps à la cour. Combien de temps vous faut-il pour faire comparaître les véritables accusés? »

Pingo ne put que hausser les épaules. « Je vous prie de m'accorder un instant, votre Honneur. »

Il alla consulter ses clients qui tinrent un conciliabule hésitant. Puis Pingo revint s'adresser au Maître-magistrat Dalt.

« Votre Honneur, je tiens à faire remarquer que mes clients subissent un grave préjudice en raison du coût d'entretien du vaisseau, des salaires de l'équipage, des assurances, de la location du poste d'amarrage et autres frais. Pouvons-nous verser une caution comme garantie du paiement d'un règlement équitable si, effectivement, vous deviez rendre un jugement qui nous serait défavorable, et permettre ainsi au vaisseau de poursuivre sa route? Ce n'est que justice. »

Dalt fixa durement Duay Pingo.

« Vous vous érigez, dans mon tribunal, arbitre et défenseur de la justice?

– Certainement pas, votre Honneur! Simple façon de parler. Une phrase malheureuse, dont je vous prie de bien vouloir m'excuser! »

Le Maître-magistrat Dalt sembla réfléchir. Jehan Addels leva son bras comme pour se gratter la tête et murmura, caché par sa manche :

« Demandez la valeur totale du vaisseau et du chargement. Personne, dans cette ville, ou partout ailleurs, ne voudra se porter garant d'une telle somme.

– Je tranche en faveur de la requête des défenseurs, à condition qu'il versent une caution égale à la valeur du vaisseau et de son chargement, ce qui représenterait l'indemnité maximale pouvant être allouée au plaignants. »

Duay Pingo fit la grimace.

« Mais c'est impossible, votre Honneur.

– Alors, produisez vos témoins et poursuivons cette affaire convenablement! Vous ne pouvez pas avoir tout à la fois! A quoi sert une bonne défense sans faits ou témoignages pertinents? Présentez une défense digne de ce nom, sinon vous perdrez par défaut.

– Je vous remercie, votre Honneur. Je vais consulter immédiatement mes clients. Puis-je requérir un bref ajournement du procès?

– Bien entendu. Pour combien de temps?

– Je ne puis le préciser pour l'instant. J'en notifierai le greffier du tribunal, si cela sied à mon estimé confrère ainsi qu'à votre Honneur.

– Cela me convient, déclara Jehan Addels, dès l'instant où l'ajournement du procès ne doit pas se poursuivre au-delà d'un laps de temps raisonnable.

– Très bien, il en sera ainsi. Soyons précis, Conseiller Pingo. Je requiers le témoignage personnel du principal intéressé. Il s'agit de la personne qui possédait le vaisseau au moment de l'infraction invoquée, avec les preuves de ses qualités de propriétaire. Je n'accepterai pas les dépositions, les mandataires ou les agents. Dès l'instant où cela est bien compris, j'accorde un ajournement de deux semaines. S'il vous faut plus de temps, veuillez vous adresser au greffier de la cour.

– Je vous remercie, votre Honneur.

– La séance est levée. »

Son Honneur le Grand Maître-magistrat s'éloigna à grands pas vers ses appartements. Le greffier épongea son visage à l'aide d'un mouchoir bleu et murmura à un huissier :

« Avez-vous déjà vu pareil dragon?

– Il est mauvais, c'est sûr, aussi susceptible qu'un nabot affligé de furoncles. Je suis content de ne pas me trouver dans le box des accusés.

– Bah! murmura le greffier. Éructez une seule fois dans cette salle d'audience et il donnera l'ordre de faire frire votre gésier. Je suis en sueur d'avoir simplement retenu ma respiration. »

***

Ce même soir, Gersen reçut un appel de Jehan Addels.

« Par miracle, nous sommes toujours en liberté, fit remarquer Addels.

– C'est une sensation agréable, rétorqua Gersen. Jouissez-en tant que c'est encore possible.

– Tout est si précaire! Supposez qu'un journaliste diligent consulte les Archives Judiciaires? Supposez que le greffier bavarde avec quelqu'un de Boniface? Supposez qu'il place d'autres affaires dans le rôle? »

Gersen sourit.

« Le Maître-magistrat Dalt rendra sans nul doute la justice.

– Le Maître-magistrat Dalt aura plutôt intérêt à prétexter une indisposition, déclara Addels. Ne l'oublions pas. Tous les hommes de loi ne sont pas stupides!

– Inutile de s'inquiéter à l'avance. Pingo envoie des messages dans toute la galaxie. Il va y avoir un sacré remue-ménage, quelque part.

– Tout à fait exact! Bien... et maintenant?

– Attendons de voir qui va se présenter à la reprise du procès. »

CHAPITRE V

Extrait de *Dar Sai et les Darsh*, par Joinville Akers :

Les danses du fouet darsh représentent une forme d'expression artistique hautement structurée. Je suis catégorique et je n'émets aucune réserve, après avoir consacré énormément de temps à étudier la question. Une forme d'art cruelle et peu sympathique, c'est certain. Une forme d'art qui tire son origine d'un grand nombre de déviations sexuelles, c'est-à-dire : pédérastie, flagellation, sado-masochisme, voyeurisme, exhibitionnisme, cela est également certain. Il s'agit d'une forme d'expression vers laquelle je n'éprouve aucune attirance personnelle, bien qu'elle exerce parfois une certaine fascination malsaine.

La complexité de la danse du fouet échappe totalement au profane. Durant les exhibitions ordinaires, et contrairement aux apparences, il est très rare que celui qui manie le fouet blesse, ou même fasse réellement souffrir les danseurs. Comme dans d'autres spectacles en apparence horribles, une grande part est de la comédie. Le thème, pour un étranger, semble répétitif et limité et, la plupart du temps, il repose sur une base simple à l'efficacité reconnue : le maître du fouet et sa troupe de jeunes garçons, les « galopiots » facétieux, turbulents ou indisciplinés. Les variations sur ce thème sont cependant compliquées, subtiles, souvent ingénieuses ou amusantes, et toujours bien accueillies par les Darsh de sexe masculin. Les femmes Darsh, quant à elles, assistent avec une indifférence méprisante à ces spectacles dans lesquels elles ne voient qu'un autre aspect de la sottise masculine.

Gersen et Maxel Rackrose descendirent de l'omnibus puis observèrent un long moment la *Taude de Tintle*, de l'autre côté de la rue Pilkamp.

« En plein jour, son aspect n'est pas plus engageant, dit Rackrose. En fait, je note à présent que la peinture est écaillée et que les fenêtres sont de guingois.

– Aucune importance, répondit Gersen. Ce délabrement lui donne un cachet pittoresque qui agrémentera notre déjeuner.

– Aujourd'hui, reprit Rackrose, je n'ai pas la moindre envie de manger. Mais que cela ne vous coupe surtout pas l'appétit.

– Peut-être dans le menu quelque chose vous tentera-t-il?

Ils traversèrent la rue, poussèrent la porte et, sans s'arrêter au comptoir de bière gravirent les marches humides jusqu'à la salle de restaurant.

Seules quelques tables étaient occupées. Mme Tintle se tenait oisivement près du passe-plats donnant sur la cuisine, faisant tourner l'extrémité de sa moustache. Elle leur désigna une table d'un geste nonchalant et vint à petits pas prendre leur commande.

« Vous êtes donc revenus. Je n'aurais jamais cru vous revoir un jour. »

Gersen essaya une galanterie.

« Nous avons été attirés ici autant par votre personnalité haute en couleurs que par votre nourriture.

– Qu'est-ce que vous voulez dire? demanda la femme. Soit vous m'insultez, soit vous insultez la cuisine darsh. Dans un cas comme dans l'autre, vous allez recevoir un pot de lavasse sur la tête.

– Je n'avais pas l'intention de vous offenser, dit Gersen. En fait, je suis venu vous proposer de l'argent, si cette perspective vous intéresse.

– De toutes les races, les Darsh sont les plus avares. Qu'avez-vous à me proposer?

– Un de mes amis doit arriver sous peu de Dar Sai, je le crois tout au moins.

– C'est un Darsh?

– Oui.

– J'ai peine à vous croire. Les hommes Darsh ne se font pas d'amis, seulement des ennemis.

– Disons plutôt que ce Darsh est une connaissance. Une fois à Rath Eileann, il viendra certainement à la *Taude de Tintle*, afin de retrouver une nourriture à laquelle il est accoutumé. Je voudrais que vous m'avertissiez de son arrivée, afin que nous puissions renouer nos relations.

– C'est facile, mais comment le reconnaîtrai-je?

– Contentez-vous de m'informer, ou d'avertir mon ami, chaque fois qu'un nouveau Darsh se présentera ici.

– Eh bien... c'est pas tellement commode. Je ne peux pas faire le tri de tous les *goumbah* [1] qui passent dans la rue et qui décident d'entrer. Ma curiosité ferait naître des commentaires.

– Peut-être que Tintle pourrait être mis à contribution? suggéra Rackrose.

– Tintle? » La femme se racla la gorge avec un son rauque. « Tintle a été souillé et brisé. Il n'a pas le droit de monter ici : tout le monde se boucherait le nez et sortirait de l'établissement. C'est à peine si je tolère sa présence dans la cour.

– Comment cela s'est-il produit? » demanda Gersen.

Mme Tintle parcourut la salle du regard puis, ne trouvant rien d'autre à faire, elle condescendit à répondre.

« On peut mettre tout cela sur le compte d'une triste malchance que Tintle n'a jamais méritée. Il était le fier gardien de l'entrepôt de Kotzash. Mais lorsqu'ils sont venus pour piller et tout voler, Tintle dormait au lieu de monter la garde et il n'a pas poussé l'interrupteur. Tout le duodécimate a été emporté. Puis on a appris qu'Ottile Panshaw, l'administrateur, n'était pas assuré et que c'était une perte sèche. On n'a pas pu retrouver Panshaw et le pays entier s'est retourné contre Tintle. Il a été attaché

1. Goumbah : terme péjoratif employé par les femmes darsh pour se référer aux hommes : une personne à la stupidité futile et vulgaire.

sous les latrines publiques pendant trois jours, et les gens ont pu exprimer l'opinion qu'ils avaient de lui de la façon qui leur convenait le mieux. Tintle ne pouvait plus rester sur Dar Sai, et nous sommes venus nous installer dans ce marais sinistre. Voilà l'histoire.

– Hmmm, dit Gersen. Si Tintle avait été un ami de Lens Larque, les choses auraient pu se passer différemment. »

La femme le scruta avec sévérité et suspicion.

« Pourquoi parlez-vous de Lens Larque?

– C'est un homme célèbre.

– Dites plutôt infâme, c'est lui qui a dévalisé l'entrepôt de la Kotzash, et je vous demande pourquoi il aurait été un ami de Tintle? Notez bien que c'est malgré tout de quoi on l'a accusé.

– Alors, vous connaissez Lens Larque de vue?

– C'est un Bugold et je ne m'intéresse pas à lui.

– Il pourrait être assis dans cette pièce en ce moment même.

– S'il ne faisait rien de répréhensible et payait sa note, qu'est-ce que ça pourrait me faire? » Elle parcourut la salle d'un regard méprisant. « Mais il n'est pas ici aujourd'hui, ça c'est sûr.

– Tout cela est bel et bon dit Gersen, mais revenons à notre accord. Lorsqu'un Darsh se présentera, que ce soit Lens Larque ou un autre, contactez-moi, ou mon ami Maxel Rackrose, qui viendra déjeuner ici chaque jour. Pour chaque Darsh que vous nous signalerez vous toucherez deux U.V.S. Signalez Lens Larque et vous en aurez dix. Et si vous me permettez de retrouver mon ami, vous toucherez vingt U.V.S. »

Mme Tintle fronça ses sourcils noirs, perplexe. « C'est une demande pour le moins bizarre. Pourquoi voulez-vous voir Lens Larque? La plupart des gens donneraient dix U.V.S., ou plus, pour l'éviter.

– Nous sommes des journalistes. J'estime qu'il serait un sujet idéal pour une interview, s'il devait venir ici. Mais inutile d'espérer une pareille chance. »

Mme Tintle haussa les épaules.

« Je n'ai rien à perdre. Bon, qu'est-ce que vous prenez?

– Quelques bouchées d'ahagaree, dit Gersen.
– La même chose pour moi, déclara Rackrose, mais avec moins de soufre et d'iode que d'habitude.
– Les chatowsies ne vous tentent pas?
– Pas aujourd'hui, merci. »

***

Gersen et Rackrose sortirent du restaurant puis le contournèrent. Arrivés derrière le bâtiment ils s'approchèrent du portail. De l'autre côté des barreaux ils virent Tintle accroupi dans la clarté blafarde, devant une des cabanes. Chaque lobe de ses oreilles longs de sept centimètres et demi, se terminait par un ornement de métal qui pendait. Tintle s'amusait à les pousser d'une pichenette puis à les laisser se balancer. Gersen appela : « Tintle! Hé, Tintle! »

L'homme se leva lentement : un petit être trapu à la peau cuivrée et aux traits bosselés. Il fit quelques pas puis s'immobilisa pour regarder en direction de la grille avec suspicion.

« Qu'est-ce que vous me voulez?
– Êtes-vous ce Tintle qui montait la garde aux entrepôts de la Kotzash?
– Je sais rien! beugla Tintle. Je dormais et je suis innocent!
– Mais vous avez été brisé!
– C'était une erreur grossière.
– Et vous avez ensuite projeté de vous venger? »

Tintle cilla.

« J'avais d'autres soucis.
– Nous aimerions entendre votre version des faits. »

Tintle s'approcha lentement de la grille.

« Qui êtes-vous, pour poser de telles questions?
– Des enquêteurs au service de la justice.
– J'en ai eu mon soûl, de la justice. Allez enquêter sur Ottile Panshaw et souillez-le, je serai en tête de la file de ceux qui iront aux latrines. »

Tintle pivota sur lui-même et s'éloigna vers sa cabane.

« Un instant! appela Gersen. Nous n'avons pas encore parlé de ce que vous avez à y gagner. »

Tintle s'immobilisa en hésitant.
« Et qu'est-ce que j'y gagnerais?
– Premièrement : de l'argent destiné à vous dédommager de votre temps perdu. Deuxièmement : la punition des véritables coupables. »
Tintle émit un son qui traduisait de l'amusement et de l'incrédulité.
« Qui a l'intention de punir Lens Larque?
– Tout peut arriver. Pour l'instant, nous désirons seulement entendre les détails de l'affaire. »
Tintle porta son regard de l'un à l'autre.
« Quel est votre statut officiel?
– Ne posez pas des questions trop précises. Les hauts fonctionnaires ne peuvent payer en échange de renseignements. »
Tintle semblait finalement sur le point de se laisser fléchir.
« Combien m'offrez-vous?
– Tout dépend de ce que vous nous direz. Cinq U.V.S., au minimum.
– Ce n'est pas grand-chose, grommela Tintle. Mais je suppose que ça suffira. »
Il releva le regard vers les fenêtres à l'arrière du restaurant.
« Elle est là-haut : un gros rat qui me fixe du fond de son trou. Allons plutôt à la *Taverne de Groary*, de l'autre côté de la rue.
– Comme vous voudrez. »
Tintle ouvrit le portail et sortit dans le passage.
« Elle sera ulcérée de nous voir aller à la taverne et je vais avaler de la lavasse pendant une semaine. Mais partons quand même. Un homme ne doit jamais avoir peur des rugissements de la femme. »

***

Des pilotis noirs émergeant du Lac Feamist soutenaient l'arrière de la *Taverne de Groary*. Les trois hommes s'assirent autour d'une table de bois. Tintle se pencha en avant et Gersen crut déceler une vague odeur nauséabonde. Son imagination? Tintle? Des relents de vase qui remontaient du fond du lac?

« Je crois que vous avez parlé de cinq U.V.S. », dit Tintle.

Gersen posa l'argent sur la table.

« Nous nous intéressons au vol de la Kotzash. Rappelez-vous que si le butin est récupéré vous aurez de bonnes chances d'être vengé et indemnisé. »

Tintle émit un rire dur.

« Vous me prenez pour un idiot? Ici-bas, rien ne se passe de façon aussi agréable. Je vais vous dire ce que je sais et prendre votre argent, un point c'est tout. »

Gersen haussa les épaules.

« Vous étiez donc gardien à l'entrepôt de la Kotzash. Qu'est-ce que la « Kotzash », exactement?

– Ottile Panshaw avait créé une compagnie. Les mineurs apportaient leur duodécimate et le donnaient à Panshaw, qui leur remettait en échange des actions de la Mutuelle Kotzash. Les parts étaient censées être remboursables en U.V.S. à tout moment. Ça se passait comme ça et l'entrepôt de Serjeuz était bourré de duodécimates de première qualité. Comment Lens Larque aurait-il pu ne pas être tenté? Certains racontent qu'Ottile Panshaw l'a averti lorsque l'entrepôt a été bourré à craquer. Quoi qu'il en soit, Lens Larque a posé son grand vaisseau noir dans la cour à la faveur de la nuit. Ses bandits ont envahi l'entrepôt et j'ai eu de la chance de pouvoir filer, car ils m'auraient certainement tué. Mais ce détail n'a pas suffi à apaiser la colère générale. On m'a demandé pourquoi moi, qui étais préposé à la garde, je n'avais pas réussi à protéger l'entrepôt et pourquoi le grand portail avait été laissé ouvert. J'ai expliqué que le responsable était Ottile Panshaw, mais il avait disparu. En conséquence, j'ai été traîné à la Fosse d'Aisance Centrale et rompu.

– Une triste histoire, reconnut Gersen. Cependant, comment êtes-vous certain que Lens Larque était le coupable? »

Tintle secoua la tête avec irritation, ce qui imprima une secousse à ses pendants d'oreilles.

« Je vous en ai assez dit. C'est pas un nom dont on peut discuter longtemps.

– Cependant, le coupable doit être jugé, et vos déclarations peuvent nous aider à parvenir à ce résultat.

– Et lorsque Lens Larque entendra parler de ma verbosité qu'est-ce qui se passera? Je danserai dix fandangos sur la musique de son Panak.

– Votre nom ne sera pas prononcé. »

Gersen posa sur la table un autre billet de cinq U.V.S.

« Dites-nous tout ce que vous savez.

– C'est pas grand-chose. Je fais partie du Clan des Dupp et Lens Larque est un Bugold. Je l'ai bien connu, autrefois. A la *Taude de Naidnaw* on jouait au *hadaul* [1] et tout le monde se liguait contre lui. Mais il avait mis au point une contre-stratégie et c'est mes os qui étaient rompus.

– Quel genre d'homme est-ce? »

Tintle secoua la tête, cherchant ses mots.

– Il est grand. Il a un long nez et des yeux moqueurs. A l'entrepôt Kotzash, il portait un *thabbat* [2] mais je l'ai reconnu à sa voix et à son *fust* [3].

– S'il entrait dans votre bar, est-ce que vous le reconnaîtriez? »

Tintle poussa un grognement mélancolique.

« Je n'ai pas le droit de mettre les pieds dans le bar. Il pourrait entrer et sortir une douzaine de fois, je n'en saurais rien.

– Lorsque vous jouiez au hadaul, quel nom utilisait-il?

– C'était il y a longtemps. Il s'appelait alors simplement Husse Bugold, bien qu'étant déjà un rachepol.

– Avez-vous des photographies de Lens Larque? »

Tintle eut un ricanement.

« Je vous demande pourquoi j'aurais gardé de tels souvenirs? Il est en haut de l'échelle et moi en bas. Il exhale un fust de mériandre, de koruna et d'huile rouge d'ahagaree. Je pue les excréments. »

Gersen poussa l'argent sur la table.

« Si vous voyez Lens Larque, soyez prudent. Ne lui dites

1. Hadaul : Jeu darsh qui combine des éléments divers : accords secrets, double-jeu, ruse, tromperie, et une mêlée générale où tous les coups sont permis.

2. Thabbat : capuchon darsh, généralement de tissu blanc ou bleu.

3. Fust : odeur dégagée par les Darsh de sexe masculin.

pas que vous le connaissez, faites en sorte qu'il ne puisse vous reconnaître. Et contactez immédiatement Maxel Rackrose. »

Il écrivit sur une carte qu'il poussa également de l'autre côté de la table.

Tintle plissa la bouche en une brève grimace inquiète.

« On dirait que vous vous attendez à ce que Lens Larque vienne.

– Nous l'espérons seulement, répondit Gersen. C'est un homme insaisissable. »

Tintle avait commencé à réfléchir.

« Je risque de ne pas le reconnaître, à présent. Le bruit court qu'il a changé son apparence. Avez-vous entendu parler de l'affront que lui ont infligé les Methlen? Il désirait habiter une belle maison, mais le voisin s'y est opposé! Il a déclaré qu'il ne voulait pas voir un affreux visage darsh de l'autre côté du mur de son jardin. Larque a été exaspéré et a aussitôt fait modifier son visage. Qui sait à quoi il ressemble, maintenant?

– Servez-vous de votre intuition. Qu'est devenu Ottile Panshaw?

– Il est parti pour Twanish, sur Methel. Pour autant que je sache, il s'y trouve encore.

– Et au sujet de la Kotzash. Est-ce que cette compagnie est toujours en activité? »

Tintle cracha sur le sol.

« J'ai donné quatre cents onces de bon sable noir, une vraie fortune, et j'ai reçu en échange quarante parts sociales. Je les ai jouées au hadaul et j'en possède maintenant quatre-vingt-douze. »

Il sortit une liasse de feuilles pliées d'un portefeuille graisseux.

« Voilà les actions. Leur valeur : zéro. »

Gersen examina les documents. « Ils sont au porteur. Je vous les rachète. » Il posa dix U.V.S. sur la table.

« Quoi? s'écria Tintle. Pour presque cent parts du capital de la Kotzash? Est-ce que j'ai l'air d'un imbécile? Chaque action représente non seulement dix onces de sable mais aussi d'autres choses : des droits, des options, des concessions... » Il regarda avec malveillance Gersen qui reprenait ses dix U.V.S. « Pas si vite! J'accepte votre offre. »

Gersen fit glisser l'argent sur la table. « Je pense que c'est vous qui faites une affaire, mais c'est sans importance. S'il vous arrive de voir l'homme dont nous venons de parler, avertissez-nous et vous recevrez une récompense. Avez-vous autre chose à m'apprendre?

– Non.

– Si vous me fournissez d'autres informations, je vous les paierai généreusement. »

Tintle se contenta d'émettre un grognement. Il termina sa bière d'un trait et quitta la taverne tandis que Gersen et Maxel Rackrose se reculaient pour échapper au sillage malodorant laissé par son passage.

CHAPITRE VI

Extrait de *La Vie*, volume I, par Unspiek, baron Bodissey :

L'homme qui fait le mal est une source de fascination. Les personnes normales se demandent ce qui peut le pousser à de tels excès. Un désir de richesse? C'est sans nul doute un mobile commun. Une soif de pouvoir? Un besoin de se venger contre la société? Admettons également ces raisons. Mais lorsque la richesse a été obtenue, le pouvoir acquis, et la société contrainte de se soumettre, pourquoi ne s'arrête-t-il pas?

La réponse doit être : l'amour du mal pour lui-même. Cette motivation, incompréhensible à l'homme normal, n'en est pas moins urgente et réelle. Le malfaiteur devient le jouet de ses propres actes. Une fois que le stage transitoire est dépassé, un nouvel ensemble de normes prend naissance. Le malfaiteur perceptif est conscient du mal qu'il fait et connaît parfaitement la signification de ses actes. De façon à apaiser sa conscience, il se retire dans le solipsisme et commet alors le mal par pure hystérie. Pour ses victimes, l'univers semble avoir sombré dans la folie.

A midi, le jour de St. Dulver, Maxel Rackrose se présenta à l'appartement de Gersen, au *Domus*. Il paraissait réservé et il s'adressa à lui avec concision :

« Durant ces deux dernières semaines j'ai contrôlé les arrivées de voyageurs aux ports spatiaux de Slayhack, Nouveau Wexford et Pontefract. Vingt sont originaires du système de Cora, mais trois seulement ont déclaré être des Darsh. Les autres sont des Methlen. Aucun des Darsh ne correspond à la description de Lens Larque, mais trois Methlen pourraient à la rigueur être notre homme. Voici leurs photographies. »

Gersen étudia les visages : aucun n'avait pour lui la moindre signification. Rackrose sortit une autre photographie avec l'expression d'un magicien réussissant un exploit.

« Cet homme est cet Ottile Panshaw qui a oublié de régler l'assurance de la Kotzash. Il est arrivé hier et il se trouve actuellement ici même, au *Domus.* »

Gersen étudia la photographie prise au port spatial. Elle représentait un homme entre deux âges, maigre et fragile avec un petit estomac rebondi, une grosse tête aux yeux éveillés et luisants, un long nez effilé et souple, une bouche délicate qui s'affaissait aux commissures des lèvres. De chaque côté d'un front dégarni pendaient de rares boucles rousses et il avait fait teindre son épiderme en jaune citron. Ottile Panshaw portait d'élégants vêtements brodés : un chapeau carré de velours noir liséré d'écarlate et d'argent; un pantalon gris; une chemise rose pâle avec un col roulé noir; une veste couleur fauve.

« Intéressant! dit Gersen. J'espère pouvoir lui poser une ou deux questions.

– Cela ne devrait pas être bien difficile étant donné qu'il se trouve très près d'ici. Obtenir des réponses honnêtes risque par contre d'être plus délicat, à en juger par son visage. »

Gersen hocha pensivement la tête.

« Il n'a pas les traits d'un homme franc. Et ce ne sont pas non plus ceux d'une personne qui oublie de payer ses primes d'assurance.

– Oui, tout cela est plutôt troublant. Le montant de ces primes était peut-être exorbitant. C'est même fort possible, si près de l'Au-delà.

– Et si près de Lens Larque. Les assureurs ont peut-être tout bonnement refusé de couvrir le risque.

– Oui, c'est encore plus pausible. Et Panshaw a dû prétendre avoir réglé les primes après avoir mis l'argent dans sa poche. »

Gersen examina à nouveau le visage rusé visible sur la photographie.

« Je ne confierais certainement pas mon argent à Ottile Panshaw... Il avait peut-être ses raisons pour faire écrouler les actions de la Kotzash. »

Rackrose se renfrogna.

« Qu'est-ce qui aurait pu l'y inciter?

– Je pense à plusieurs possibilités. Quelqu'un pourrait avoir voulu s'assurer le contrôle de la compagnie.

– Une compagnie en faillite?

– Tintle a parlé d'autres actifs : concessions, options, et diverses choses semblables.

– Je suppose que tout est possible. »

Gersen réfléchit un moment puis se tourna vers le communicateur. Il fit apparaître le visage blême et rusé de Jehan Addels sur l'écran.

« Il faut tenir compte d'un nouvel élément, lui dit Gersen. La Compagnie Mutuelle Kotzash, dont le siège social est à Serjeuz, Dar Sai, dans le système de Cora. Pouvez-vous trouver des renseignements sur son compte à New Wexford? »

Addels fit un de ses rares sourires.

« Vous seriez surpris par le nombre d'informations qu'il est possible d'obtenir.. Si cette Kotzash a effectué des transactions avec n'importe quelle banque de l'Œcumène, même si elles se montent à un seul U.V.S., ce renseignement est disponible.

– Je m'intéresse à l'actif, aux dirigeants, au conseil d'administration, tout ce qui peut sembler avoir de l'intérêt.

– Je découvrirai tout ce qu'il est possible d'apprendre. »

L'écran s'éteignit. Gersen se tourna pour surprendre une expression pensive sur le visage de Rackrose.

« Pour un simple journaliste, vous avez le bras long, fit remarquer ce dernier. »

Gersen avait oublié son rôle d'Henri Lucas, envoyé spécial de *Cosmopolis*.

« Moins que vous ne le croyez. Addels est un vieil ami.

– Je vois... Eh bien, que faisons-nous au sujet de cet Ottile Panshaw?

– Surveillez-le de près. Engagez des professionnels, en cas de besoin [1].

– Un homme tel que Panshaw se rendra certainement compte de l'intérêt que nous lui portons, fit dubitativement remarquer Rackrose.

– Si c'est le cas, il sera intéressant de noter ses réactions.

– Comme vous voudrez. Comment vais-je payer les détectives?

– Tirez un billet à ordre payable par *Cosmopolis.* »

Avec un soupir de désespoir, Rackrose se leva et sortit.

Le visage d'Addels réapparut sur l'écran du communicateur.

« La Kotzash est une drôle de compagnie. Tout le minerai de son entrepôt de Serjeuz a été volé. Il y en avait pour une valeur de vingt millions d'U.V.S. L'administrateur avait négligé de s'assurer et la compagnie s'est effondrée. Ce n'est pas une faillite, comprenez-moi bien : la perte n'a été subie que par les actionnaires. Est-il utile de préciser que les actions ne valent absolument rien?

– Et qui détient ces actions?

– Les statuts de la Kotzash ont été déposés à la banque Chanseth, à Serjeuz. Des copies sont par la suite parvenues au bureau de l'association, ici à Nouveau Wexford. Il y est spécifié que toute personne ayant vingt-cinq pour cent, ou plus, de ces actions, devient automatiquement membre du conseil d'administration, avec un droit de vote proportionnel au nombre de parts qu'il détient. Quatre mille huit cent vingt actions ont été émises. Douze cent cinquante, soit un peu plus de vingt-cinq pour cent, sont enregistrées au nom

1. La loi végane interdisait l'emploi de cellules-espions mobiles et autres appareils de ce type. L'utilisation d'un tel matériel entraînait des sanctions sévères et les détectives devaient avoir recours à des méthodes de surveillance traditionnelles.

d'Ottile Panshaw. Le reste est disséminé dans divers petits portefeuilles anonymes.

– Très étrange.

– Étrange et significatif. Étant donné que Panshaw est l'unique membre du conseil d'administration, il contrôle donc la Kotzash.

– Il a dû racheter les actions lorsque les cours se sont effondrés, dit Gersen. Il ne disposait certainement pas d'une demi-tonne de duodécimates.

– Pas si vite. Panshaw a du style. Pourquoi a-t-il dépensé de l'argent difficilement gagné pour racheter des actions sans valeur?

– Je vous le demande. Je me consume de curiosité.

– La Kotzash maintient, semble-t-il, un bureau sur Methel. L'appel de souscription mentionne des adresses à Serjeuz et Twanish. En conséquence, la Kotzash est une compagnie multiplanétaire qui publie un rapport annuel. Celui de l'année dernière mentionnait à l'actif : des autorisations d'exploitation minière, des concessions et des droits de prospection s'étendant jusqu'à l'astéroïde Granate et la lune Shanitra. La Kotzash possède également cinquante et un pour cent de l'Hector Transit, une compagnie de Twanish. Et qui détient les quarante-neuf pour cent restants? Ottile Panshaw. Il semble, qu'en tant qu'administrateur de la Kotzash, il ait émis douze cent cinquante parts du capital qu'il s'est remises à lui-même en échange de cinquante et un pour cent de l'Hector Transit.

– Et que trouve-t-on sur cette société?

– Absolument rien. Elle n'a jamais lancé un seul appel de souscription.

– Je trouve cela des plus étranges.

– Ce n'est pas étrange. C'est une simple opération d'écritures sans scrupules de se dégager de toute responsabilité.

– Les actions de la Kotzash sont-elles cotées en bourse?

– Le tableau indique une valeur nominale d'un centime l'action et pas la moindre offre tant à l'achat qu'à la vente. En absolu, ce portefeuille est mort.

– Mettez-vous au travail, déclare Gersen. Si des Kotzash apparaissent sur le marché, achetez. »

Addels hocha tristement la tête.

« C'est de l'argent jeté par les fenêtres.

– Ce n'est pas l'avis d'Ottile Panshaw, qui se trouve justement au *Domus*.

– Quoi? C'est incroyable! Voilà qui me rend perplexe.

– Je ne le suis pas moins que vous. Mais reprenez courage, la reprise du procès doit avoir lieu demain. Le Maître-magistrat Dalt n'acceptera aucun faux-fuyant, il réglera cette affaire comme il se doit.

– Si nous échappons à la honte et à l'incarcération. Nous sommes sur une corde raide! Panshaw est malin!

– Si tout se passe bien, Panshaw peut faire ce qui lui plaît, en ce qui me concerne.

– Lorsque vous dites « si tout se passe bien », voulez-vous parler de la venue de Lens Larque à l'Estremont?

– Tout juste. »

Addels secoua énergiquement la tête.

« Je suis au regret de vous le dire, mais vous essayez de capturer une ombre. Dément, sadique, tortionnaire... Lens Larque est sans doute tout cela, mais il n'est pas un imbécile.

– Nous verrons bien. Mais veuillez m'excuser, voici venir l'heure à laquelle le Maître-magistrat Dalt va déjeuner. »

***

Avec une ponctualité irréprochable, le Maître-magistrat Dalt effectua une entrée majestueuse dans le restaurant du *Domus* : un homme qui marchait avec raideur, à la peau blanche, aux boucles noires regroupées autour d'un visage sévère et froid. Ses vêtements étaient d'un style démodé depuis plusieurs décennies. Des têtes se tournèrent pour suivre du regard ce juge implacable qui traversait la salle en direction de sa table.

Il prit un repas frugal composé de salade et de gibier froid, puis demeura assis devant sa tasse de thé, plongé dans une profonde méditation. Un homme maigre de taille moyenne, qui était resté assis de l'autre côté de la salle, s'approcha de lui.

« Maître-magistrat Dalt? Puis-je m'asseoir un instant à votre table? »

Le Maître-magistrat Dalt porta un regard lourd sur l'importun, puis il répondit d'une voix sèche et mesurée :

« Si vous êtes journaliste, sachez que je n'ai aucune déclaration à faire. »

L'homme rit poliment, comme s'il appréciait la petite plaisanterie du magistrat.

« Je me nomme Ottile Panshaw et je ne suis pas journaliste. »

Il s'installa prestement sur le siège qui faisait face à celui du Maître-magistrat.

« Demain, vous allez procéder à l'audition des témoins dans le procès qui oppose la Banque Cooney à l'*Ettilia Gargantyr.* Estimez-vous inconvenant de discuter de cette affaire avec moi? »

Le Maître-magistrat Dalt examina Ottile Panshaw et vit un homme mûr, au physique grêle, qui avait une grosse tête; des traits mouvants, et une expression agréable. Il portait un costume pimpant prune et terre d'ombre.

Panshaw soutint sans ciller le regard pénétrant du Maître-magistrat qui lui posa finalement une brève question.

« Quelle est votre position, dans cette affaire?

– Dans un certain sens, je suis un associé de l'accusé, mais je ne voudrais naturellement pas vous importuner. Ce procès sort de l'ordinaire et certains éléments ne peuvent être présentés officiellement. Cependant, ils devraient vous permettre d'avoir une vision d'ensemble plus exacte sur cette affaire. »

Les paupières du Maître-magistrat Dalt se fermèrent paresseusement et son expression se fit plus distante que jamais.

« Je n'éprouve aucun intérêt pour les explications non officielles.

– Cela va sans dire. Je désire seulement vous faire part

de quelques informations d'ordre général, elles sont en elles-mêmes suffisamment explicites.

– Très bien, parlez.

– Je vous remercie. Tout d'abord, je représente le propriétaire de l'*Ettilia Gargant*; r Ce vaisseau est affrété par la compagnie Hector Transit, une filiale de la Compagnie Mutuelle Kotzash dont je suis le directeur. Tout le problème est dû au fait que le propriétaire véritable du vaisseau est un certain Lens Larque. Ce nom vous est-il familier?

– C'est un criminel notoire.

– Exactement. Il hésite à venir se présenter devant une cour végane et à décliner son identité. Cette idée est vraiment absurde. Je suggère en conséquence que le témoignage de celui qui, en pratique, fait fonction de propriétaire, moi en l'occurrence, soit accepté en lieu et place de celui de Lens Larque. »

Le visage blême du Maître-magistrat fut déformé par une crispation nerveuse.

« Lors de l'audition préliminaire, j'ai stipulé que seul le propriétaire de l'*Ettilia Gargantyr*, au moment de l'infraction alléguée, pouvait apporter un témoignage valable. Je ne vois aucune raison de modifier ma décision. Les antécédents du témoin en question ne doivent pas entrer en ligne de compte ou influencer mon jugement.

– En effet, dit Ottile Panshaw avec un sourire limpide et lugubre. D'après vous, si Lens Larque désirait venir témoigner devant une cour végane, il ne serait pas traité en criminel? »

Le Maître-magistrat Dalt permit à un semblant de sourire d'incurver ses lèvres.

« Exactement. L'audition doit avoir lieu demain. Ce Larque se trouve-t-il à Rath Eileann et pourra-t-il venir témoigner? »

Ottile Panshaw baissa la voix.

« Je présume que notre entretien n'est pas officiel, et qu'il est strictement confidentiel?

– Je ne peux m'engager sur ce point!

– En ce cas, je ne vous dirai rien.

– Votre prudence implique beaucoup de choses. Je dois supposer que cette personne se trouve ici.

– En admettant que ce soit le cas, accepteriez-vous de recevoir son témoignage en privé? »

Le Maître-magistrat se renfrogna.

« Je m'attends à ce que ses déclarations viennent corroborer la version de la défense. S'il a volé, torturé et tué, pourquoi reculerait-il devant un parjure? Peut-il apporter des preuves à ses dires? »

Ottile Panshaw émit un petit rire.

« Vous et moi, en dépit de nos différences, sommes des êtres humains ordinaires. Lens Larque appartient à une catégorie différente. Je ne peux prévoir quel sera son témoignage. J'ignore s'il dispose de preuves, ou non. En fait, lors de l'audition précédente vous avez déclaré que vous désiriez seulement entendre le témoignage du propriétaire du vaisseau. »

Le Maître-magistrat réfléchit.

« L'affaire de la banque Cooney contre l'*Ettilia Gargantyr* sort vraiment de l'ordinaire. Je puis seulement m'efforcer d'être le plus impartial possible, sans tenir compte des antécédents des intéressés. Je me suis toujours efforcé de juger chaque affaire sur son propre fond. En conséquence, en dépit de ma préférence personnelle pour une procédure régulière, j'accepte d'entendre le témoignage de cet homme en privé. Vous n'aurez qu'à venir avec lui à ma suite du *Domus*, dans deux heures. Je ne peux faire plus dans l'intérêt de l'équité et de la justice. »

Ottile Panshaw sourit avec méfiance.

« M'accompagneriez-vous en un lieu de mon choix?

– Certainement pas.

– Vous devez comprendre les craintes de cet homme.

– S'il avait vécu une vie sans reproche, il pourrait marcher d'un pas confiant.

– Oh, son pas est confiant. »

Ottile Panshaw se leva et hésita quelques secondes. Les commisures de ses lèvres s'abaissèrent en une grimace de clown.

« Je vais faire de mon mieux. »

***

L'appartement du Maître-magistrat, le plus beau et le mieux meublé du *Domus*, comprenait un petit salon au mobilier ancien, dans un style connu sous le nom de « *Réquisition Dravane* ». Dans un lourd fauteuil était assis le Maître-magistrat. Il avait choisi de porter sa robe de tribunal afin de mettre en relief l'aspect solennel de la rencontre. Son visage, d'un blanc cadavérique, avec ses joues creuses, ses mâchoires dures et son petit nez droit, était en violent contraste avec les boucles noires touffues de sa perruque de cérémonie. Les mains du Maître-magistrat, fortes et sèches, aux doigts vigoureux et droits, paraissaient incongrues. Elles ressemblaient plus à des mains de travailleur manuel, habituées au toucher des outils ou des armes.

Jehan Addels était assis de l'autre côté de la pièce, dans une attitude anxieuse. Il aurait de toute évidence préféré se trouver ailleurs.

Un carillon tinta. Addels se leva d'un bond et se rendit dans le vestibule. Il pressa une touche et la porte glissa latéralement pour laisser entrer Ottile Panshaw et un grand homme corpulent, vêtu d'un manteau blanc à capuchon. Sous ce capuchon apparaissait un visage plat et lunaire à la peau cuivrée, un nez bosselé, de lourdes lèvres et des yeux noirs.

Le Maître-magistrat Dalt s'adressa à Ottile Panshaw.

« Je vous présente le conseiller du plaignant, l'Honorable Jehan Addels. Étant donné que l'issue du procès se décidera certainement ici même, lors de cette entrevue, j'ai estimé préférable de l'informer de cette réunion. »

Ottile Panshaw hocha rapidement la tête, à la façon d'un oiseau.

« Je comprends, votre Honneur. Permettez-moi de vous présenter le principal intéressé dans cette affaire. Je ne prononcerai pas son nom, étant donné qu'il est inutile d'embarrasser qui que ce soit...

– Au contraire, rétorqua le Maître-magistrat Dalt. Si nous nous trouvons ici c'est justement afin que son identité puisse être authentifiée et que des réponses sans équivoque soient apportées aux questions que nous nous posons. Quel est votre nom, monsieur?

– J'en ai porté un grand nombre. Sous celui de Lens Larque j'ai acquis les titres de propriété de l'*Ettilia Gargantyr*. Pendant que j'en ai été le propriétaire, je n'ai effectué aucun acte à des fins criminelles ou dans un but de vengeance. Je ne suis pas coupable du crime d'entente délictueuse invoqué par la banque Cooney. J'oppose ma parole à ces allégations.

– Je crains que la parole de l'accusé soit insuffisante, dans une affaire de ce genre, rétorqua le Maître-magistrat. Conseiller, veuillez avoir l'amabilité de faire entrer le greffier. »

Jehan Addels ouvrit une porte latérale et fit un geste. Le greffier entra dans la pièce. Il poussait un appareil devant lui.

« Greffier, permettez à cet homme de prouver ses déclarations, lui dit le Maître-magistrat.

– Immédiatement, Sainte Loi. »

Le greffier fit rouler la machine vers l'homme vêtu du manteau blanc.

« Monsieur, cet appareil inoffensif interprète vos réactions. Remarquez ce voyant lumineux : la vérité fait apparaître une lueur verte, le mensonge une lueur rouge. Je vais placer le lecteur contre votre tempe. Permettez-moi de retirer votre capuchon. »

L'homme se recula, irrité, pour murmurer quelques paroles à Ottile Panshaw. Ce dernier répondit par un vague sourire et un haussement d'épaules résigné. Le greffier fit glisser avec prudence le capuchon et plaça une pastille adhésive sur la tempe cuivrée du Darsh.

« Posez vos questions, conseiller Addels, dit le Maître-magistrat Dalt. Mais simplement dans le but de vérifier l'identité de cette personne et de vous assurer de ses motivations durant la période où la Guilde des Cabaretiers a été lésée.

– Puis-je me permettre de faire remarquer, Sainte Loi, que l'interrogatoire serait plus objectif si vous posiez vous-même ces questions? suggéra Ottile Panshaw d'une voix mielleuse.

– Je ne recherche que la vérité. Dès l'instant où le

conseiller Addels la recherche également, aucune objection ne peut être émise. Posez vos questions, conseiller.

– Monsieur, vous avez bien déclaré que votre nom est Lens Larque?

– Oui, c'est le nom qui m'a été donné. »

Le voyant s'éclaira en vert.

« Quel est votre nom actuel?

– Lens Larque.

– Depuis combien de temps êtes-vous connu sous ce nom?

– Sainte Loi, le voyant vert a explicitement confirmé ce fait! cria Ottile Panshaw. Devons-nous encore subir longtemps cet interrogatoire stérile?

– Sainte Loi, j'estime que l'identification peut encore prêter à équivoque.

– Je partage votre point de vue. Poursuivez.

– Très bien. Où êtes-vous né?

– Sur Dar Sai. Je suis un Darsh. »

Un rictus presque stupide élargit la bouche de l'homme.

« Quel nom vous a-t-on donné à votre naissance?

– C'est sans importance. »

La lueur rouge vacilla puis vira au vert.

« Voilà qui est étrange, dit rêveusement le Maître-magistrat, avant de poser lui-même une question : En ce cas, depuis combien de temps êtes-vous connu sous le nom de Lens Larque?

– C'est sans importance. »

Le voyant rouge se mit à briller avec éclat.

« Est-ce que quelqu'un, voici une ou deux semaines, vous a donné ce nom de Lens Larque? »

Les yeux du Darsh lui sortirent de la tête et il balança ses épaules.

« C'est une question insultante. »

Le Maître-magistrat se pencha brusquement en avant.

« Vous ne devriez pas prendre les choses de haut. Soit vous êtes Lens Larque, auquel cas je recueille votre témoignage sur cette affaire, soit vous ne l'êtes pas et vous et Mr. Panshaw avez commis un crime des plus graves.

– Tout cela n'est qu'une farce, grommela le Darsh.

Admettez une fois pour toutes que je suis Lens Larque et posez vos questions. »

Les yeux du Maître-magistrat brillèrent.

« Si vous êtes Lens Larque, répondez à cela : Qui étaient vos associés lors du massacre de Mount Pleasant?

– Bah, j'ai oublié ces détails insignifiants.

– Que vous suggère le nom de « Husse »?

– Je n'ai pas la mémoire des noms.

– C'est possible, mais vous n'êtes pas le véritable Lens Larque. Pour la dernière fois, déclinez l'identité sous laquelle vous avez vécu durant ces vingt dernières années.

– Je suis Lens Larque. »

Le voyant rouge s'illumina.

« Je vous accuse, ainsi qu'Ottile Panshaw, des crimes d'entente délictueuse, de parjure, et de faux témoignage. Greffier, ces hommes sont en état d'arrestation! Conduisez-les en prison et enfermez-les dans des cachots séparés. »

Le greffier enfla ses joues et s'avança avec prudence.

« Considérez-vous tous deux prisonniers de l'Estremont. Ne bougez pas! Halte! Pas un geste! Je représente toute la puissance de la loi végane! »

Les paupières d'Ottile Panshaw se clorent d'inquiétude et de découragement.

« Je fais appel à votre compréhension, votre Honneur! Je vous supplie de tenir compte des circonstances pour le moins particulières qui entourent cette affaire. »

Le Maître-magistrat répondit d'une voix sèche :

« Vous avez porté grand tort à votre cas. Je suis à présent enclin à trancher en faveur du plaignant, à moins que Lens Larque ne se présente immédiatement. Vous pouvez utiliser ce téléphone pour l'appeler. Je suis las de vos stratagèmes. »

Ottile Panshaw fit un petit sourire triste.

« Lens Larque est célèbre pour ses stratagèmes. » Il fit une pause puis ajouta sur un ton presque confiant : « La banque Cooney ne profitera jamais d'un jugement contre Lens Larque, je peux vous l'affirmer.

– Que voulez-vous dire?

– Des vaisseaux peuvent disparaître. De maintes façons. Rappelez-vous que Lens Larque a plus d'un tour dans son sac. Maintenant, acceptez nos excuses sincères et laissez-nous partir.

– Halte! cria le greffier. Vous êtes placés sous ma garde! »

Le Darsh porta son regard vers Ottile Panshaw.

« Tous? »

Panshaw leva légèrement l'épaule, geste qui sembla fournir au Darsh une information précise. Il recula et sortit un étrange appareil : un manche de trente centimètres de long terminé par une petite boule garnie de pointes. Le greffier recula, épouvanté, puis pivota sur lui-même et courut vers la porte. Le Darsh fit pivoter le manche et la boule hérissée de piquants alla se planter dans la nuque du greffier. Ce dernier leva les bras et tomba en avant. Dans le même mouvement rythmique le Darsh se tourna, balança le manche, et la sphère se rua vers le Maître-magistrat Dalt. Jehan Addels poussa un cri outragé et se précipita en avant pour trébucher contre le pied d'Ottile Panshaw. Le Maître-magistrat s'était penché de côté et le projectile se planta dans le mur, derrière lui. Il courut en avant, plié en deux, alors que sa robe noire voltigeait autour de lui et que son visage était encore plus livide que de coutume sous ses boucles noires. Le Darsh fit un pas en arrière et brandit l'arme. Le Maître-magistrat saisit les poignets levés de l'homme, lui donna un coup de pied au genou et projeta son coude sous sa lourde mâchoire cuivrée. Le Darsh s'effondra sur le sol. Par un mouvement de torsion le Maître-magistrat tenta d'arracher l'arme des mains du Darsh qui ne lâcha pas prise et l'attira sur le sol. Ils roulèrent dans la pièce, robes noire et blanche emmêlées telle une mite monstrueuse et bicolore. Ottile Panshaw sautillait d'un côté et de l'autre en tenant un petit pistolet. Il regarda Jehan Addels qui se jeta immédiatement à plat ventre derrière un divan. Panshaw se détourna pour rester ébahi de surprise en voyant le magistrat élégant et apathique briser tout d'abord le poignet du Darsh, puis sa mâchoire, avant de sortir un couteau noir à la lame luisante qu'il planta dans la nuque de son adversaire.

Sans grand enthousiasme, Ottile Panshaw braqua son

arme. Jehan Addels qui l'observait de derrière le divan poussa un cri aigu et lança un vase de bronze. Pendant que le Maître-magistrat se penchait pour ramasser le fouet à boule du Darsh, Ottile Panshaw se rendit calmement jusqu'à la porte, fit une révérence, et s'éloigna avec l'aplomb d'un conjuré ayant réussi un coup d'Etat.

Le Maître-magistrat repoussa de côté le cadavre du Darsh et se releva d'un bond. Jehan Addels émergea de derrière le divan.

« Quelle situation épouvantable ! cria Addels. Si on nous trouve en présence de ces cadavres, nous serons enfermés à perpétuité.

– En ce cas nous allons partir. C'est l'unique chose sensée que nous puissions faire. »

Le Maître-magistrat ôta sa perruque et sa robe noire, puis il abaissa un regard coléreux vers les corps.

« Échec. Mon plan est ruiné. » Il désigna ce qui avait été autrefois le greffier. « Il faudra s'occuper de sa famille. C'est le moins que nous puissions faire pour lui.

– C'est pour moi et ma propre famille que je m'inquiète, pleurnicha Addels. N'y aura-t-il aucune fin à cette violence. Et ces cadavres... nous sommes en danger! Par simple dépit, Panshaw risque de donner l'alarme!

– C'est exact. Il est temps que le Maître-magistrat Dalt disparaisse. Dommage : c'était vraiment un type admirable avec de la sagacité et de la classe. Adieu, Maître-magistrat Dalt!

– Bah! vous auriez dû être acteur, plutôt qu'assassin, ou que tout autre rôle que vous vous attribuez. Devons-nous encore nous attarder ici? Les meilleurs cachots sont à Maudley, les Puits de Crapaudville sont bien pires.

– J'espère n'en connaître aucun, dit Gersen qui jeta sa perruque et sa robe. Filons d'ici. »

Une fois dans son propre appartement, Gersen ôta son maquillage blanc, puis, alors qu'Addels l'observait avec un air désapprobateur, il revêtit son costume habituel. Addels ne put bientôt plus contenir sa curiosité.

« Où allez-vous vous rendre, maintenant? Le soleil se couche, vous ne vous reposez donc jamais? »

Gersen, qui était en train de s'armer, répondit sur un ton de vague excuse :

« Avez-vous entendu ce qu'a insinué Panshaw? Que la banque Cooney ne devrait pas considérer l'*Ettilia Gargantyr* comme une garantie sur laquelle elle peut compter? A quel point Lens Larque est célèbre pour ses tours? Il est de toute évidence très près de nous. Je veux savoir ce qu'il nous a préparé.

– Je n'éprouve pas la même curiosité! Lorsque je pense à ce que je viens de vivre, je suis horrifié! Je suis un expert juridique et financier, je l'admets, mais mon mépris des lois ne va pas plus loin. J'ai besoin de me reposer. Je dois recouvrer mon sens de la réalité. Je vous souhaite une bonne nuit. »

Jehan Addels sortit de la chambre.

Cinq minutes plus tard Gersen l'imita. Le calme du *Domus* ne semblait pas avoir été troublé. Ottile Panshaw n'avait pas dû donner l'alarme.

Devant le *Domus*, Gersen héla une des vénérables voitures de louage de la cité et grimpa dans le dôme du passager.

« Au port spatial de Slayhack », dit-il dans le micro. Le plus vite possible.

« Bien, monsieur! »

La voiture longea l'Esplanade puis suivit la courbe du rivage jusqu'à la rue Pilkamp. Alors qu'ils roulaient, les dernières lueurs du soleil couchant disparurent et le crépuscule miroita sur le lac Feamish. Ils traversèrent Moynal, Drury, puis Wigalville, et Gersen vit devant lui l'enseigne jaune de la *Taude de Tintle.* Derrière les plus hautes fenêtres on pouvait voir des lueurs rouges et jaunes et des ombres mouvantes : on s'amusait, ce soir-là, à la *Taude de Tintle*! De Wigalville à Dundivy, puis Gara et finalement Slayhack, où les projecteurs du port spatial illuminaient le ciel. Gersen se penchait en avant sur son siège, essayant d'augmenter la vitesse de la vieille voiture par la simple force de sa volonté... Un jaillissement de lumière dans le ciel, une explosion frissonnante de clarté jaune et blanche et, quelques secondes plus tard, un puissant grondement. Du taxi, Gersen vit des éclats noirs traverser cette clarté et son imagination leur donna une ressemblance avec des silhouettes humaines.

La luminescence disparut sous un nuage de fumée.

« Que dois-je faire, monsieur? cria le conducteur apeuré.
– Continuez! » répondit Gersen. Un instant plus tard, il ajouta :
« Arrêtez-vous ici! »
Il descendit du taxi et regarda le terrain d'atterrissage. Là où s'était trouvé l'*Ettilia Gargantyr* reposaient quelques débris en fusion. Gersen resta immobile, paralysé par la colère et la consternation. « C'est prévisible! » se dit-il entre ses dents serrées. « Lens Larque joue toujours des sales tours! Il détruit le procès et le vaisseau en même temps, et il touche le montant de l'assurance! Ces primes-là, Ottile Panshaw n'a pas dû oublier de les régler. »
« Je suis devenu complaisant, murmura-t-il. J'ai perdu mon côté impitoyable! »
Il pivota avec dégoût et regagna le taxi.
« Pouvez-vous pénétrer sur le terrain? demanda-t-il au conducteur.
– Non, monsieur, son accès nous est interdit.
– Alors, continuez le long de cette route. »
Le taxi longea l'aire d'atterrissage. Dans la zone illuminée, à côté de l'atelier de réparation, Gersen remarqua un groupes d'hommes hystériques, ou en état de choc.
« Prenez cette piste d'accès, là-bas, vers les entrepôts, ordonna Gersen au chauffeur.
– Je ne peux pas quitter la route.
– Très bien, attendez ici. »
Gersen sauta sur le sol.
De derrière l'atelier jaillit un petit camion qui faisait des embardées de tous côtés. A pleine vitesse, il traversa le terrain en direction de la piste d'accès. Les hommes de l'atelier réagirent immédiatement. Certains se mirent à courir derrière lui, d'autres sautèrent à bord de véhicules et entamèrent la poursuite. Le camion gagna la piste d'accès et bondit à pleine vitesse vers la route. Comme il passait sous un projecteur, Gersen put voir le visage du conducteur : large, cuivré et lourd, avec des yeux fixes, celui de Tintle. Il était un piètre conducteur et le véhicule quitta la route pour tomber dans le caniveau. Le camion sauta, rebondit puis bascula de côté et se renversa. Tintle

fut projeté dans les airs. Il s'étala sur le sol, en partie sur le dos, en partie sur le côté, et resta un instant inerte. Puis, avec difficulté, il parvint à se relever. Il jeta alors des regards apeurés par-dessus son épaule et se mit à courir en boitant en direction de la route. Ses poursuivants le rattrapèrent sous un des lampadaires et, dans le cercle de clarté bleutée, ils le rouèrent de coups à l'aide de leurs poings et de leurs outils. Tintle tituba d'avant en arrière et tomba sur le sol. Les hommes lui donnèrent des coups de pied et sautèrent sur sa tête et son corps jusqu'au moment où il fut ensanglanté, brisé, et décédé.

Gersen arriva sur les lieux et s'adressa à un jeune homme qui portait une combinaison de mécanicien.

« Qu'est-ce qui se passe, ici? »

Le jeune homme lui retourna un regard à la fois craintif et agressif.

« Vous voyez pas le désastre? Cette carcasse, là-bas? Ce type à fait exploser le vaisseau ainsi qu'une douzaine de nos camarades! Gonflé comme pas deux, il a conduit son camion sous le sas de chargement et a déposé une grande caisse. C'était du frack, voilà ce que c'était! Puis il a filé et une minute plus tard l'explosion nous a tous envoyés rouler par terre, derrière les ateliers. Il y avait quatre gardes à bord, et six hommes de l'équipe de jour qui rentraient chez eux. Il ont tous été pulvérisés. »

En raison de son indignation et de l'importance de l'événement, l'agressivité du jeune mécanicien s'amplifiait.

« Mais qui êtes-vous pour me demander pourquoi nous avons réglé son compte à ce salaud? »

Sans prendre la peine de répondre, Gersen se détourna. Il revint vers le taxi dont le conducteur attendait nerveusement au sein de l'obscurité.

« Où allons-nous maintenant, monsieur? »

Gersen se tourna pour jeter un dernier coup d'œil au terrain où, sous la clarté des projecteurs, les ouvriers faisaient de grands gestes et piétinaient le sol, autour du cadavre de Tintle.

« On rentre », dit Gersen.

Le taxi s'éloigna de Slayhack, prit vers le sud le long de la rue Pilkamp, dans Gara et Dundivy. Gersen fixait sans la voir la succession de lampadaires qui s'incurvaient en une chaîne lumineuse tout au long du chemin jusqu'à la Vieille Ville. Ses sombres méditations furent interrompues par la vue d'une enseigne : la *Taude de Tintle.* Comme lorsqu'il était passé un peu plus tôt, des lumières colorées et des ombres mouvantes se déplaçaient derrière les fenêtres du haut. Ce soir-là, alors que le cadavre de Tintle gisait à Slayhack, son bar était le théâtre d'une animation joyeuse.

Quelque chose d'intangible vint chatouiller les limites de l'esprit de Gersen. Durant un instant il resta assis, indécis, puis il fit arrêter le taxi.

« Attendez-moi, je n'en aurai pas pour longtemps.

– Bien, monsieur. »

Gersen traversa la rue. Les sons étouffés des réjouissances lui parvenaient depuis le restaurant : une musique aiguë, parfois un hurlement et un cri de joie stupides. Il entra. La vieille femme en noir lui jeta un regard inexpressif depuis l'autre côté du bar, mais elle ne prononça pas un seul mot.

Gersen gravit les marches jusqu'à l'étage supérieur. Après avoir franchi la porte il se retrouva derrière une triple rangée de Darsh alignés. Leurs têtes et leurs épaules affaissées se découpaient contre la lumière rose qui régnait au-delà.

Au centre de la pièce se déroulait un spectacle. Sur une estrade un musicien jouait du tambour, un autre de la flûte. Au-dessous, et uniquement visible par instants entre les crânes chauves et les lobes d'oreilles pendants, un jeune Darsh ratatiné faisait des cabrioles avec une poupée gonflable habillée en vieille femme. Ils chantait d'une voix nasale, pressante et essoufflée, dans le jargon darsh [1] que Gersen avait des difficultés à comprendre :

1. Les hommes darsh et les femmes utilisent des idiomes différents, tous deux riches en épithètes. le chant en question est en jargon mâle.

Une jeune fille est une *chelt.* Après l'adolescence et jusqu'au moment où poussent ses moustaches, généralement après une période allant de six à huit ans, elle devient une *kitchet.* Ensuite, elle peut s'attirer un grand nombre d'épithètes, généralement peu flatteuses.

Les femmes utilisent un choix équivalent de termes se rapportant aux hommes.

Un jour j'ai vu de la lumière, j'ai décidé d'entrer,
On m'a servi une bonne bière avec de l'ahagaree,
J'ai constaté qu'ma bitarelle s'était ratatinée,
Lorsqu'une Kitchet est arrivée, elle s'est vite redressée.
Tinkle tankle winkle wankle finkle fankle allez,
J'ai tôt compris qu'le temps passé, avait été gâché.

J'ai vu une chelt nue comme un ver et j'ai été troublé,
Cette cruelle s'est mise à rire et de moi s'est moquée.
Le jour j'cherchais les petites chelts et la nuit je [buvais,
En m'demandant où elles étaient, quand Mirassou bril- [lait.
Tinkle tankle winkle wankle finkle fankle flash,
J'oubliais qu'les chelts effrontées, n'ont pas encore [d'moustaches.

Mais où allaient toutes les kitchets dès que tombait la [nuit?
Qu'est-ce qui poussait ces douces choses, loin de la taud' [de Kimki?
Elles se rendaient à la fontaine, gravissaient l'gros [Michet,
Pour atteindre, finalement, la plaine du Laideret.
Tinkle tankle winkle wankle finkle fankle fex,
Je m'demandais ce qu'il fallait faire pour satisfaire [mon sexe.

Devenu un petit galopiot, pour ne pas avoir l'air bête,
J'ai couru jusqu'au Laideret pour trouver une kitchet.
Je n'ai rencontré qu'une vieille khoonz qui rôde toujours [là-bas
Avec sa bedaine et son gros cul, et sa face de rat,
Tinkle tankle winkle wankle finkle fankle mais,
Une drôl' d'épreuve j'ai enduré, jamais je n'lou- [blierai.

Elle a tiré mes vêtements, a voulu m'exciter,
Elle s'est mise à chatouiller, mes accessoires privés.
Elle m'a mis dans l'embarras, plongé dans l'désarroi,
M'a obligé à la satisfaire je n'sais combien de fois,

Tinkle tankle winkle wankle finkle fankle fi,
Nu et livide, j'ai dû ramper, jusqu'à la taud'de [Kimki.

Puis j'suis devenu empoteur, j'allais où ça m'plaisait,
Je séduisais tout'les kitchets, sans devoir m'mettre en [frais
Serein et gai j'suis retourné revoir le Laideret,
Qui a surgi? La même vieille khoonz qui sur moi a [sauté.
Tinkle tankle winkle wankle finkle fankle fort,
Pauvre imbécile, j'ai dû subir, un sort pire que la [mort.

Je franchirais le grand marais, même le pôle nord,
Je défierais l'champion d'hadaul de la ville de Don- [nor.
Mais j'irai plus promener si près de cet'vilaine peau,
De peur que cet'femelle infâme, ne m'attrape à nou- [veau.
Tinkle tankle winkle wankle finkle fankle assez,
J'ai assez vu le Laideret, j'n'y retourn'rai jamais.

Pendant les refrains, l'assistance lui apportait un soutien enthousiaste. Les hommes frappaient le sol en cadence, hurlaient, éructaient un accompagnement sonore.

Gersen se glissa derrière les spectateurs en direction de la cuisine, où la vue était plus dégagée. Certaines personnes présentes portaient des vêtements végans ordinaires d'autres la robe et le thabbat blanc des Darsh. Deux hommes assis à une table, de l'autre côté de la salle, attirèrent l'attention de Gersen. Le premier, trapu et étrangement immobile, avait les traits dissimulés par son thabbat. Le second, un homme plus petit, tournait le dos à Gersen et effectuait tout en conversant des gestes hésitants.

Quelqu'un heurta Gersen et le fit pivoter. Il vit le visage sardonique de Mme Tintle.

« Mais c'est notre journaliste plein d'ardeur! Vous êtes venu voir votre ami?

– De quel ami voulez-vous parler? » demanda courtoisement Gersen.

Mme Tintle arbora un sourire malicieux qui incurva encore plus sa moustache que ses lèvres.

« Je sais pas, les *iskish* [1] me semblent tous identiques. Peut-être le verrez-vous tout à l'heure. A moins que vous soyez venu admirer Ned Ticket?

– Pas vraiment. Je pensais pouvoir peut-être vous parler de notre accord. Par exemple, est-ce qu'il n'y a ici que des clients habituels, ce soir? Qui sont ces deux hommes assis là-bas, de l'autre côté de la salle?

– Des étrangers, qui viennent d'arriver de Dar Sai. Est-il possible qu'ils soient les connaissances que vous cherchez?

– Difficile à dire, il n'y a pas beaucoup de lumière. »

Le sourire de Mme Tintle se transforma en un rictus déplaisant.

« Pourquoi ne pas aller jusqu'à eux et leur demander?

– Excellente idée. Je le ferai tout à l'heure. Avez-vous des nouvelles de Tintle? Il a dû s'absenter.

– C'est vrai? Tintle commence à faire fureur. Il a dansé la nuit dernière, et il a prouvé qu'il était encore agile. »

Le chanteur termina son chant, sous une approbation éructante et piétinante. Mme Tintle renifla de dégoût.

« La vieille khoonz infâme, pas vrai? Vous en faites pas! A l'étage des femmes, nous mangeons de l'ahagaree frais et nous évoquons Tobo le Tyran tremblotant. Ça marche mieux qu'une balance. Qu'avons-nous ensuite? Ticket le ranifleur. Regardez bien, vous allez trouver ça très amusant. »

Mme Tintle s'éloigna en repoussant les spectateurs sans s'en inquiéter ou s'excuser. Gersen reporta son regard sur les deux hommes assis de l'autre côté de la salle. Le plus maigre était certainement Ottile Panshaw. Mais qui pouvait bien être l'autre?... Un roulement de tambour se fit entendre et un grand homme décharné, aux longues jambes maigres, portant un costume étriqué moutarde et

1. Iskish : jargon darsh pour désigner toute personne d'une autre race.

noir, arriva en courant sur la piste. Ses bras étaient filiformes et aux veines apparentes, son grand nez oblique tombait vers un long menton effilé. Il arborait un fouet dont les claquements venaient souligner son monologue.

« Hoy ho, il est temps de se divertir! Je suis Niki Ticket, j'ai bu de l'eau à la fontaine de Wabber, j'ai appris à manier le cuir auprès de Roly Tatwyn. Mon fouet s'appelle « le siffleur » et il n'est jamais las, alors qui veut danser? Qui va sautiller sur la musique du cuir? Mignons et fragiles, voici nos danseurs! »

Fasciné, Gersen observait les deux hommes assis à la table. L'un était Ottile Panshaw, l'autre (il osait à peine permettre à ce nom de pénétrer dans son esprit) pouvait-il être Lens Larque?

Mme Tintle sortit d'une alcôve, derrière les deux hommes. Elle s'approcha de côté puis attendit dans une attitude qui traduisait à la fois de la déférence et du mépris. Elle se pencha en avant et tendit le pouce. Les deux hommes se tournèrent vers Gersen qui, sur ses gardes, s'était reculé au sein de l'obscurité.

« Hoy, hoy, hoy », criait Ned Ticket aux danseurs.

Il faisait claquer son long fouet près de leurs pieds, engendrant des sons mats et rythmés.

« Plus cinglant, maintenant, plus cinglant! Dansez sur la musique du cuir! Un tour et un saut, voilà ce qu'il faut faire, montrez-nous vos talons, puis agitez vos cibles! »

Les danseurs portaient de courtes culottes ajustées, avec des disques écarlates cousus sur le fond. Deux danseurs étaient des jeunes Darsh, le troisième était Maxel Rackrose, qui faisait preuve d'une agilité surprenante.

« Hooop, hap, houp! criait Ned Ticket. Voilà comment on danse à la taude de Doodam! Une caresse agréable, la bonne vieille caresse du cuir! Ce cuir luisant, si souple et doux! Hé, hourra! Un claquement... et un autre... et clac clac clac...! Sautillez, maintenant! Mettez-y plus d'enthousiasme! Nous entamons un branle joyeux! Tournez, marchez, inclinez-vous... marchez et goûtez à mon fouet! Oh, quelle jolie danse! Nous sommes vraiment joyeuses! Saute et sautille, et clac clac clac! Peuh, déjà? Pourquoi faire les rabat-joie? Un claquement et je l'effleure, droit au but.

Tournoyez comme des nymphes gracieuses. Fatigués? Une impression! Relevez-vous, continuons la danse. Nous n'allons pas déjà nous arrêter! Debout! Inclinez-vous, balancez-vous. Un sourire et une larme, taquine la cible!... Un instant de repos. »

Ned Ticket pivota sur ses talons pour s'incliner devant l'homme assis au côté d'Ottile Panshaw.

« Votre fouet est célèbre, maître. Désirez-vous participer à la prochaine danse? »

L'homme corpulent répondit par un geste négatif.

« Nous avons besoin de nouveaux danseurs, cria Ottile Panshaw, agiles et enthousiastes! Il y en a un à côté de la cuisine, l'espion iskish! Poussez-le sur la piste!

– Ici, Rackrose, appela Gersen. Vite! »

Un Rackrose haletant aux yeux vitreux tourna la tête puis vint vers Gersen en clopinant.

« Pas si vite! cria Ned Ticket. Préparez-vous à la prochaine danse! »

Gersen sentit quelqu'un s'approcher derrière lui et il se tourna pour voir Mme Tintle qui tendait les bras pour le pousser. Gersen s'écarta, saisit la femme, et l'envoya s'étaler sur la piste. Il dégaina son arme et tira vers le ventre proéminent de l'homme. Son bras fut bousculé et l'éclair rata sa cible. Un coup de poing fit sauter le pistolet de sa main et des silhouettes noires convergèrent vers lui.

« Rackrose! hurla Gersen. Venez ici, vite! »

Un personnage rugissant se colla à Gersen qui reçut un coup de poing sur la nuque. Il cilla, projeta son coude dans un estomac proche, puis glissa sa main gauche dans des doigtiers de métal et fit glisser un couteau dans sa main droite. Quelqu'un frappa à nouveau Gersen. Il saisit le bras de son assaillant qui poussa un hoquet tremblant comme l'étreinte ébranlait son corps. Poignardant, tailladant, Gersen atteignit Rackrose et le tira dans la cuisine où, même en ce moment critique, il recula face à l'odeur de vieilles graisses. Quatre femmes hurlèrent des protestations.

Gersen s'empara d'un chaudron de sauce bouillante qu'il lança dans la salle principale, provoquant des hurlements angoissés. Par une porte latérale qui donnait sur l'escalier arriva Mme Tintle, le regard mauvais. Elle saisit Gersen par derrière et le colla contre elle.

« Femmes! cria-t-elle. Amenez l'huile rance! Préparez les râpes! Nous allons faire frire cet iskish sur le poële! »

Gersen la griffa de ses doigts de métal. Elle hurla et trébucha en arrière, pour rouler au bas de l'escalier. Gersen renversa une étagère de condiments sur les femmes, puis fit signe à Rackrose.

« Dépêchez-vous! »

Ils descendirent les marches quatre à quatre et franchirent d'un bond la silhouette prostrée de Mme Tintle, au bas de l'escalier. La serveuse du bar vint voir ce qui se passait.

« Que signifie tout ce boucan?

– Madame Tintle a raté une marche, expliqua Gersen. Vous feriez mieux de vous occuper d'elle. Venez Rackrose, ne moisissons pas ici. »

Gersen jeta un dernier regard vers le haut de l'escalier. Sur le palier, l'homme corpulent pointait une arme dans sa direction. Gersen plongea de côté et l'éclair le rata. Il lança son couteau, mais il était placé sous un mauvais angle. Au lieu de transpercer le cou du Darsh, la lame trancha le lobe de son oreille. L'homme hurla de rage et tira à nouveau, mais Gersen et Rackrose avaient déjà franchi la porte.

Ils traversèrent la rue Pilkamp et coururent jusqu'au taxi.

« Vite, on rentre en ville le plus rapidement possible, cria Gersen au conducteur. Les Darsh sont devenus fous furieux! »

Le taxi fit une embardée et s'ébranla vers le sud. Nul ne les poursuivait. Gersen se laissa aller dans son siège.

« Il était là... j'ai essayé deux fois de le tuer et j'ai échoué. Mon plan a fonctionné à merveille, il a mordu à l'hameçon. Mais j'ai échoué deux fois de suite.

– J'ignore de quoi vous voulez parler, grommela Rackrose. Je tiens à mettre les choses au point. Je refuse de vous servir d'assistant plus longtemps. Le salaire... (Rackrose parlait d'une voix à la délicatesse sarcastique) n'est pas en rapport avec les risques. »

Gersen n'était pas d'humeur à compatir sur le sort du journaliste.

« Vous êtes toujours vivant, vous pouvez vous estimer heureux. »

Rackrose renifla et changea douloureusement de position.

« Vous pouvez bien parler. Vous n'avez pas dansé avec Ned Ticket! Quelle expérience épouvantable! »

Gersen soupira.

« Je veillerai à ce que vous soyez dédommagé. Jouissez de vos courbatures, elles vont vous rapporter de l'argent.

– Mais, qui était ce gros homme vêtu d'une bure darsh? demanda bientôt Rackrose.

– Lens Larque.

– Et vous avez tenté de l'abattre!

– Bien sûr. Pourquoi pas? Je l'ai raté, c'est dommage.

– Vous êtes un drôle de journaliste.

– Ça, vous pouvez le dire! »

***

Trois jours plus tard Jehan Addels utilisa le communicateur pour contacter Gersen. Ce dernier nota aussitôt qu'Addels avait soigneusement composé son expression et il sut qu'il allait lui apprendre une nouvelle importante.

« En ce qui concerne l'*Ettilia Gargantyr*, annonça Addels d'une voix si sèche qu'elle semblait sur le point de se fendiller, le vaisseau a été entièrement détruit. Le procès intenté par la banque Cooney contre l'*Ettilia Gargantyr* est suspendu.

– Je m'en serais douté.

– Les premières questions qui viennent alors à l'esprit concernent l'assurance. Qui est l'assureur, quel est le montant de la garantie, qui est le bénéficiaire? On a pu trouver quelques informations qui, je crois, devraient vous intéresser.

– Très bien. Quelles informations?

– J'ai découvert que la police a été signée il y a seulement trois semaines, pour un montant qui est approximativement égal, voire même légèrement supérieur, au coût de remplacement du vaisseau et de son chargement. La compagnie en question n'est autre que les Assurances Fiduciaires Cooney, une branche de la Banque Cooney de Vire, sur la planète de David Alexandre. L'assuré, la Compagnie Mutuelle Kotzash de Serjeuz, Dar Sai, a effectué une déclaration de perte. Conformément au contrat, le remboursement a été rapidement et intégralement versé au bénéficiaire. »

Gersen fixa Addels avec une expression sinistre.

« Je possède la banque Cooney?

– Oui, ainsi que les Assurances Fiduciaires Cooney.

– J'ai donc versé à Lens Larque une somme importante.

– C'est bien le cas. »

Gersen, habituellement peu porté à l'extériorisation de ses émotions, leva ses mains au ciel, serra ses poings, et les abattit sur sa tête.

« Il m'a eu!

– Il est célèbre pour ses mauvais tours.

– Oui, je sais.

– Un vieux proverbe veut dire que « celui qui dîne en compagnie du diable doit utiliser une longue cuiller. » Vous semblez avoir tenté de participer à ce repas avec une cuiller à dessert.

– Nous verrons, rétorqua Gersen. Êtes-vous prêt à partir? »

Le visage d'Addels devint inexpressif.

« Partir? Pour où?

– Dar Sai, naturellement. »

Addels baissa à demi les paupières et inclina latéralement la tête. D'une voix ténue, il déclara :

« D'importantes affaires personnelles m'empêchent de me joindre à vous pour cette aventure. De plus, bien que ce soit naturellement sans importance, Dar Sai est un monde hostile et sauvage, où je ne serais certainement pas à mon aise.

– Oui, sans doute. »

Après un moment de silence, Addels demanda :

« Quand partez-vous?

– Cet après-midi. Plus rien ne me retient ici.

– Je perdrais mon temps, si je vous conseillais la

prudence, déclara avec brusquerie Addels. Aussi vais-je me contenter de vous souhaiter bonne chance.

– Je suis aussi prudent que nécessaire. Je vous contacterai rapidement. »

DEUXIÈME PARTIE

DAR SAI

CHAPITRE VII

Extrait du *Guide touristique des Corannes*, par Jane Szantho :

Dar Sai, seconde planète coranne, ne peut-être considéré comme un monde agréable et accueillant. En fait, un simple observateur ne pourrait, à première vue, y envisager l'implantation d'une colonie humaine. Il est possible de diviser chaque hémisphère en zones presque aussi inhospitalières. Aux pôles, les vents qui hurlent autour du vortex d'un cyclone perpétuel charrient continuellement de la pluie et de la neige, fondue ou non. Les nappes d'eau souterraines qui en résultent donnent naissance à des fondrières, d'où un environnement détrempé de limon empoisonné, où l'on trouve des larves-stylets et d'innombrables variétés d'algues dont certaines atteignent les dimensions de véritables buissons.

Des marécages, l'eau s'écoule respectivement vers le sud et le nord et les zones torrides équatoriales, appelées les Galles. Une partie s'évapore, le reste est absorbé par le sable.

Les Galles sont impitoyablement exposées à la clarté aveuglante de Cora et semblent aussi hostiles que toute autre région de Dar Sai. Une douce brise variable souffle durant le jour mais, la nuit, tout est calme dans le désert qui se pare alors d'une étrange beauté.

C'est à une petite étoile morte, autrefois compagne de Cora et connue de façon posthume sous le nom de Fideske, que l'on doit l'implantation des humains sur Dar Sai. Il y a de cela vingt millions d'années, Fideske s'est désintégrée en fragments dont le plus important, Shanitra, est à présent en orbite autour de Methel, la troisième planète, à laquelle elle fait office de lune. Des débris ont formé une ceinture d'astéroïdes, d'autres sont tombés sur Methel et Dar Sai, leur apportant des éléments rares et précieux au nombre atomique élevé, les duodécimates [1].

Sur Methel, ces éléments se sont perdus aux fonds des mers alors que sur Dar Sai ils sont devenus un composant des sables du désert que le vent tamise et sépare constamment. Les premiers hommes qui se sont installés sur Dar Sai pour exploiter les gisements de duodécimate sont, au fil des siècles, devenus les Darsh : un peuple aussi dur et pervers que le monde qu'ils habitent.

Ces premiers colons, pour la plupart des fugitifs, des desperados et des bons à rien, ont rapidement découvert qu'ils ne pouvaient survivre durant la journée que grâce à de puissants climatiseurs d'air ou, dans des conditions plus primitives, sous des abris refroidis par des filets d'eau. A l'aide de la fortune rapportée par les duodécimates, les Darsh ont érigé leurs célèbres « taudes », ces parasols démesurés de plus de cent cinquante mètres de hauteur qui couvrent de dix à quinze hectares de terrain. L'eau du sous-sol est pompée vers le sommet de l'abri d'où elle s'écoule jusqu'au pourtour, où elle tombe en cascades d'eau pulvérisée. C'est sous ces taudes que vivent les Darsh. Ils cultivent d'importantes quantités de plantes comestibles dans leurs bacs-jardins, synthétisent une autre partie de leur nourriture, et importent le reste. Les épices qui relèvent leur cuisine sont des dérivés de divers types d'algues des marécages. Certaines de ces épices, l'ahagaree par exemple, possèdent à poids égal autant de valeur que le plus pur des duodécimates noirs.

Les Darsh peuvent paraître peu engageants aux touristes venues d'autres mondes : les iskish, pour employer le jargon local. Ils ont une forte ossature, sont souvent massifs, et ils ont tendance à devenir obèses durant les dernières années de leur vie. Leurs traits sont lourds et

1. Une appellation erronée dont l'emploi s'est cependant largement répandu.

leur épiderme a une coloration proche de la couleur rouan, parfois avec une nuance crayeuse. A la puberté, les hommes perdent toute pilosité alors que des moustaches poussent souvent aux femmes hirsutes, dix ans après leur puberté. Durant cette brève décennie qui sépare la puberté et l'apparition des moustaches, les jeunes filles, ou kitchets, possèdent un certain charme physique et sont extrêmement appréciées par les hommes darsh de tous âges.

Le cartilage auriculaire des Darsh s'étire facilement. Leurs longs lobes pendent librement et sont parfois ornés de boucles d'oreilles. Les hommes portent des bures blanches à capuchon. Lorsqu'ils sortent sous la lumière du jour, de petits climatiseurs portatifs pompent de l'air frais sous ce vêtement. Les femmes, qui ne quittent jamais la taude durant la journée, portent des cottes moins volumineuses dans des teintes marron, orange ou moutarde, qui s'harmonisent fort mal avec celle de leur épiderme.

Les enfants darsh vivent dans un milieu indifférent à leur sort. Ils sont exploités de mille façons et n'ont pas droit à la gratitude ou à l'affection. Ils développent en conséquence un égocentrisme peu commun, assez proche de la fierté, comme si chacun d'eux avait déclaré au destin : « Tu m'as abusé et maltraité, tu ne m'as fait aucune faveur, mais je suis malgré tout parvenu à survivre. Je suis devenu volontaire et fort en dépit de tout! »

Cet orgueil, chez les mâles darsh, s'exprime sous la forme du « plambosh », une extravagance fanfaronne volontaire, un mépris insouciant des conséquences de leurs actes, une perversité qui les pousse automatiquement à un mépris de l'autorité. Si cet orgueil est blessé ou détruit pour une raison ou une autre, telle qu'une humiliation publique, l'homme est alors « brisé » et est ensuite l'équivalent d'un eunuque.

Chez les femmes, ce trait de caracrère est plus difficile à définir et prend la forme d'une impénétrabilité étudiée. Quiconque désire faire l'expérience de l'opacité humaine n'a qu'à tenter d'établir des rapports joviaux avec une femme darsh. Hommes et femmes s'épousent uniquement pour des raisons d'ordre économique, rien de plus. L'acte procréateur est accompli selon un processus bien plus aventureux durant des promenades nocturnes au sein du désert, surtout lorsque Mirassou brille dans le ciel. Le système est simple sur le fond mais compliqué dans ses détails. Tant les hommes que les femmes recherchent agressivement de jeunes partenaires. Les hommes s'emparent de jeunes filles à peine pubères, les femmes se jettent sur de jeunes garçons guère plus âgés. Pour attirer ces derniers dans le désert, les femmes y envoient impitoyablement leurs filles adolescentes. Ce système comprend des conventions qu'il n'est pas utile d'approfondir pour l'instant. En ce qui concerne ce sujet, il faut mentionner les spectacles de flagellation. Ils prennent des formes élaborées dans les principales villes et le visiteur venu d'un autre monde qui assiste à un de ces rites étranges sera surpris, fasciné, et sans nul doute écœuré. Le jeu typiquement darsh au hadaul devrait peut-être être également mentionné, mais il est plus particulièrement pratiqué dans les taudes des terres lointaines.

De crainte que le lecteur n'ait une impression négative des Darsh, il faut citer ici leurs vertus. C'est un peuple courageux : il n'existe aucun Darsh poltron. Les Darsh ne mentent jamais, ce qui porterait atteinte à leur fierté. Ils sont hospitaliers, en ce sens que tout étranger venu d'un autre monde qui arrive dans une taude lointaine reçoit de la nourriture et un abri comme un droit naturel. Les Darsh peuvent confisquer ou simplement utiliser tout objet dont ils ont un besoin immédiat, mais ils ne s'abaisseraient jamais à voler : les biens d'un étranger sont donc en sécurité. Cependant, si cet étranger devait découvrir une poche de sable noir, il courrait alors le risque d'être agressé, volé et assassiné. Les Darsh admettent que de tels actes sont des crimes, mais ils n'éprouvent guère d'indignation envers les coupables.

En ce qui concerne la nourriture darsh, il est sans doute préférable de ne pas s'étendre sur ce sujet. Devant un repas darsh, le voyageur doit faire preuve de la même résignation que face à une catastrophe naturelle. Il serait inutile de feindre d'apprécier cette nourriture que les Darsh eux-mêmes estiment répugnante. Ils semblent d'ailleurs tirer une fierté perverse d'en manger régulièrement.

Et voilà, amis voyageurs, vous disposez sous une forme condensée d'une description sommaire de Dar Sai. C'est un monde qu'on peut ne pas aimer, mais il est inoubliable.

Gersen effectua la traversée jusqu'à Dar Sai à bord d'un Voltigeur Fantamique de taille et d'aspect modestes. Ce voyage le conduisit dans les zones spatiales reculées d'Argo Navis, à proximité des limites de l'Au-delà : une région qu'il n'avait encore jamais eu l'occasion de visiter.

Au-devant brillait le soleil blanc Cora. Dans le macroscope, Gersen repéra les deux mondes habités de Methel et de Dar Sai. Cette dernière planète n'avait droit qu'à une brève mention dans le *Manuel de Navigation :*

Les colonies les plus importantes sont, par ordre d'importance, Serjeuz, Fontaine de Wabber, Donnorville et Belfeser. On ne trouve en aucun de ces lieux des installations plus que rudimentaires pour la réparation ou l'entretien des vaisseaux spatiaux. Il n'existe aucune réglementation aux arrivées et aux départs, en fait aucune autorité centrale darsh. Sur Dar Sai l'ordre est, à un certain degré, maintenu par des sociétés Methlen chargées de la protection des intérêts commerciaux de ce monde, mais hors des quatre cités principales leur influence s'amoindrit. A Serjeuz, un rectangle tracé en blanc indique un point d'atterrissage qui offre ensuite l'accès le plus facile aux entrepôts commerciaux.

Depuis une hauteur de trente mille mètres, Serjeuz semblait être un petit mécanisme posé dans ce désert gris, rose et jaune. Comme Gersen descendait, des détails apparurent dans la clarté matinale de Cora et Serjeuz se révéla être un rassemblement de parasols aux pourtours nimbés de voiles liquides.

Le fiasco de Gersen à Rath Eileann avait été remisé au tréfonds de ses souvenirs, où il était assimilé à une petite tumeur maligne. Alors que Gersen abaissait le regard sur Serjeuz, certaines émotions réapparurent en lui : la furtivité du chasseur, le picotement de la vigilance et de la crainte, en raison de la proximité de l'antre de la bête féroce. L'aura de Lens Larque imprégnait le paysage. Une centaine de fois il avait pris le frais sous ces parasols ruisselants; une centaine de fois, dans sa bure blanche voletante, il avait traversé le désert entre Serjeuz et la taude des Bugold. Il était concevable qu'à cet instant même il fût en train de manger et de boire dans un de ses lieux de séjour favoris, à moins de dix minutes de là.

Dans un rectangle bordé de blanc étaient posés deux douzaines d'appareils spatiaux de diverses catégories et conditions. Gersen fit descendre le Voltigeur à proximité des cascades miroitantes. Le vaisseau devint silencieux, le pont acquit de la stabilité.

En temps local, c'était le milieu de la matinée. Gersen s'apprêta à débarquer. A en croire l'*Index Immunologique*, la menace la plus grave pour la santé humaine était représentée par les spores d'algues des marais qui, charriées par le vent, germaient dans les poumons. Gersen avait déjà effectué un traitement prophylactique. Il revêtit une bure blanche à capuchon, glissa de l'argent et des papiers d'identité dans sa bourse, vérifia ses armes, puis traversa le sas d'entrée avant de descendre vers la surface sablonneuse de Dar Sai. La chaleur assaillit immédiatement son visage. Il ferma les yeux à demi pour les protéger contre l'intense luminosité et s'éloigna en direction de la cascade.

Quatre Darsh jaillirent hors du voile liquide, à califourchon sur des véhicules décrépits dont les pneus ballon avaient plus d'un mètre de diamètre. Ils les conduisaient avec *plambosh*. Ils sautaient et bondissaient, bures blanches voletant derrière eux. Des thabbats couvraient leurs visages, à l'exception des demi-sphères métalliques qui protégeaient leurs yeux et qui leur donnaient un aspect d'insectes vêtus de robes blanches. Ils semblaient ne pas avoir vu Gersen et faillirent le renverser. Gersen sauta de côté et leur cria des invectives alors qu'ils s'éloignaient. Sans résultats. Tous quatre poursuivirent leur route vers le nord, en direction des reflets d'un unique parasol visible à l'horizon.

Gersen traversa le voile liquide et pénétra au sein d'une végétation luxuriante. Les plantes poussaient dans des bacs entassés sur une hauteur de quinze mètres. L'allée passait sous ces bacs, contournait deux entrepôts surmontés de dômes, et se terminait dans un chaos de petites constructions hémisphériques aux lourds murs de béton : hautes, basses, grandes, petites. Dômes empilés sur des dômes; dômes empiétant sur d'autres dômes ou formant des excroissances; dômes en amas de trois, quatre, cinq, ou six. C'était ce que l'on appelait les « dombles », les résidences des Darsh, qui étaient construites selon des normes répondant à un besoin de résistance, de longévité, et d'adaptation à l'environnement, comme les Darsh eux-mêmes. La végétation les entourait et s'y accrochait. Dans les rues et les allées erraient des bandes de jeunes enfants. Gersen remarqua un groupe de garçons qui se tiraient, se poussaient, s'étreignaient à bras-le-corps : ils jouaient à une version enfantine du hadaul.

Gersen choisit ce qui lui semblait être une avenue principale et passa finalement de l'abri d'un premier parasol à celui d'un second, encore plus haut et coûteux, qui abritait un énorme volume d'espace frais et aéré. L'avenue donnait sur une place entourée de dômes de béton et de verre construits dans un style à la fois darsh et plurimonde galactique. Le plus grand abritait la banque. Chanseth, la banque des Investissements Miniers, la banque Centrale de Dar Sai, ainsi que deux hôtels : le *Sférinde Select* et *l'Auberge des Voyageurs.* Trois restaurants leur faisaient face : le *Jardin de Sférinde*, le *Jardin de l'Auberge des Voyageurs*, et *l'Olandais.* Gersen ne put immédiatement identifier la clientèle du *Jardin de Sférinde.* L'on trouvait au *Jardin de l'Auberge des Voyageurs*, qui s'étendait de façon désordonnée sous des tilleuls, des plaqueminiers et des anisiers, une foule de clients : touristes, personnes en voyage d'affaires, un mélange de vagabonds et d'hommes de l'espace, ainsi que quelques Darsh en bure blanche. L'*Olandais* à l'extrémité de la place, était exclusivement fréquenté par des Darsh.

De tous les hôtels, le *Sférinde Select* paraissait être le plus luxueux, le plus confortable, et également le plus coûteux. L'*Auberge des Voyageurs*, qui devait sans doute offrir une ambiance plus détendue, semblait de seconde catégorie. Gersen étudia à nouveau la clientèle du *Jardin de Sférinde.* Les personnes présentes, élégantes, à l'aspect engageant, avaient toutes des cheveux noirs et un visage au teint olive clair et aux traits réguliers. Elles portaient des vêtements stricts d'un style inconnu à Gersen. Tout comme le *Sférinde Select,* elles ne semblaient pas à leur place dans l'environnement de Dar Sai. Gersen les aurait plus facilement imaginées dans un lieu de villégiature à la mode, sur un monde éloigné, à une époque située dans un passé ou un avenir lointains.

Intrigué, Gersen décida de loger au *Sférinde Select.* Il traversa la place et flâna dans le jardin. Les clients interrompirent leurs conversations et se tournèrent pour le dévisager avec une froide curiosité qu'il ne trouva guère flatteuse.

Il pénétra dans le hall qui, sous un plafond nacré, occupait tout le rez-de-chaussée. Dans un bassin central poussait un arbre au feuillage noir et orange. De petites créatures semblables à des oiseaux sautillaient de branche en branche, plongeaient dans le bassin, puis accompagnaient leur retour voletant au sein du feuillage par des pépiements doux et flûtés. Le bureau de la réception occupait une alcôve latérale et Gersen s'en approcha. L'employé, un jeune homme au teint olivâtre et au visage sévère, lui adressa rapidement un regard oblique puis reporta soigneusement son attention sur le registre dans lequel il notait des entrées.

« Je vous serais reconnaissant de bien vouloir faire venir l'employé de la réception, lui dit Gersen d'une voix affable. Je désire prendre une chambre, ou plutôt, une suite. »

L'employé lui répondit d'une voix posée et monotone.

« Nous ne pouvons rien vous proposer. Nous sommes au complet. Essayez à l'*Auberge des Voyageurs* ou à l'*Olandais.* »

Sans un mot, Gersen se détourna et quitta le *Sférinde Select.* Dans le jardin, les clients ne semblaient pas lui prêter attention. Il traversa la place jusqu'à l'*Auberge des Voyageurs,* un hôtel au caractère totalement différent de celui du *Sférinde Select.* L'auberge avait été construite dans un style typiquement darsh et une grande part avait été laissée à l'improvisation. Les trois rangées incurvées d'arcades paraboliques, les huit dômes intersectés, les rotondes, les terrasses supérieures et les balcons, avaient été assemblés avec un esprit d'aventure et donnaient à l'édifice un cachet caractéristique de plambosh. A travers un épais mur, l'entrée donnait sur un vestibule plus fonctionnel que somptueux. Un homme maigre aux cheveux blonds, à la mâchoire mince et au menton allongé, travaillait à un bureau de réception circulaire. Il accueillit Gersen par un salut courtois, bien que de pure forme.

« Vous désirez, monsieur?

– Une suite, la meilleure que vous ayez. J'ai l'intention de rester quelques jours, peut-être une semaine ou plus.

– J'ai ce qu'il vous faut, monsieur. Je pense à une somptueuse chambre aérée avec une vue panoramique sur la place. La salle de bains est splendide, le salon est moqueté de ratine verte et les meubles sont magnifiques. Si vous désirez visiter : montez l'escalier, tournez à droite dans le premier corridor et franchissez la porte bleue bordée de noir. »

Gersen visita les pièces et trouva l'appartement à son goût. De retour à la réception, il paya d'avance le montant d'une semaine de location afin de confirmer son occupation des lieux.

L'employé en fut favorablement impressionné.

« Nous sommes heureux d'avoir votre clientèle, monsieur.

– Je suis rassuré. Au *Sférinde,* ils n'ont pas voulu de moi.

– Cela n'a rien d'étonnant : le *Sférinde* est un établissement methlen, les étrangers n'y sont pas acceptés.

– Ce sont donc des Methlen. Ils semblent très exclusifs.

– Exclusifs est le mot, monsieur. Si saint Symas, dans toute sa splendeur, descendait au *Sférinde* avec une escorte de prophètes ailés et de chérubins jouant de la trompette montés sur des lions, le réceptionniste enverrait tout ce beau monde en face, à l'*Auberge des Voyageurs.* Il ne faut pas s'attendre à autre chose, de la part des Methlen. »

Gersen estima que cet employé, à la fois volubile et éveillé, pouvait représenter une source inestimable d'informations. Il lui demanda :

« Pour quelle raison viennent-ils sur Dar Sai?

– Certains y ont des intérêts, d'autres sont de simples touristes. Vous en verrez souvent un grand nombre dans les *Jardins des Voyageurs*, d'où ils peuvent observer les classes inférieures. Cependant, ils ne sont ni pervers ni odieux. Leur richesse leur permet de prendre la vie comme un jeu. Pour eux, tout est une comédie dramatique. A Serjeuz, ils tiennent le rôle d'aristocrates décadents, et ces pauvres Darsh celui des manants et des serviteurs. »

L'employé fit un geste tolérant.

« Cependant, de quel droit puis-je les juger? Moi aussi, je me montre parfois hautain.

– On ne le croirait jamais, répondit courtoisement Gersen.

– Oh, je suis devenu plus facile à vivre au fil des années. Rappelez-vous que je dois m'occuper de chaque rustre et de chaque nigaud qui décide de discuter avec moi, exactement comme je le fais actuellement. Durant de nombreuses années mes nerfs ont été aussi tendus que les cordes d'une harpe. Puis j'ai découvert un beau jour le premier axiome de l'entente humaine : j'accepte chaque personne selon ses propres conditions. Je garde la bouche close, je donne mon avis lorsqu'on le sollicite. Que cela a apporté de changements dans mon existence! Les dissensions s'estompent, on me fait des confidences, ma digestion n'est plus une cause de soucis.

– Vos idées sont intéressantes. J'aimerais en reparler mais, pour l'instant, je crois que je vais aller essayer votre restaurant.

– Très bien, monsieur. Je vous souhaite un agréable repas. »

Gersen sortit dans le jardin et choisit une table d'où il pouvait voir la place. Il effleura un bouton et sur le plateau de la table apparut une représentation lumineuse des mets et rafraîchissements proposés. Un serveur s'avança. Gersen désigna une des boissons.

« Qu'est-ce?

– Notre « punch du jour du Seigneur », corsé de rhum

de Gadron noir et de sept centilitres d'Elixir Inconnu.

– Il est peut-être encore un peu tôt pour un tel breuvage. Et ceci?

– Notre « cocktail du matin » préparé à partir de simples jus de fruits et d'élixirs légers.

– Voilà qui semblerait déjà mieux convenir. Et ceci?

– « L'ahagaree touristique », un plat spécialement modifié pour convenir aux goûts des étrangers.

– Et ceci?

– Du poisson-nuit simplement poché, tout frais pêché dans les marais.

– Je prendrai un cocktail du matin, de l'ahagaree, et une salade.

– Bien, monsieur. »

Gersen s'installa confortablement et regarda autour de lui. La place s'étendait jusqu'à une rangée d'arbres aux feuilles d'un brun muscade soutenu. Au-delà se dressaient les pilliers de lointains parasols. Dans certaines directions les voiles de l'eau qui tombait en cascade masquaient le paysage, dans d'autres il pouvait voir jusqu'aux limites lointaines de Serjeuz. Des architectes cosmopolites avaient employé les matériaux et les motifs Darsh pour créer la plupart des bâtiments entourant la place, à l'exception importante de l'*Auberge des Voyageurs* qui semblait quant à elle authentiquement darsh.

Le serveur poussa une desserte chargée de plateaux couverts. L'ahagaree fut posé sur la table, accompagné de hors-d'œuvre. Sur sa gauche fut posée la salade, sur sa droite une coupe de « cocktail du matin ». Le serveur se retira. Gersen goûta précautionneusement « l'ahagaree touristique » et le trouva bien plus agréable au palais que celui servi par Mme Tintle.

Gersen mangea lentement son repas puis resta assis à réfléchir devant son thé. Il sortit de sa poche un mémorandum préparé par Jehan Addels et que ce dernier lui avait remis juste avant son départ d'Aloysius. Le conseiller juridique n'avait pas employé de périphrases.

La Mutuelle Kotzash a été mise sur pied par un escroc dont l'ingéniosité n'a d'égal que ses capacités sur un plan financier. Il est également évident que cet individu possède une impudence cruelle et une absence totale de tout scrupule que l'on pourrait s'attendre à ne rencontrer que chez un monstre des grands fonds marins. Les personnalités des deux êtres dont nous avons récemment fait la connaissance sont, prises globalement, fidèlement reflétées dans les statuts de la Kotzash.

Lesdits statuts stipulent que :

De façon à assurer une gestion efficace et rapide, le poste de président-directeur général est attribué à la personne physique ou morale qui détient le plus grand nombre de parts sociales. La sous-présidence du conseil d'administration est attribuée à la personne physique ou morale qui détient ensuite le plus grand nombre de parts. Le titre de membre du conseil d'administration est attribué à la personne physique ou morale qui détient ensuite le plus grand nombre de parts sociales. Dans tous les cas, les personnes physiques ou morales en question doivent détenir un minimum de vingt-cinq pour cent des actions émises. Les autres actionnaires peuvent voter, au prorata des parts détenues, pour élire leur représentant dont le rôle consiste à conseiller le conseil d'administration sur les opérations à effectuer.

Le président décidera de la réunion des membres du conseil d'administration, ou de leurs mandataires, et du représentant des actionnaires, chaque fois qu'il l'estimera utile, et en tout lieu choisi par lui, dans un but de consultation et de décision, afin d'assurer la gestion de la compagnie. Lors de telles réunions, chaque membre du conseil d'administration pourra exprimer son opinion par un vote au prorata des parts qu'il détient. Si un membre du conseil ou son mandataire est absent lors d'une telle réunion, la décision sera prise à la majorité des voix exprimées.

Vous noterez que le président contrôle de fait la compagnie, d'autant plus qu'il peut demander des réunions à tout moment ou en tout lieu de son choix, sans tenir compte des problèmes posés aux autres membres du conseil et au représentant des actionnaires.

4 820 actions sont en circulation : 2 411 actions donnent

la majorité absolue. Le plus grand actionnaire connu, selon l'Agence Intermondiale de Statistiques Économiques, est :

Ottile Panshaw
Maison Dindar
Serjeuz, Dar Sai.

Il détient 1 250 actions. La banque Chanseth (dont le siège social est à Twanish, Methel, et qui possède une agence à Serjeuz) détient 1 000 actions. Un certain Nihel Cahous, de la Taude d'Inkin, Dar Sai, détient 600 actions. Je joins la liste des petits détenteurs, plus ou moins complète.

La valeur de chaque action est d'un centime, toujours selon l'A.I.S.E. En bref, elles sont sans la moindre valeur. Les parts que j'ai mentionnées totalisent 2850. Vous en détenez 92. Les 1878 actions restantes sont réparties entre une centaine, ou plus, de détenteurs disséminés dans presque toutes les taudes de Dar Sai.

Il est intéressant de noter qu'en dépit de la valeur pratiquement nulle de ces actions, la Kotzash possède actuellement un actif important, y compris le contrôle de deux autres sociétés : l'Hector Transit (qui a récemment touché une somme coquette de la part des Assurances Cooney) et la Compagnie d'Extraction et de Prospection Didroxus. On pourrait estimer que les actions de la Kotzash sont cotées au-dessous de leur valeur réelle si on ne tenait compte du fait que le président et (unique) membre du conseil d'administration est Ottile Panshaw.

La situation a des aspects intéressants que je ne tiens cependant pas à examiner de trop près. Je vous souhaite de rester en bonne santé et en vie, et je vous exhorte à la prudence, tant en raison de l'estime que je vous porte que de mes propres intérêts, étant donné que je devrais chercher longtemps un autre travail aussi rémunérateur.

Avec mes respects,

J. A.

Gersen mit la lettre de côté puis s'étira sur son siège. Il resta assis, plongé dans une cogitation profonde. Le chemin conduisant à Lens Larque passait par Ottile Panshaw et, peut-être, par la Mutuelle Kotzash. Pour l'instant, la situation était calme et sereine, comme un étang par une journée sans vent. Le gros poisson restait dissimulé sous les reflets de sa surface. Pour l'obliger à bouger, à avancer, à se montrer, il fallait agiter les flots.

Le réceptionniste sortit dans le jardin pour regarder en cillant d'un côté et de l'autre. Gersen leva la main et l'homme vint vers lui. C'était un petit être sec et nerveux, avec des cheveux blonds, un visage émacié aux yeux bruns plein de sagesse et aux lourdes paupières, dont les jambes étaient soit en cerceau soit estropiées, car il marchait avec un sautillement désinvolte.

« Asseyez-vous, dit Gersen. Puis-je vous offrir un " punch du jour du Seigneur "? A moins que vous préfériez quelque chose de moins fort?

– Je vous remercie, dit le réceptionniste avant de se tourner vers le serveur. Je prendrai un verre de cet excellent Jaune Engelman. »

Il pivota à nouveau vers Gersen.

« Avez-vous apprécié votre repas?

– Oui, vraiment. La direction semble fort bien connaître les goûts des étrangers.

– C'est la moindre des choses, après si longtemps. Elle fait ça depuis des années.

– Et vous? Vous n'êtes pas originaire de Dar Sai.

– Certainement pas. Je suis né à Svengay, sur Caph IV. Un joli petit monde. Vous connaissez?

– Non. Le plus près où je sois allé est le Système de Mizar, ou peut-être Dubhe. J'évalue assez mal les distances.

– Je constate que vous avez beaucoup voyagé. Puis-je vous demander d'où vous êtes originaire? Habituellement je le devine facilement, mais en ce qui vous concerne je n'arrive pas à me prononcer.

– Je suis né sur un monde dont vous n'avez jamais entendu parler. Enfant, j'ai été emmené sur Terre par mon oncle.

– Et où avez-vous vécu, sur Terre?

– Je ne suis jamais resté très longtemps au même

endroit. Je connais bien Londres et San Francisco, Nouméa, Melbourne... chaque lieu où mon oncle a décidé de parfaire mon éducation. »

Gersen sourit légèrement comme il se remémorait quel genre d'éducation lui avait donné son oncle.

« Je connais également assez bien Alphanor et le Rassemblement dans son ensemble. Puis-je vous demander votre nom? Je me nomme Kirth Gersen, et vous?

– Daswell Tippin, à votre service : un homme sans ambition.

– En parlant d'ambition, j'ai été intéressé par ce que vous m'avez dit sur les Methlen. Il s'agit d'un peuple que je connais très peu.

– Ils forment un groupe de pachas richissimes et guère intéressants. J'ai rarement affaire à eux. Ils doivent leur argent au duodécimate et s'ils viennent ici c'est avant tout pour veiller sur leurs intérêts. D'après ce que j'ai vu, ils sont magnifiques, superbes et extrêmement sensibles. Si je possédais ces attributs je pourrais moi aussi éviter les touristes, les Darsh, et autres gens du vulgaire.

– Les Methlen extraient-ils eux-mêmes le duodécimate?

– Certainement pas. Donnez une pelle à l'un d'eux et il se demandera à quoi ça sert. Ils achètent, vendent, obtiennent des options et des concessions, prévoient et s'occupent des finances. Naturellement, ils font également d'importants investissements.

– Et la Mutuelle Kotzash? Était-ce une compagnie methlen? »

Daswell Tippin lança à Gersen un rapide regard dur, puis renifla de dégoût.

« Au contraire. La Mutuelle Kotzash avait pour but de contrer les Methlen : une façon de les battre sur leur propre terrain. Ça m'a coûté six cents U.V.S.

– Alors, vous devez connaître Ottile Panshaw.

– De vue, c'est tout, répondit Tippin avec un reniflement. Il a toujours son bureau là-bas, sous la Taude de Skansel.

– N'est-il pas considéré comme un escroc et un scélérat?

– J'ai entendu dire du mal de lui, mais que peut-on prouver? Absolument rien. »

Tippin vida son verre et le posa pensivement. Gersen leva son doigt à l'attention du serveur.

– Remettez ça, je vous prie.

– Merci. Je bois rarement, mais aujourd'hui je me sens d'humeur à m'enivrer.

– J'apprécie votre conversation. Je trouve cette affaire de la Kotzash extrêmement passionnante. Connaît-on le nom du voleur? »

Tippin porta son regard de tous côtés.

« Les gens murmurent un nom épouvantable : celui de Lens Larque, un des célèbres Princes-Démons. »

Gersen hocha la tête.

« Je le connais de réputation. C'est un Darsh, à ce qu'on m'a dit. »

Tippin regarda à nouveau à droite et à gauche.

« Il semblerait : un *rachepol* [1] Bugold. Je n'aime guère prononcer son nom, ma langue bafouille lorsqu'elle le fait. C'est un fourbe dont l'humour est digne du diable Sclamoth qui fourre les têtes des enfants dans le fourneau de leurs mères.

– Allons, déclara Gersen avec insouciance. Un nom n'est qu'un nom. Les mots n'ont pas de substance.

– Totalement faux! s'exclama Tippin avec véhémence. La magie n'est faite que de mots! Avez-vous lu les *Mécanismes Incantatoires de Farsakar?* Non? Alors, vous ne savez rien sur les mots! »

Gersen, qui n'éprouvait guère d'intérêt pour ce sujet, fit un geste désinvolte.

« Nous vivons dans un monde matériel. Je redoute l'homme et son fouet. Pas les mots " Lens Larque " et " Panak ". »

Tippin se renfrogna et fixa le fond de son verre.

« Eh bien, c'est sans grande importance, quoi qu'il en soit. C'est un humain et c'est un Darsh. Que les Methlen aimeraient le capturer! Il est leur bête noire et en retour il a une dent contre eux. Avez-vous visité Methel?

1. Rachepol : personne chassée de sa taude natale, un proscrit, un vagabond sans attache, souvent un criminel.

– Pas encore.

– Twanish est leur spatio-port et leur ville principale. Les Methlen ne peuvent supporter l'odeur de l'ahagaree et les Darsh sont parqués dans un quartier périphérique. N'est-ce pas un univers merveilleux et étrange? Je crois que je boirais volontiers un autre verre de cet excellent alcool. »

Gersen passa commande au serveur.

« Les Methlen n'ont-il rien perdu, lors de l'effondrement de la Kotzash?

– Absolument rien. Seuls des Darsh et de petits spéculateurs, tel que moi, en ont été victimes.

– Et Ottile Panshaw n'a rien gagné ou perdu?

– Je l'ignore. On ne l'a plus vu pendant des mois, mais à présent il est de retour à Serjeuz. Je l'ai croisé ne serait-ce qu'hier. Il semble pâle et maladif.

– C'est compréhensible, après une telle catastrophe. Quelle peut bien être la valeur de vos propres actions de la Kotzash?

– J'en possède vingt. Vingt fois zéro, ça fait zéro. »

Gersen s'étira sur son siège et fronça les sourcils en regardant le parasol. Il ouvrit sa bourse et en sortit vingt U.V.S.

« J'ai la stupide habitude de spéculer. Je vous rachète vos actions, un U.V.S. chacune. »

La mâchoire mince de Tippin s'affaissa. Il fronça les sourcils vers les billets puis reporta son regard suspicieux sur Gersen.

« La spéculation est généralement fondée sur un espoir.

– La mienne l'est sur un caprice.

– Vous ne semblez pas être un homme capricieux.

– Supposez que Lens Larque indemnise la Kotzash. J'en tirerais profit.

– C'est un espoir insensé, le plus insensé de tous.

– Je ne doute pas que vous ayez raison. »

Gersen tendit la main pour récupérer l'argent mais les doigts décharnés de Tippin le prirent de vitesse.

« Pas si vite. Pourquoi ne pas satisfaire vos caprices?

– Il n'y a pas de raison, en effet. Où sont vos actions?

– En haut, dans mon appartement. Je vais vous les descendre immédiatement. »

Il s'éloigna en hâte et revint bientôt avec les documents. L'argent changea de mains.

« Je peux trouver d'autres actions de la Kotzash, dit Tippin. J'ignore combien, mais je vous les vendrai au même prix. »

Gersen se carra sur son siège avec un sourire.

« Soyez discret! Ne dites à personne qu'un étranger veut racheter les actions de la Kotzash. On vous suspecterait d'être un escroc et les prix monteraient. Je ne veux pas mettre plus d'un U.V.S. par action et personne n'y trouverait son compte. Comprenez-vous cela?

– Dans tous ses détails, à l'exception d'un seul. La raison pour laquelle vous rachetez ces actions... caprice mis à part, naturellement.

– Caprice et, disons, altruisme. »

Tippin se pencha en arrière avec un sourire morose.

« L'une est aussi plausible que l'autre. Il faudrait cependant me faire une avance. Cent U.V.S. suffiront pour aujourd'hui. Vous me reprendrez toutes les actions de la Kotzash à un U.V.S. pièce, je présume?

– Je suis catégorique. A une condition, cependant : ne contactez sous aucun prétexte Ottile Panshaw! »

Le regard de Tippin quitta les billets que Gersen venait de mettre sur la table.

« Ses actions sont aussi bonnes que les miennes.

– Il en possède plus que je ne souhaite acheter. La discrétion est absolument nécessaire. Êtes-vous d'accord?

– Eh bien, oui, je n'ai pas le choix. Cependant, je ne comprends...

– Caprice.

– Le caprice est une couverture qui ne peut couvrir tous les lits. Je vous prenais pour un homme attaché aux froides réalités. »

Gersen tendit la liasse de billets.

« Voilà mes réalités, vous pouvez les qualifier de froides si ça vous chante.

– Vous m'avez convaincu. »

Tippin se leva.

« Je reviendrai vous tenir au courant tout à l'heure. »

Il quitta le jardin et, d'un pas sautillant, il s'engagea sur la place. Gersen appela le serveur et régla les consommations.

« Où se trouve la maison Dindar?

– Là-bas, monsieur, sous la Taude de Skansel. Vous voyez le grand dôme, juste sur la gauche du pilier? C'est la maison Dindar. »

Tippin, s'était dirigé vers la Taude de Skansel et Gersen décida d'en faire autant.

« Je reviendrai vous tenir au courant tout à l'heure. »
Il quitta le jardin et, d'un pas sautillant, il s'échappa sur la place. Gorsen appela le serveur et régla les consommations.

« Où se trouve la maison Dindar?

— Là-bas, monsieur, sous la Tonde de Skansel. Vous verrez un grand dôme, juste sur la gauche du pilier. C'est la maison Dindar. »

Pippin s'était dirigé vers la Tonde de Skansel et Gorsen décida d'en faire autant.

CHAPITRE VIII

Extrait de l'*Habitat darsh*, par Stuart Sobek, article paru dans *Cosmopolis*.

Dar Sai, dont le climat est rendu inhospitalier par son soleil : Cora, est une planète torride et aride autour de la bande équatoriale où les sables sont riches en duodécimates. Au fil des siècles, des hommes et des femmes courageux ont élaboré maints systèmes pour contrer la chaleur de Cora, alors qu'ils extrayaient leur richesse des sables. Ce sont les Darsh : une race aux innombrables particularités. Le jour ils demeurent sous l'abri d'immenses pare-soleil métalliques sur le pourtour desquels s'écoulent des rideaux d'eau fraîche : les célèbres taudes de Dar Sai. Sans protection, dehors sur les Galles, un homme mourrait de chaleur et d'insolation en quelques minutes, alors que sous la « taude » il profite de la fraîcheur de la verdure en dégustant des sorbets glacés.

Les Darsh ne forment pas un peuple joyeux ou porté vers la réflexion philosophique. Il se concentrent sur les joies apportées par l'instant présent et font montre d'une étrange propension à les apprécier en faisant l'expérience de leurs antithèses. Leur nourriture est additionnée d'infâmes condiments, afin qu'ils puissent estimer à sa juste valeur la fraîcheur et la pureté de l'eau. Ils boivent un thé infect et des bières ignobles afin de faire la preuve de cette perversité particulière qui leur apporte par elle-même une intense satisfaction.

Les rapports érotiques, d'une nature à alarmer les

personnes au caractère placide, sont apparemment basés sur la haine et le mépris, plutôt que sur un respect mutuel.

Gersen franchit le rideau liquide qui séparait la Taude Centrale de celle de Skansel. L'eau, une bruine de fines gouttelettes, était fraîche sur son visage et ne fit qu'humidifier ses vêtements. Alors qu'il se dirigeait vers la place Skansel, sous les arbres et le feuillage, il passa devant des bâtiments érodés par le temps et d'aspect misérable, en contraste avec le modernisme cosmopolite de la Taude Centrale. Les personnes qui le regardaient depuis les dombles étaient des Darsh citadins, qui se différenciaient de ceux du désert par leurs pantoufles souples et leurs robes légères, ainsi que par un teint légèrement jaunâtre. Ils avaient cependant les mêmes nez lourds, les mêmes mâchoires en galoche et les mêmes lobes allongés ornés de pendants d'oreille.

Gersen s'arrêta à la limite de la place Skansel. Tippin n'était visible nulle part. Quelques touristes allaient d'échoppe en échoppe pour acheter des souvenirs de cette planète à des femmes Darsh aux visages de pierre et aux moustaches noires, ou s'obstinaient à boire de la mauvaise bière darsh aux terrasses des cafés. C'était dans son ensemble une scène étrange et pittoresque, estima Gersen, uniquement gâchée par la proximité psychique de Lens Larque.

Sur la droite se dressait la maison Dindar : un entassement massif de dômes bas et aplatis, intersectés par des arcades obliques et incurvées. En travers du second étage on pouvait lire, sur une grande enseigne :

LE JOURNAL DES PROSPECTEURS
Serjeuz, Dar Sai.
Nouvelles complètes du désert, des concessions et des taudes.

Ottile Panshaw avait un bureau dans la maison Dindar; Daswell Tippin était parti dans cette direction, alors que Gersen n'avait aucune intention d'affronter Ottile

Panshaw pour l'instant; peut-être serait-ce sage de vérifier jusqu'à quel point il pouvait faire confiance à Tippin. Il gravit d'un pas nonchalant la rampe d'accès et pénétra dans la maison Dindar. Le hall carrelé de dalles couleur de foie et à la forte odeur de fumée, donnait sur deux corridors obscurs. Une volée de marches montait vers les étages supérieurs.

Gersen consulta la liste des locataires : *Ottile Panshaw concessions et cautions* était désigné comme l'occupant de l'appartement 103.

Au hasard, Gersen prit un des couloirs et trouva une suite de portes numérotées : 100, 101, 102. Devant la porte 103 il s'arrêta pour écouter. Il crut entendre un murmure de voix et colla son oreille au battant. Mais soit les occupants de la pièce s'étaient tus, soit il s'était trompé sur l'origine de ces sons.

Gersen s'éloigna, de peur d'être surpris. Il avait noté que les bureaux étaient séparés par des murs de béton de trente centimètres d'épaisseur. En conséquence impossible d'écouter tout entretien se déroulant dans le bureau d'Ottitle Panshaw, hormis par la porte ou la fenêtre.

Gersen quitta la maison Dindar. A un kiosque proche, en partie dissimulé par un kumquatier, une vieille femme accroupie aux cheveux noirs crépus et à la moustache de taille exceptionnelle vendait des confiseries, des journaux, des cartes et divers autres articles. Gersen acheta un exemplaire du *Journal des Prospecteurs* et s'adossa négligemment au kiosque. Sur le mur, des affiches avaient été collées l'une sur l'autre, au fil des années. On pouvait lire sur les plus récentes :

FANTAISIE DE TOURS ET DE DANSES

1. *Panko Wapshot :*
   Dans son ballet duel contre Les Quatre Ranifleurs Armés.
2. *Galapiots et Chelts :*
   Une joyeuse comédie.
3. *Les Quatre Scorpions et le Ranifleur Ivre :*
   Ne manquez pas leurs tours et leurs farces.
4. *Miffet et sa Merveilleuse Machine à Sable.*
   Une invention fantastique!

5. *Autres tours et spectacles.*
Place Twinkner, sous la Taude Twinkner, le 20ᵉ jour de Dirdolio.

Une autre affiche, déchirée et aux teintes passées, annonçait :

SPECTACLE EXCEPTIONNEL DE RANIFLERIE!
Auquel participent :
Ticket Fouettard et les Galopiots Ineptes.
Jipsum le Sautilleur et les Chelts rétives.
. Caliogo et Offiche
La Khoontz folle s'empare d'un ranifleur benêt.

Et bien d'autres tours amusants, poses et exploits acrobatiques.

Sur le dessus une nouvelle affiche brillante, imprimée en vert et jaune, annonçait :

GRAND HADAUL
de Donnorville.
Daffledi,
10ᵉ jour de Mirmone.

L'attention de Gersen fut distraite par l'apparition d'une jeune Methlen venant de la Taude Centrale. Gersen l'observa tout d'abord avec détachement, puis intérêt, puis fascination. Des boucles noires encadraient librement son visage pour l'instant concentré et préoccupé, mais qui en d'autres occasions devait pouvoir traduire avec animation une vaste palette d'expressions.

Elle portait une robe de tissu vert sombre descendant jusqu'aux genoux et tenait une grande enveloppe grise. Elle se déplaçait avec une insouciance désinvolte qui, avec sa peau claire et légèrement olivâtre, son petit nez droit et son menton délicat, évoquait une vie privilégiée. Pour Gersen, elle représentait exactement cette existence dont les circonstances l'avaient exclu et pour laquelle il éprouvait parfois des regrets doux-amers...

Lorsqu'elle passa devant le kiosque, elle adressa à

Gersen un regard indifférent, puis gravit rapidement la rampe qui menait à la maison Dindar.

Gersen la regarda disparaître; sa silhouette, élancée et galbée, sans molle graisse superflue, était extrêmement attirante. Il poussa un profond soupir et reporta son attention sur le *Journal des Prospecteurs.*

Dix minutes s'écoulèrent, puis la jeune Methlen sortit de la maison Dindar et descendit la rampe. Lorsque ses yeux rencontrèrent ceux de Gersen, elle lui retourna un regard glacial, redressa légèrement le menton, et s'éloigna en direction de la Taude Centrale.

Gersen fit son sourire oblique, plia le journal, et entra à nouveau dans la maison Dindar. Il revint vers l'appartement 103 et, comme la fois précédente, il lui sembla entendre des voix étouffées, puis un crissement de meubles. Il regagna rapidement le vestibule et se réfugia sous l'ombre d'un contrefort. Deux hommes sortirent de l'appartement 103. L'un était Daswell Tippin, l'autre un grand Darsh qui possédait un visage carré aux traits durs, un physique robuste, et de longs lobes d'oreille. Au lieu de la bure et du thabbat, il portait une tunique classique couleur muscade, avec une culotte bleu pâle et des bottines noires.

Tous deux quittèrent la maison Dindar et, un instant plus tard, Gersen les suivit sur la place Skansel. Mais ils avaient emprunté une des allées dissimulées par les arbres et avaient disparu.

Gersen refit en sens inverse le chemin qu'il avait parcouru un peu plus tôt. Il franchit à nouveau le voile de brume et regagna la Place Centrale. Il la traversa jusqu'à l'*Auberge des Voyageurs* et jeta un coup d'œil dans le hall. Daswell Tippin n'était pas à son bureau.

Il ressortit dans le jardin. C'était à présent le milieu de l'après-midi. L'air était chaud et lourd; le murmure de l'eau qui tombait en cascade était soporifique. Les personnes encore en vue, pour la plupart des touristes, se déplaçaient d'un pas traînant. Gersen s'assit à une table à la limite de la place. Brusquement, il trouva un nouveau sujet de réflexion. Il sortit la lettre d'Addels de sa poche, se référa au texte, et recopia une liste :

Ottitle Panshaw	1250
Banque Chanseth	1000
Nihel Cahous	600
Divers	1970

Puis il effectua quelques calculs. S'il parvenait à acquérir les actions de la banque Chanseth et celles que détenait Nihel Cahous, il pourrait, sans toutefois posséder la majorité des parts, réclamer le poste de président-directeur général de la Kotzash.

L'aveu candide de couardise de Jehan Addels l'amusait. En souriant, il releva les yeux et croisa à nouveau le regard de la jeune Methlen qui passait par hasard devant le *Jardin des Voyageurs*. Gersen ne put s'empêcher de noter son air de propreté et de parfaite santé. Elle semblait également être volontaire et hautaine. Serrant les lèvres, elle lança à Gersen un regard oblique irrité et poursuivit son chemin. Le sourire de Gersen se figea en une grimace pitoyable. Il la suivit tristement du regard. Délicieuse et superbe, pensa-t-il, bien qu'un peu irascible. Par caprice ou curiosité, elle regarda par-dessus son épaule. Voyant que Gersen continuait de lui prêter attention, elle secoua la tête avec mépris, et s'éloigna sur la place.

« Dans le cas présent, mon statut n'est pas à mettre en doute », se dit Gersen.

Regardant au-delà de la jeune fille, il vit la façade de la banque Chanseth : un des plus beaux bâtiments de la Place Centrale. La jeune fille y pénétra et diparut mais Gersen avait déjà reporté son attention sur un autre sujet. La banque Chanseth détenait 1000 actions de la Mutuelle Kotzash. Le temps risquait d'être un facteur crucial, à présent que Daswell Tippin était devenu son associé, pour le meilleur et pour le pire. Gersen se leva et s'engagea à son tour sur la place.

Un jardin classique bordait l'accès à la banque : Quatre grands pointanes taillés en forme de goutte parfaites s'y dressaient, entourés par des haies basses de crépitiers roux. Gersen passa sous une porte voûtée et pénétra dans une vaste cour fraîche pavée de carreaux bleus. Sur la droite, une balustrade d'albâtre sculpté délimitait la zone de travail; sur la gauche, des colonnes en spirale soutenaient un écran serti de lentilles de cristal. A l'autre extrémité de la salle se trouvait la partie salon où étaient assis une douzaine de Methlen d'âge divers, y compris la jeune fille que Gersen avait remarquée un peu plus tôt, à présent en compagnie d'un homme plus âgé. Lorsqu'elle vit Gersen, sa mâchoire s'affaissa de surprise. Elle se détourna rapidement et s'adressa avec ardeur à son interlocuteur.

Gersen eut un sourire amer et se rendit au comptoir. Une minute s'écoula, puis une autre. L'impatience de Gersen grandit. Il s'adressa à un employé.

« C'est bien ici la banque Chanseth, je présume?

– Exact, répondit l'homme d'une voix neutre.

– Qui est le directeur?

– Puis-je vous demander ce que vous désirez?

– Je désire discuter une transaction commerciale.

– Nous effectuons presque uniquement des transactions commerciales. Étant donné que nous ne sommes affiliés à aucune autre banque, nous ne réglons pas les chèques et nous n'honorons pas les cartes de crédit.

– L'affaire qui m'amène est d'une certaine importance. Veuillez avoir l'obligeance de faire venir votre directeur.

– C'est cet *averroi* [1], là-bas, le Gentil Adario Chanseth. Vous pouvez constater qu'il est occupé pour l'instant.

– Oh? Cette jeune femme est donc une personne importante?

– C'est sa fille, la Gentille Jerdian Chanseth. Vous pourrez l'entretenir de vos affaires dès que leur conversation aura pris fin.

1. Le mot methlen *averroi*, désigne un statut considérable et plus élevé que celui impliqué par le terme de « gentleman ». *Averroi* implique de la dignité, du formalisme, de l'exclusivisme, un maintien social et une maîtrise parfaite de l'étiquette methlen. Les Methlen rendent un hommage purement théorique au mythe selon lequel tous les Methlen sont égaux entre eux. Ils utilisent en conséquence un unique titre honorifique, ici traduit par « gentil ». En réalité, les discriminations sociales sont des plus réelles et le reflet de facteurs trop nombreux et subtils pour pouvoir être analysés ici.

L'on peut noter, entre parenthèses, que les Methlen sont extrêmement sensibles au ridicule et à l'humiliation. Leurs codes civils et criminels reflètent parfaitement cette sensibilité.

– Ce qui m'amène est plus important qu'un bavardage oisif avec une jeune fille », déclara Gersen.

Il s'éloigna du comptoir et se dirigea vers le salon. Deux grands hommes qui arboraient des moustaches hérissées et rigoureusement identiques, vinrent à sa rencontre. Chacun d'eux le saisit par un bras et le tira énergiquement vers l'entrée.

« Eh là! cria Gersen. Que faites-vous?

– Dehors, et restez-y, dit un des hommes.

– Ne vous avisez plus d'importuner une dame Methlen, sinon il vous en cuira, précisa le second.

– Je n'ai importuné personne! protesta Gersen. Vous faites erreur! »

Il se recula et tenta de résister, mais ils se saisirent de lui par le fond de son pantalon, le portèrent jusqu'à la porte et le lancèrent dans une des haies de crépitiers.

Gersen se releva, épousseta les feuilles et les brindilles de ses vêtements et rentra dans la banque.

Les deux hommes, décontenancés par son obstination, s'avancèrent à nouveau. Gersen dit avec humeur :

« Arrière, s'il vous plaît. Je dois traiter des affaires avec le Gentil Adario Chanseth, pas avec vous. »

Il esquiva les deux hommes et s'approcha de Chanseth qui s'était détourné de la Gentille Jerdian.

« Eh bien, que signifie tout cela? »

Gersen sortit une carte de visite qu'il tendit à Chanseth.

« A votre convenance, j'aimerais parler avec vous d'une certaine transaction.

– Honorable Kirth Gersen, lut Chanseth. Président-directeur général de la banque Cooney, Rath Eileann, Aloysius. »

Il émit un grognement dubitatif.

« Que me voulez-vous?

– Devons-nous en discuter ici? Les choses se passent différemment, à la banque Cooney. Si vous étiez venu me voir, je ne vous aurais pas fait jeter dans les haies.

– Il s'agit de toute évidence d'un malentendu, rétorqua Chanseth d'une voix glaciale. Si vous vouliez avoir l'obligeance de me révéler, ne fût-ce qu'une infime partie de ce qui vous amène, je pourrais au moins vous dire si je suis la bonne personne à consulter.

– Comme vous voudrez. Pour parler franchement, je suis venu solliciter votre avis. Ma banque a d'importants intérêts dans le domaine de la métallurgie et nous avons l'intention d'établir des succursales tant ici qu'à Twanish. Nous nous intéressons fortement aux duodécimates et aux valeurs boursières qui s'y rapportent.

– Il est préférable de parler de ceci en privé. » Chanseth lui fit traverser un voile plasmatique vers un bureau. Il désigna à Gersen un siège de bois blanc courbé. « Asseyez-vous, si cela vous tente. » Chanseth, quant à lui, resta debout.

Ignorant la raideur assez ostensible de Chanseth, Gersen s'installa confortablement dans le fauteuil. D'une voix désinvolte, il déclara :

« La méthode employée par les Methlen pour accueillir un confrère est unique en son genre. »

Chanseth lui répondit sur un ton mesuré.

« Ma fille m'a rapporté que vous l'aviez suivie des yeux avec impudence, " en souriant et avec un regard paillard ", selon ses propres termes. Pas une seule fois, mais à plusieurs reprises, après l'avoir suivie à la Taude de Skansel puis être revenu jusqu'ici. Lorsque vous avez pénétré à l'intérieur de la banque, j'ai évidemment donné l'ordre de vous expulser.

– S'il s'agissait d'une autre personne que votre fille, je l'estimerais vaniteuse et écervelée. »

Chanseth, que l'opinion de Gersen laissait visiblement indifférent, secoua sombrement la tête.

« Nous sommes sur un monde barbare, n'en doutez jamais. Les Darsh représentent une race indescriptiblement vulgaire. Ils sont également brutaux et violents. Vous pouvez considérer Serjeuz comme un lieu paisible où l'ordre règne, c'est effectivement le cas, mais uniquement parce que les Methlen ne tolèrent pas le désordre. Nous restons vigilants contre l'impudence et votre conduite, quelle qu'en ait été la nature, réclamait une sanction rapide. Mais laissons de côté ce sujet. Veuillez m'expliquer pour quelles raisons vous désiriez me voir.

– Naturellement. La collecte et la commercialisation

des duodécimates de Dar Sai laisse à désirer. J'estime que l'on pourrait rationaliser ces opérations au bénéfice de tous, peut-être grâce à l'établissement d'une agence centrale.

– Votre déclaration est exacte. L'exploitation du duodécimate n'a pas de structure et est anarchique. Mais les mineurs sont des Darsh et ce peuple est réfractaire à toute discipline.

– Cependant, les Darsh apprécieraient certainement les services offerts par une unique agence. Un système coopératif pourrait peut-être être mis en place? »

Chanseth laissa échapper un rire sec d'où tout humour était absent.

« Si vous voulez être victime d'une agression, vous n'avez qu'à faire cette proposition à un prospecteur darsh. La Mutuelle Kotzash était exactement un consortium de ce type. Les prospecteurs ont reçu des parts sociales en échange de leur minerai, l'entrepôt a été pillé, et depuis ces actions n'ont plus la moindre valeur.

– J'en ai entendu parler, dit Gersen. Mais si la Kotzash devait renaître et, d'une façon ou d'une autre, régler ses dettes en suspens...

– A un coût prohibitif.

– Je pourrais malgré tout racheter quelques actions de la Kotzash. Cela me permettrait au moins d'avoir une place dans cette communauté. »

Chanzeth hocha pensivement la tête, puis il se rendit à son bureau et s'y assit.

« C'est possible. Je détiens quelques actions... un millier plus exactement... que je pourrais revendre à une fraction de leur valeur nominale. »

Gersen haussa les épaules avec indifférence.

« Il ne m'en faut que quelques centaines, tout au plus. Quel est leur valeur actuelle?

– Je n'en suis pas certain, mais je puis affirmer qu'elle n'est guère élevée.

– Ça ne fait aucun doute. Eh bien, je rachète vos actions. Cinquante U.V.S. devraient suffire. »

Chanseth leva ses sourcils.

« Êtes-vous sérieux? Pour un millier d'actions dont chacune représente dix onces de duodécimate?

– Dix onces de duodécimate qui n'existe pas. Chacune d'elles n'a, en fait, absolument aucune valeur.
– C'est exact, à moins que quelqu'un décide d'indemniser les actionnaires. Vous, par exemple.
– Vous avez dû évaluer vous-même le coût d'une telle opération.
– Cependant, cinquante U.V.S. représentent une somme dérisoire. »
Gersen poussa un soupir dépité.
« Je monterai jusqu'à cent U.V.S., pas un centime de plus. »
Chanseth se rendit auprès d'un classeur et en sortit une chemise qu'il vint poser devant Gersen.
« Voilà vos actions. Elles sont au porteur et aucun document de transfert n'est nécessaire. »
Gersen paya les cent U.V.S.
« De l'argent jeté par les fenêtres, naturellement.
– Je partage votre opinion.
– Dans quelles circonstances les avez-vous acquises? »
Chanseth sourit.
« Elles ne m'ont absolument rien coûté, quoi qu'il en soit. Je les ai échangées contre d'autres actions également sans la moindre valeur : des parts dans une compagnie minière défunte.
– Serait-ce la société d'Extraction et de Prospection Didroxus? »
Chanseth lui adressa un regard pénétrant.
« Comment le savez-vous?
– Si j'en crois l'A.I.S.E., cette société est une filiale de la Kotzash, mais aucun actif n'est mentionné.
– C'est exact. L'unique actif est un droit d'exploitation de Shanitra, la lune de Methel.
– Ce qui semble être une concession importante. »
Chanseth arbora un sourire sarcastique.
« Shanitra a été exploré une centaine de fois et ce n'est rien de plus qu'un bout de rocher. J'ai échangé du vent contre du vent.
– Cette opération vous a tout de même rapporté cent U.V.S. Vous êtes un homme adroit. »
Chanseth s'autorisa à arborer à nouveau un sourire glacial.

« Je vais vous donner gratuitement un conseil qui vaut bien plus de cent U.V.S. Si vous envisagez d'ouvrir une succursale de votre banque ici... ou en tout autre lieu de Dar Sai, d'ailleurs... renoncez-y. Il vous sera impossible de faire la moindre transaction. Elles sont presque toutes effectuées entre Methlen et vous ne pourrez y toucher. Et les Darsh s'adressent rarement à des banques.

– Je garderai cela à l'esprit. »

Gersen se leva.

« Transmettez mes respects à votre fille. Je suis désolé de l'avoir inquiétée. A la première occasion, je m'en excuserai personnellement auprès d'elle.

– Ne prenez pas cette peine. Elle a déjà oublié cet incident. Quoi qu'il en soit, nous allons bientôt regagner Methel. »

Il s'inclina légèrement.

« Bonne journée, monsieur. »

Gersen sortit du bureau. La Gentille Jerdian était assise dans le salon. Elle grignotait des confiseries en compagnie d'une amie. Gersen lui adressa un signe de tête courtois, mais elle ne parut pas le voir.

Il sortit sur la place. Non loin de là, un dedron bleu nuit, hérissé de fleurs blanches et rouges, s'incurvait au-dessus de la terrasse d'un café. Gersen trouva une table dans une niche ombragée et se fit servir du thé.

Il resta assis pour réfléchir aux diverses tournures que pourraient prendre les événements. Ils formaient un enchevêtrement déconcertant, un véritable labyrinthe au centre duquel se tapissait un personnage sinistre. Gersen sourit face à l'extravagance de cette image. Que Lens Larque fût tapi quelque part, c'était presque certain. Il était peut-être cet homme corpulent qui mâchonnait un petit pain à la crème de l'autre côté du café, Gersen ne pouvait être sûr du contraire. Comme tous les Princes-Démons, Lens Larque dissimulait son identité publique. Tout au long de ce labyrinthe serpentait un unique fil conducteur aux nombreux brins : la Mutuelle Kotzash, Ottile Panshaw, la compagnie d'Extraction Didroxus et la concession de prospection et de développement de Shanitra (pourquoi Panshaw avait-il pris la peine de faire l'échange?) et à présent, très probablement, également

Daswell Tippin. Pourquoi ce dernier s'était-il immédiatement rendu au bureau d'Ottile Panshaw, en dépit des mises en garde de Gersen? Et qui était ce demi-Darsh qu'il y avait rencontré?

La dernière boucle du « fil » Kotzash semblait passer par Nihel Cahous de la Taude d'Inkin, qui possédait six cents actions. Comment ce Cahous avait-il obtenu un portefeuille si important, équivalent à trois tonnes de sable noir? Quelles qu'eussent été ses méthodes, il serait plus sage de le contacter avant Daswell Tippin, ou toute autre personne... A la pensée du réceptionniste, Gersen s'inquiéta. Avoir contacté cet homme pouvait s'avérer être une grave erreur. A l'origine, il lui avait paru pouvoir être un intermédiaire utile pour collecter les actions disséminées, mais Tippin risquait fort d'avoir à présent des visées sur des transactions plus importantes.

Qui était ce Cahous et où se trouvait la Taude d'Inkin?

L'enseigne d'un magasin proche attira son regard :

LE COMPTOIR DU DÉSERT

Équipement pour touristes, informations de voyage
Expéditions et excursions organisées et guidées.
Assistez confortablement à un véritable hadaul en toute sécurité.

Gensen alla regarder la vitrine. On y voyait du matériel conçu pour les expéditions dans le désert : bulles à moteur, glisseurs, bures darsh, bottes et sous-vêtements isolants, générateurs d'air conditionné et autres marchandises semblables. Une rangée de livres, de cartes, et de brochures, était flanquée de deux chevalets. Le premier portait une affiche intitulée :

INFORMATIONS TOURISTIQUES

avec un texte attenant. Sur le second se trouvait une affiche imprimée en vert et en jaune :

GRAND HADAUL
de Donnorville.
Daffledi,
Le 10e jour de Mirmone.

Une des plus importantes rencontres de l'année!
Un événement à ne pas manquer!

Voyagez confortablement en compagnie de notre guide expérimenté et assistez à ce spectacle typique de Darsh.

Gersen entra et acheta un livre intitulé : *Les clans de Dar Sai*, une carte, et une brochure : *Guide des Taudes.*

Il rapporta ses achats à sa table, sous l'ombrage du café, et il étala la carte : une bande de près d'un mètre de long sur trente centimètres de large, colorée de diverses nuances sur un fond jaune sable. Les zones extrêmes, en haut et en bas de la carte, avaient une couleur verte et étaient appelée « Marécages », sans qu'aucun détail n'y fût porté. Les quatre agglomérations principales : Serjeuz, Fontaine de Wabber, Donnorville et Belfeser, étaient indiquées par des étoiles noires; les autres colonies par de gros points noirs et les taudes isolées par de petits points. Les lieux qui avaient un certain intérêt historique, touristique, ou autre... « Portique de l'Étrangleur », « Tours de Tourmaline », « Ferme du Scorpion », « Laideret », « Le Skutch »... étaient délimités par des hachures ou des traits en pointillé. Des zones colorées, grandes ou petites, désignaient les domaines des clans. Gersen repéra la « Région Bugold » et « La Taude Bugold » à trois mille kilomètres à l'est de Serjeuz, légèrement au nord... Gersen releva les yeux de la carte et vit Daswell Tippin traverser la place en sautillant. Son visage arborait une expression de profonde consternation. Il portait son regard de tous côtés, mais il ne remarqua pas Gersen que les ombres dissimulaient. Avec intérêt et amusement, Gersen le vit entrer dans la banque Chanseth. Il savait que l'entretien entre Tippin et Adario Chanseth ne satisferait aucun des deux hommes. Tout en gardant un œil sur la banque, Gersen replia la carte et feuilleta les *Clans de Dar Sai*. Le premier chapitre brossait un tableau sommaire de l'histoire ancienne de ce monde : la construction des taudes et la formation des clans. Le second, le troisième et le quatrième chapitres décrivaient la vie typique d'un clan, les relations entre ses membres, les habitudes procréatrices, les distinctions de caste et les divertissements. Dans le cinquième chapitre, le *hadaul* était longuement étudié et l'auteur avait tendance à croire que les jeux de toute société spécifique pouvaient être considérés comme un microcosme de la société elle-même... Daswell sortit de la banque, d'un pas bien moins guilleret. Il regardait nerveusement dans toutes les directions et vint jusqu'au café où il s'assit à moins de dix mètres de Gersen, lui tournant le dos.

Le serveur s'approcha. Tippin passa sèchement commande et on lui servit un petit verre de punch pétillant qu'il but à petites gorgées, comme s'il s'agissait d'une potion médicinale. D'un geste nerveux, il plongea sa main dans la poche de sa veste et en sortit une liasse de documents. Gersen reconnut des titres de propriété fort semblables à ceux qu'il venait d'acheter à Chanseth. Tippin les compta avec des doigts fébriles.

Gersen se leva et vint derrière lui. Il se pencha par-dessus son épaule et arracha les actions des mains brusquement paralysées de l'homme.

« Du bon travail, dit-il. Je les emporte. Je vous les réglerai ce soir. Continuez. »

Il regagna sa table.

Tippin émit une petite protestation étouffée puis se leva à demi, avant de se rasseoir lentement.

Gersen compta les titres de propriété : Six de vingt parts, cinq de dix parts, et huit d'une seule part : 178 actions en tout.

Tippin l'observa sans mot dire pendant un moment, puis il se détourna lentement et se pencha vers sa boisson. La courbe de son dos était un reproche suffisamment éloquent.

Gersen additionna les actions : 1 112 plus 178 = 1 290. Il en détenait à présent suffisamment pour faire partie du conseil d'administration. Être président-directeur général, si Ottile Panshaw continuait de détenir seulement

1 250 actions : un espoir guère réaliste... Le grand Darsh que Gersen avait vu dans la maison Dindar apparut brusquement à côté de la table de Tippin. Il se laissa choir sur le siège voisin de celui du réceptionniste qui lui dit une unique phrase concise.

Le Darsh émit un juron et regarda avec mépris en direction de la banque. Il posa une question brutale à Tippin qui secoua désespérément la tête et offrit une explication qui se voulait apaisante, mais qui poussa le Darsh à émettre un autre juron. Tippin fit alors un commentaire qui ne parvint pas à améliorer sa situation. Le Darsh se leva brusquement et s'éloigna sur la place. Tippin le suivit des yeux puis adressa un regard oblique à Gersen qui le fixa durement. Tippin vint en boitillant vers la table de Gersen. Avec des manières qui se voulaient calmes et pleines d'assurance, il s'assit.

« Ces actions ne vous étaient pas destinées.

– Ah? Et pour le compte de qui les aviez-vous acquises?

– C'est sans importance. Vous devez me les rendre.

– N'y comptez pas. Je vais vous régler ce que je vous dois, si vous le désirez.

– Ce sont les actions que je veux. Je les ai achetées pour le compte de ce Darsh.

– Qui est-ce? Que signifie cet intérêt soudain pour les actions de la Kotzash?

– Il se nomme Bel Ruk. J'ignore pourquoi il veut ces actions, tout comme j'ignore pourquoi vous les voulez.

S'il les désire, c'est simplement parce que vous lui avez appris que je les voulais... en contradiction formelle avec mes instructions. »

Tippin tordit sa bouche en une grimace.

« C'est sans importance. Ces actions m'appartiennent et vous devez me les rendre.

Vous les avez achetées pour mon compte et je les garde. Voulez-vous votre argent? »

Gersen compta la somme qu'il lui devait.

« Le voici. »

Tippin ramassa les billets avec des doigts hésitants

« Ça va m'attirer de graves ennuis.

Vous n'auriez pas dû vous rendre à la maison Dindar. Vous êtes l'unique responsable de vos problèmes. »

Tippin émit un grognement.

« A une époque, j'ai été l'associé de Panshaw. Je n'ai pas eu le choix.

– Bel Ruk travaille-t-il aussi avec Ottile Panshaw?

– Je le suppose.

– « Avec », ou « pour »?

– Pour. Je le pense, en tout cas.

– Combien d'autres actions pouvez-vous réunir?

– Aucune! Pour moi, cette affaire est terminée. »

Tippin se leva d'un bond. Comme un oiseau apeuré il regarda à travers le feuillage, alors qu'un groupe de jeunes Methlen s'installait à une table voisine. Il abaissa le regard vers Gersen.

« Savez-vous ce que les Darsh veulent dire par " rachepol "?

– J'ai déjà entendu prononcer ce mot.

– Littéralement, il signifie " oreille-coupée "... en pratique c'est la même chose que " proscrit ". Bel Ruk est un rachepol. Il n'a aucun scrupule. C'est un tueur habile. Si vous tenez à la vie, éloignez-vous de Serjeuz. »

Tippin quitta le café et traversa la place d'une démarche boitillante et rapide.

Gersen se replongea dans sa lecture. Quelques minutes plus tard un des Methlen de la table proche se leva et vint vers lui. C'était un grand jeune homme aux fins sourcils noirs, au long nez, et au maintien de patricien.

« Monsieur! Je réclame un instant de votre temps!

– Certainement, répondit Gersen. Que désirez-vous?

– Votre conduite me déconcerte. J'exige une explication.

– Il n'y a pas grand-chose à expliquer. Ma conduite est telle que vous la voyez. Je suis assis, je bois du thé et je lis un ouvrage que j'ai acheté dans la boutique que l'on peut voir là-bas. Il traite les us et coutumes des Darsh.

– Ce ne sont pas à vos occupations actuelles que je me référais.

– Je vous serais reconnaissant d'être plus explicite.

– Je parlais, en substance, de votre trafic d'actions de la Kotzash.

– Le principe de base est le suivant : acheter à bas prix et revendre au plus haut cours. Pourquoi ne pas aller interroger le gentil Adario Chanseth? C'est un expert en ce domaine et il pourra vous donner bien plus de renseignements que moi sur se sujet. »

Le jeune homme semblait ne pas avoir entendu.

« Je m'inquiète de vos fausses allégations et de la suspicion que vous avez généralement suscitée. »

Gersen sourit et secoua la tête.

« Je ne puis répondre à des questions d'ordre aussi général. Nous passerions des heures à définir nos sujets et je n'ai pas de temps à gaspiller. »

La voix du jeune homme monta dans les aigus.

« Vous avez donné naissance à une étrange série d'événements. Je tiens à savoir ce que vous comptez encore faire!

– Franchement, je l'ignore. Et maintenant, veuillez m'excuser. »

Gersen se replongea dans sa lecture. Le Methlen fit un demi-pas en avant. Gersen soupira et commença à réunir ses livres.

Une seconde personne s'approcha de la table.

« Aldo, c'est vraiment sans importance. Viens, nous devons régler les détails de notre excursion. »

Regardant de côté, Gersen vit le bas d'une tunique vert foncé. Il releva les yeux et en découvrit la partie supérieure, puis le visage de Jerdian Chanseth.

Aldo, qui ne quittait pas Gersen des yeux, répondit sur un ton cassant :

« Cet homme est retors! Je le trouve à peine courtois.

– Et après? Les choses sont ce qu'elles sont. Espères-tu pouvoir changer sa nature?

– Même les andropes peuvent être matés. Peut-être devrais-je aller en toucher deux mots aux policiers. Quelques coups de matraque feraient le plus grand bien à cet homme.

– Ou le rendraient encore plus hargneux. Non, laisse-le se tapir dans son antre. Pourquoi t'en inquiéter?

– Ce n'est pas si simple. Ses machinations sont déjà une source de soucis pour ton père.

– Eh bien, laisse-moi lui parler. Peut-être se conduira-t-il plus civilement avec moi.

– Je ne crois pas. C'est une simple question de naissance »

La voix de Jerdian devint cassante.

« Aldo, écarte-toi, ou plutôt retourne à notre table.

– J'attendrai ici, rétorqua Aldo, blessé dans sa dignité. »

Gersen avait suivi cette conversation sans éprouver beaucoup d'intérêt. Comme Jerdian se laissait choir sur le siège laissé vacant par Tippin, il se leva poliment, puis se rassit.

« Quel bonheur inattendu que de vous avoir à ma table. Puis-je vous offrir du thé? Au fait, je me présente : Kirth Gersen.

– Pas de thé, merci. Pour quelle raison êtes-vous venu à Serjeuz?

– Je pourrais vous donner une douzaine de réponses. Je voyage énormément. J'ai visité les recoins les plus étranges de la galaxie. Je m'intéresse aux peuplades exotiques, telles que les Darsh ou les Methlen. Je les trouve extrêmement pittoresques. »

Les lèvres de la Gentille Jerdian s'incurvèrent, mais Gersen ne put décider si c'était d'irritation ou d'amusement.

« Vous utilisez des faux-fuyants.

– Absolument pas. Il y aurait trop de choses à dire. Renvoyez ce jeune homme et nous passerons ensemble le reste de la journée, et peut-être également la soirée. »

Aldo se raidit et se recula.

« Je n'avais encore jamais entendu dire de pareilles inepties! Viens, Jerdian. L'impertinence de cet homme est lassante. »

Jerdian lui adressa un regard inexpressif et Aldo se tut brusquement. Elle s'adressa à Gersen d'une voix douce.

« Vous vous êtes présenté en tant que banquier.

– C'est exact.

– Vous ne ressemblez à aucun banquier que je connaisse.

– Votre instinct ne vous trompe pas. Habituellement, les banquiers ne sont méfiants et impitoyables que lorsque les chances sont de leur côté. Dites : quelle opinion avez-vous de moi?

– Entre autres choses, je vois en vous l'homme qui vient d'escroquer mon père. »

Les sourcils de Gersen se levèrent.

« Voilà qui est singulier! C'est plutôt votre père qui a exploité ma naïveté.

– Ces paroles frôlent la diffamation! s'exclama Aldo. Elles vous amèneront des ennuis.

– Pourquoi ne pas demander à ce monsieur de nous laisser? demanda Gersen à Jerdian. Il me fait penser à un oiseau de mauvais augure. »

Jerdian fixa pensivement Aldo, puis reporta son regard sur Gersen.

« A moins que vous ne décidiez d'être sincère, notre conversation est terminée. »

Gersen fit un geste contrit.

« Si j'ai peut-être été évasif, c'est parce qu'Aldo m'impressionne. Ses menaces et ses éclats de voix m'inhibent. »

Jerdian se tourna brusquement.

« Aldo, je te prie de retourner à notre table. En fait, j'éprouve des difficultés à penser sainement, avec toi juste derrière mon épaule.

– Comme tu voudras. »

Aldo s'éloigna à grands pas. Gersen appela le serveur.

« Apportez-nous du thé, ou plutôt une flasque de Flux Spondent et deux verres. »

Jerdian se recula, pour se dissocier de Gersen.

« Je ne veux rien. Dans un instant, j'irai rejoindre mes amis.

– Pourquoi avez-vous pris la peine de venir à ma table? Vous semblez me trouver détestable. »

Cette remarque amusa Jerdian. Elle rit et devint plus séduisante que jamais. Gersen éprouva un brusque coup au cœur. Aimer Jerdian Chanseth et être aimé d'elle serait fascinant.

Jerdian devina peut-être les pensées de Gersen et déclara d'une voix neutre :

« Je vais vous expliquer les raisons de l'intérêt que je

vous porte. C'est très simple. Le célèbre Lens Larque est impliqué dans le scandale de la Kotzash. Dès que nous entendons prononcer le mot « Kotzash », nous sommes immédiatement sur nos gardes.

– C'est fort compréhensible.

– Alors, pourquoi rachetez-vous les actions de cette compagnie?

– C'est une simple question de tactique et cela n'a absolument rien de déshonorant. Si je vous expliquais tout vous iriez immédiatement le dire à votre père, qui le répéterait à une douzaine d'autres personnes. Ce qui nuirait pour le moins à mes intérêts. »

Jerdian porta son regard sur l'autre côté de la place.

« Alors, il n'existe aucun rapport entre Lens Larque et vous?

– Pas le moindre. Notez que même si c'était le cas, je ne l'avouerais pas. »

Jerdian haussa les épaules en un geste à la fois frivole et dédaigneux.

« Vous semblez bien le connaître.

– Vous également.

– Pour d'excellentes raisons. C'est notre bête noire. En fait, nous avons vécu une petite aventure désagréable à laquelle il était mêlé. C'est naturellement un Darsh bon teint et de plus un rachepol. Connaissez-vous ce mot?

– Il signifie proscrit?

– A quelque chose près. Lors d'une grande cérémonie les Darsh tranchent une des oreilles du coupable.

– Et j'ai tranché l'autre, fit Gersen. »

Jerdian tourna brusquement la tête.

« Qu'avez-vous dit?

– Qu'à donc fait Lens Larque, pour perdre son oreille? »

Jerdian arbora un masque de dignité. Le crime en question devait appartenir à une catégorie que les jeunes filles Methlen considéraient soit inimaginable, soit inconvenant à expliquer.

« J'en ignore les détails. Et vous ne m'avez toujours pas donné la moindre information. »

Gersen prit son gobelet et la lorgna à travers les facettes du cristal taillé.

« Avec la représentante de la banque Chanseth, je reste bouche close et évasif. Alors que j'aurais en fait énormément de choses à dire à une jeune fille dont la personnalité pourrait être considérée comme charmante, stimulante, et même troublante. »

A nouveau, Jerdian haussa les épaules avec frivolité.

« Vous êtes décidément impertinent, et extrêmement hardi. »

Gersen nota que sa voix ne semblait plus autoritaire ou mordante.

« J'ai eu raison de me plaindre de vous, tout à l'heure, fit-elle pensivement remarquer.

– Vous vous êtes trompée sur toute la ligne. Je relevais les yeux d'une lettre que j'avais trouvée amusante, lorsque je vous ai vue. Mais je ne vous ai pas « souri », ni lancé un « regard paillard ». Puis j'ai remarqué la banque Chanseth et je m'y suis rendu pour m'entretenir avec votre père, chose que je n'ai pu faire en raison d'une expulsion brutale. »

La dignité de Jerdian s'était presque évaporée.

« Eh bien, et la maison Dindar? Ne m'y avez-vous pas suivie?

– Comment serait-ce possible? Je m'y trouvais avant votre arrivée.

– Eh bien... c'est en effet exact. Mais même à présent vous vous exprimez avec hardiesse.

– Je ne puis m'en empêcher, mais notez que vous êtes fascinante à regarder et que votre conversation est charmante. Dois-je continuer?

– Ne prenez pas cette peine. »

Elle se leva.

« Vous êtes vraiment un homme étrange. Je ne parviens pas à vous comprendre. »

Gersen se leva à son tour.

« Lorsque vous me connaîtrez mieux, vous serez moins sceptique à mon égard.

– Nos relations n'ont aucun avenir. Si vous vous mettez sur le chemin de Lens Larque, il vous fera abattre.

– Il ignore encore ma présence. C'est la mi-temps.

– Pas vraiment. Je rentrerai directement sur Methel après le hadaul de Donnorville. Serez-vous encore en vie?

– Je l'espère. Vous reverrai-je avant votre départ?
– Je l'ignore. »

Jerdian regagna sa table. Aldo et ses autres amis avaient surveillé discrètement la scène. Ils posèrent immédiatement des questions auxquelles Jerdian donna des réponses distraites. Finalement, le petit groupe s'éloigna vers le *Sférinde Select*.

***

Cora descendit dans le ciel crayeux de Dar Sai, trembla sur l'horizon, devint rouge et s'aplatit, puis disparut rapidement en laissant derrière elle un halo jaune citron. Sur des centaines de kilomètres vers le nord et le sud les hauts flocons des cirrus teintés de vermillon, puis de pourpre, avant de devenir invisibles. La tombée du crépuscule fut accompagnée par un rafraîchissement de l'air du désert. Les rideaux liquides de Serjeuz se réduisirent à quelques gouttelettes et la brise du soir put souffler librement entre les dômes. Avec l'arrêt des cascades, Serjeuz semblait étrangement silencieuse et les Darsh vêtus de blanc qui se déplaçaient sur la place s'étaient métamorphosés en créatures mystérieuses.

Une de ces formes blanches n'était autre que Gersen. Il portait un sac contenant ce qu'il serait possible de considérer comme ses instruments de travail. Alors qu'il passait de la Taude Centrale dans l'environnement plus sombre de celle de Skansel, il pensa que si Jerdian avait pu se trouver à ses côtés et connaître ses divers accoutrements, elle aurait eu des raisons de le considérer comme un homme des plus étranges.

Il était tout compte fait préférable que Jerdian se trouvât ailleurs, pensa Gersen, sans doute en sécurité au sein de l'environnement policé du *Sférinde Select*, à condition qu'il parvînt à la chasser de son esprit. Il était inimaginable qu'elle pût un jour faire partie de sa vie précaire, à laquelle elle avait elle-même prédit une fin violente.

Cette idée l'attrista aussitôt et le connecta sur son plus haut niveau de compétence. Il approchait de la maison Dindar, aussi vigilant qu'une bête de proie. Il utilisait toutes ses facultés conscientes et subconscientes pour surveiller ce qui l'entourait.

Il s'arrêta au sein des ombres qui régnaient à côté du kiosque. La propriétaire était rentrée chez elle et avait laissé ses articles et son plateau à piécettes bien en vue, à l'attention de quiconque désirerait se servir [1].

Gersen attendit et cinq minutes s'écoulèrent. Seules trois lumières apparaissaient dans la maison Dindar, sur des aiguilles au sommet des trois dômes les plus élevés. A travers l'air de la nuit des sons lui parvenaient de loin, clairs comme des petites voix sortant d'un écouteur. Il entendit un cri rauque lointain, rapidement étouffé et, un peu plus près, la cacophonie électronique de la musique Darsh : un martellement sans structure, des vibrations

1. Les Darsh ne sont pas tentés par les menus larcins. En fait, hors des villes, le vol est virtuellement inconnu. L'agression, le meurtre et le vol sont cependant assez répandus lorsqu'il est question de duodécimate, bien que de tels actes soient toujours considérés comme des crimes abjects. Le coupable, lorsqu'il est appréhendé, est tout d'abord fouetté puis enchaîné dans les rochers où il devient la proie des lanslarkes, des insectes rongeurs et des scorpions. Le crime que les Darsh considèrent comme le plus vil consiste à détrousser un autre coureur de désert ou à lui subtiliser sa réserve d'eau. Le coupable est alors flagellé puis attaché à un pieu au fond de la fosse d'aisance publique.

Le lecteur sera peut-être intéressé de savoir que le crime qui a entraîné le bannissement de Lens Larque de la Taude Bugold était le vol d'un conditionneur d'air sur le cadavre d'un homme qui était tombé dans un cactus empoisonné en raison d'une profonde ivresse. Ce méfait fut considéré comme répugnant, mais guère odieux. Husse Bugold, tel était alors son nom, perdit un lobe d'oreille et fut chassé à coups de fouet de la Taude Bugold.

Toujours afin d'avoir une vue d'ensemble de la société coranne, on peut noter que Jerdian Chanseth, qui ignorait quelle était la nature exacte du crime d'Husse Bugold, a automatiquement supposé que sa faute concernait le crime que les Methlen trouvent le plus répréhensible, c'est-à-dire : une conduite sexuelle anormale (domaine dans lequel excellent les Darsh) d'où sa réaction face à la question de Gersen.

La criminologie comparative, sujet fascinant et morbide, n'est pas uniquement traitée dans le tome VII de l'ouvrage monumental sur la condition humaine du baron Bodissey, mais également dans des ouvrages plus spécialisés tel que celui de Faren Miller : *Le crime interplanétaire, ses causes et ses conséquences*, ou encore dans *Les âmes pécheresses*, de Théodore Pedersen. Richard Pelto, dans *Les peuples des corannes*, fait un exposé sur les systèmes sociaux, pratiquement aux antipodes, de Methel et de Dar Sai de façon plus exhaustive.

nasillardes et des gémissements. Ces sons ne faisaient que mettre en relief le silence de la maison Dindar.

Gersen sortit des ombres profondes. Silencieux et agile comme une bouffée de fumée, il gravit la rampe et pénétra dans le hall. A nouveau, il fit une pause pour tendre l'oreille mais les sons extérieurs étaient à présent arrêtés et il ne pouvait rien entendre, hormis le silence.

Il alluma une lampe torche dont il fit courir le faisceau lumineux sur le haut du hall. Il vit, comme la fois précédente, du béton moisi, de lourdes voûtes, du vieux bois vernis. Il réduisit l'éclat à un faible scintillement et avança en longues enjambées souples jusqu'à la grande porte verte qui donnait dans le bureau d'Ottile Panshaw.

Il examina soigneusement le chambranle, le battant et la serrure, sous un filet de lumière, mais ne trouva aucune trace de système d'alarme ou de surveillance. Il essaya de pousser le battant. Contrairement à la plupart des portes darsh, celle-ci était solidement verrouillée, par une serrure conçue pour résister à toute tentative d'effraction. Gersen trouva cela extrêmement significatif. Il n'y avait de verrou que là où il y avait des objets de valeur.

Il revint vers la rampe d'entrée et étudia à nouveau ce qui l'environnait. De l'autre côté de la place on pouvait voir les lampes vertes et blanches de deux brasseries en plein air cachées sous le feuillage. Nul ne se déplaçait sur la place. Gersen sauta sur la pente inclinée d'un contrefort, se pencha au-dessus d'un dôme et descendit une autre surface incurvée qui se prolongeait au-delà d'une rangée de fenêtres. Gersen évalua les distances et identifia celle qui donnait dans le bureau d'Ottile Panshaw, puis il s'en approcha le long du dôme. Contrairement aux autres fenêtres de l'immeuble, celle-ci avait un épais vitrage protégé par une grille de vondalliage.

Il n'était guère aisé de pénétrer dans la pièce.

L'intérieur était obscur et Gersen essaya de l'éclairer à l'aide de sa lampe, mais en fut empêché par les reflets.

Il recula de quelques pas jusqu'à la fenêtre précédente. Cette dernière était grande ouverte, ce qui traduisait le peu de souci qu'inspirait une éventuelle visite d'intrus. Gersen éclaira le bureau à l'aide de sa lampe et découvrit qu'il devait être occupé par un importateur. Cette pièce et le bureau d'Ottile Panshaw avaient autrefois communiqué. Une vitrine emplie de livres, de brochures et d'échantillons divers, bloquait la porte de communication.

Gersen entra dans la pièce, poussa la vitrine de côté, et examina la porte. Elle était montée sur des gonds et s'ouvrait vers Gersen. Il tourna la poignée et tira. Le battant résista, bloqué par un verrou dans le bureau d'Ottile Panshaw.

Gersen reporta son attention sur les gonds. Ils étaient emboîtés et en partie encastrés. Il était impossible de les démonter sans détruire la porte.

Gersen examina le battant lui-même. Forcer une porte ne faisait pas partie de ses activités habituelles mais il faisait modestement confiance à ses capacités. Il pouvait cependant exister une méthode plus simple.

La porte s'ouvrait vers lui. Le verrou ou le loquet céderait en même temps que les fixations qui le retenaient au battant. Gersen appuya sa jambe contre le mur, agrippa la poignée, la tourna et tira en prenant appui sur son genou.

Un léger bruit se fit entendre comme le bois éclatait et la porte s'ouvrit. Gersen ne lui permit de se déplacer que sur quelques centimètres. Il fit alors courir le rayon de sa lampe autour de la fente, en quête de fils. Aucun n'était visible, ce qui n'était guère probant. Gersen connaissait une douzaine de systèmes invisibles pour protéger une porte. Il avait également trouvé des pièces emplies d'un gaz mortel dont le rôle était de tuer les intrus imprudents. Gersen huma l'air mais n'y perçut que la senteur rance d'une longue occupation humaine. Il était peu probable, quoi qu'il en soit, qu'Ottile Panshaw prît chaque soir, la précaution d'empoisonner l'atmosphère régnant dans son bureau.

Gersen ouvrit la porte en grand et fit courir le faisceau de la lampe autour de la pièce. Il y vit uniquement ce qu'il s'était attendu à voir : des murs vert-brun, un bureau, une table, trois chaises, un classeur et un communicateur coûteux dont la présence paraissait incongrue.

Gersen se mit au travail avec habileté et rapidité. Il inséra un morceau de bande micro dans un angle, entre la moulure de la porte et le mur, où il devenait invisible lors de tous les actes de la vie courante. A l'aide d'une bombe aérosol il projeta une piste de film conducteur autour du chambranle puis dans le bureau adjacent et sur le pourtour des murs, jusqu'à la fenêtre. De retour dans le bureau de Panshaw il répara dans la mesure du possible le verrou brisé, en remettant les fixations à leur place. Il paraîtrait à nouveau fermement fixé lors de tout examen superficiel.

Gersen reporta alors son attention sur le bureau. Sur le plateau se trouvait une chemise portant l'inscription : *Important, Confidentiel.* Elle semblait contenir une liasse de documents. Gersen estima cela un peu trop tentant et, par une déduction logique, que cela représentait un signal de danger. La plus élémentaire des prudences exigeait un repli immédiat. Le système sensoriel de Gersen, tendu à un point presque douloureux, reçut au même instant une impulsion. Il n'attendit pas de l'analyser. Il franchit la porte, retint le verrou contre la pression de son ressort, puis referma la porte. Le pêne pénétra dans sa gâche et la porte parut apparemment bloquée. Gersen repoussa la vitrine d'exposition en place puis alla vers la porte donnant sur le hall. Aucun bruit. Il ouvrit la porte qui n'était pas verrouillée et entendit aussitôt des pas dans le hall. Il referma le battant, poussa la targette, et courut à la fenêtre. Il resta dans l'ombre pour regarder au-dehors. Au bas de la zone obscure se tenait un homme vêtu d'une cape sombre et d'un chapeau mou affaissé. Gersen crut reconnaître l'attitude et la silhouette d'Ottile Panshaw.

Il se retira hors du champ de vision de Panshaw, au cas où ce dernier aurait porté des lunettes à infrarouges. Il plaça son détecteur au contact de la piste conductrice qu'il avait pulvérisée sur le mur et augmenta le volume. Durant un instant, il n'entendit rien. Puis : un bruit de serrure et le craquement d'une porte qu'on ouvrait. A nouveau le silence, comme la pièce était parcourue du regard. De nouveaux pas puis une voix douce qui semblait parler dans un émetteur.

« Rien. Personne. »

Douce et légère, la voix de Panshaw répondit :

« A-t-on touché à quelque chose?

– A rien, apparemment.

– Peut-être une fausse alerte. Je monte. »

Gersen regarda par la fenêtre et vit Panshaw venir vers la façade de l'immeuble.

Gersen enjamba aussitôt l'appui de la fenêtre et sortit sur le dôme. Il mit à nouveau le capteur en contact avec la piste conductrice et entendit finalement la voix dc Panshaw.

« Qu'est-ce qui a déclenché l'alarme?

– Un impact lumineux, bref et de faible intensité. »

Le silence. Puis à nouveau la voix de Panshaw, prudente et pensive.

« Rien ne semble avoir été touché... étrange. Je m'interroge sur cet homme. Mais je suis parfois trop subtil. Il est peut-être ce qu'il prétend être.

– Ce qui est en soi une idée trop subtile.

– C'est sans doute vrai... nous avons un mystère sur les bras, ce qui va ennuyer l'Oiseau. Mais prenons les choses par ordre, ordre que j'établis d'après l'importance de son irritation. Selon cette méthode, Cahous vient en premier. Le type de l'*Auberge des Voyageurs* devra attendre son tour. »

Un grognement, puis :

« Cahous n'est pas à la Taude d'Inkin. Je risque de passer plusieurs jours à sa recherche.

– Perds le moins de temps possible, mais veille à ce que le travail soit fait. Tu as carte blanche, je pars immédiatement pour Twanish.

– Déjà? Vous feriez mieux de rester et de récupérer des actions.

– Je fais ce qu'on me dit de faire. Eh bien, il est inutile de consacrer plus de temps à une fausse alerte. Je ne vois rien qui puisse nous retenir... Un instant! La porte qui donne dans le bureau de Litto. J'ai l'impression qu'on l'a forcée. La peinture est craquelée... »

Un marmonnement dont Gersen ne put distinguer les paroles, puis un glissement de pas rapides.

Gersen courut vers le bas du dôme et se laissa choir sur la rampe d'accès avant de gagner les ombres du kiosque et de se retourner. De la lumière apparaissait derrière les fenêtres des deux bureaux. Alors que Gersen observait la scène, une silhouette sombre apparut un bref instant à la fenêtre de Litto, puis s'évanouit.

Gersen rebroussa chemin. Alors qu'il traversait la Place Centrale il remarqua une troupe de musiciens dans le *Jardin de Sférinde.* Ils jouaient pour un important auditoire de Methlen en habits de soirée jaunes et blancs. Les hommes portaient des turbans bleu pâle.

Gersen observa un moment la scène puis, avec un sourire un peu envieux, il poursuivit sa route jusqu'à l'*Auberge des Voyageurs.*

Daswell Tippin était à son poste derrière le comptoir de la réception. De voir Gersen fit naître une étrange expression de surprise et d'inquiétude sur son visage. Gersen s'approcha de lui.

« Pourquoi me dévisagez-vous comme ça?

– Un homme est venu pour vous voir, bafouilla Tippin. Il n'y a pas cinq minutes. Je pensais que vous étiez dans votre chambre, et je lui ai dit de monter.

– Qui était-ce?

– Eh bien... il ne m'a pas dit son nom.

– Panshaw? Non? Ruk? Je vois. Eh bien, c'est sans grande importance. Je vais regagner ma chambre et vous ne vous êtes donc trompé que de cinq minutes... un laps de temps vraiment insignifiant, vous ne trouvez pas?

– Si, si, absolument insignifiant.

– Où puis-je trouver Nihel Cahous?

– A la Taude d'Inkin. Il appartient au clan des Fogles. » De nombreux Fogles vivent à la Taude D'Inkin.

– Et s'il n'y est pas? »

Tippin leva les mains.

« Il peut se trouver n'importe où.

– Ne parlez pas de l'intérêt que je porte à Cahous à qui que ce soit.

– Tout le monde sait déjà que vous vous intéressez à lui, grommela Tippin. Je ne dirais rien de bien nouveau.

– Cependant... gardez la bouche cousue.

– Soyez tranquille, soyez tranquille! Ma langue garde les secrets comme si elle avait été arrachée! »

Gersen monta dans son appartement qu'il inspecta soigneusement. Puis, après avoir installé des dispositifs d'alarme sur les portes et les fenêtres, il prit un bain, se coucha, et s'endormit presque immédiatement.

Gerson recommença à circuler. Alors qu'il traversait la Place centrale, il remarqua une troupe de musiciens dans le [illegible]. Ils jouaient pour un [illegible] auditoire de Meithei en habits [illegible] jaunes et blancs. Les hommes portaient des turbans d'un [illegible] pâle.

Gerson observa un moment la scène puis, avec un soupir un peu envieux, il poursuivit sa route jusqu'à l'Auberge des Voyageurs.

David Tupin était à son poste derrière le comptoir de la réception. En voyant Gerson, il [illegible] une étrange expression de surprise et [illegible] sur son visage. Gerson s'approcha de lui.

— Pourquoi me dévisagez-vous comme ça ?

— Un homme est venu pour vous, [illegible] Tupin. Il n'y a pas cinq minutes. [illegible] votre chambre, et je lui ai dit de monter.

— Qui était-ce ?

— En fait, il ne m'a pas dit son nom.

— [illegible] ? [illegible] Je vois. [illegible] grande importance. Je vais regagner ma chambre [illegible] que ce [illegible] minutes [illegible] vraiment [illegible] ne trouvez pas ?

— Si. Absolument insignifiant.

— Où puis-je trouver [illegible] ?

— À la Table d'[illegible]. Ils [illegible] au [illegible] des [illegible]. De nombreux [illegible]. Avant [illegible] à la Table [illegible].

— [illegible] y en a [illegible] ?

— [illegible] les [illegible].

— [illegible] peut se trouver n'importe où.

— [illegible] pas de l'[illegible] que le [illegible] que ce soit ?

— Tout le monde sait déjà que vous vous intéressez à lui, grommela Tupin. Je ne dirais rien de [illegible].

— Cependant, gardez la bouche cousue.

— Soyez tranquille. Soyez tranquille ! [illegible] les [illegible] si [illegible] avait été [illegible].

Gerson [illegible] dans son appartement qu'il inspecta [illegible] après [illegible] l'intégrité des dispositifs [illegible] sur les portes et les fenêtres. Il prit un bain, se coucha et s'endormit [illegible].

CHAPITRE IX

Extrait des *Peuples des Corannes*, par Richard Pelto :

Les Darsh s'épousent uniquement par calcul. La femme fait une estimation de la valeur en duodécimates de l'homme et ce dernier juge la cuisine de la femme ainsi que le confort de sa domble : voilà comment se décident les mariages darsh. Les époux ne connaîtront probablement jamais une union sexuelle. Ils partiront chacun de leur côté dans le désert, sous le clair de lune, en quête de brèves liaisons nocturnes.

Les relations matrimoniales sont empreintes de formalisme et chaque époux sait ce que l'on attend de lui, ou d'elle, et avec encore plus d'acuité ce que son compagnon ou sa compagne espère en échange. Si la femme estime avoir fait une mauvaise affaire, elle risposte en préparant de l'ahagaree rance ou en laissant brûler le pourrian. En retour, l'homme jettera moins de duodécimates sur la table et passera son temps dans les jardins des brasseries.

Le matin, une heure avant le lever de Cora, la femme éveille l'homme qui revêt maussadement sa tenue de travail, puis sort regarder le ciel. Il prononce alors d'une voix creuse une phrase optimiste que l'on pourrait librement traduire par : « une bonne journée en perspective! » et part vers son filon. La femme le suit du regard en prononçant sa propre phrase traditionnelle : « vas-y, pauvre con! »

Tard dans la journée, l'homme revient. Avant de

pénétrer sous la taude il jette un dernier regard au ciel et dit, à nouveau d'une voix plate : « Asi achih! » ce qui signifie « C'est la vie! » La femme qui l'observe depuis l'ombre de sa domble se contente de rire sous cape.

Gersen s'éveilla à l'aube. Cora dardait sur le désert des rayons presque parallèles à sa surface qui engendraient de longues ombres noires sur la place. Gersen se rendit à la fenêtre et pensa à la lumière de Rigel, également blanche et brillante. Depuis Alphanor, la clarté de Rigel semblait froide et fragile, craquelée de tonalités violettes. La lumière de Cora, reçue de près, était grésillante et picotante.

Gersen revêtit un ample pantalon gris, un maillot à rayures bleu et blanc, des sandales à coussin d'air. Il utilisa le communicateur et appela le *Journal des Prospecteurs.* Il apprit que les bureaux n'ouvriraient qu'une heure plus tard.

Il descendit dans le hall désert et sortit dans le jardin où il ne trouva que quelques touristes. Il prit un petit déjeuner composé de thé, d'un fruit, de pâtisseries, et d'un fromage importé d'une planète située à une distance inconnue. Alors qu'il quittait le jardin, l'eau commença à goutter, puis à tomber en voiles des bords du parasol. Le jour s'était levé avec vigueur et il fallait repousser l'assaut de Cora.

Gersen se rendit directement à la maison Dindar. Il ignora le hall aux murs moisis du rez-de-chaussée et gagna les locaux du *Journal des Prospecteurs :* une pièce longue et large ou une gigantesque carte en relief des Galles couvrait presque tout un mur. Le plateau du comptoir était à damiers de jaspe et de jade, et il supportait sur sa droite un présentoir empli de fioles de verre contenant du sable noir sous lesquelles se trouvaient de petits disques du métal correspondant. Sur la gauche était posé un cube parfait de pyrite qui avait cinquante centimètres de côté.

Un homme entre deux âges, grave et posé, arborant une barbe grise, vint vers le comptoir.

« Vous désirez, monsieur?

– Je représente *Cosmopolis,* déclara Gersen. J'ai été

envoyé sur ce monde afin d'écrire une courte série d'articles sur Dar Sai et les Darsh. Mon budget me permet d'avoir recours à une assistance locale, un membre de votre personnel si c'est possible.

– Mon personnel est principalement composé de moi-même. Mais je serai ravi de vous assister, que ce soit à titre gratuit ou onéreux.

– Merveilleux. Au fait, je me nomme Kirth Gersen.

– Evelden Hoe. Quel genre de papiers comptez-vous faire?

– Peut-être une série de portraits biographiques. On m'a conseillé d'aller voir un certain Nihel Cahous, qui réside peut-être à la Taude d'Inkin. »

Hoe tira sur sa barbe.

« Ce nom me dit quelque chose... Hmmm... je n'arrive pas à me rappeler à quelle occasion je l'ai entendu citer. Allons vérifier dans le répertoire alphabétique. Venez, c'est par ici. »

Hoe conduisit Gersen dans une arrière-salle.

« C'est notre bibliothèque, pour ainsi dire. Notre répertoire est soigneusement tenu à jour et, si ce nom a effectivement été cité dans le journal, nous le retrouverons. »

Hoe s'assit devant un clavier et un écran.

« Nihel Cahous. Le voilà. Je me rappelle l'histoire, à présent. Voulez-vous que je vous fasse un bref résumé ou préférez-vous lire les articles?

– J'aimerais autant l'entendre de votre bouche.

– Cahous est un Fogle issu de la Taude d'Inkin, un prospecteur des sables. En un lieu appelé le Trou de Jamile il a découvert un riche filon et il est parvenu à trouver mille onces de sable. Lorsqu'il est rentré à la Taude d'Inkin, un hadaul se déroulait... ou il est peut-être tout simplement rentré pour participer à ce hadaul, ce qui est plus probable. Il a parié avec un flair peu commun et, à la fin du jour, il était en possession de cinq mille onces... une fortune considérable. C'était l'époque où la Mutuelle Kotzash était une entreprise florissante. L'administrateur de la compagnie, un certain Ottile Panshaw, se trouvait par hasard sur les lieux. Cahous a échangé son sable contre six cents parts sociales.

« L'entrepôt de la compagnie a été pillé seulement deux jours plus tard. Nihel Cahous a tout perdu et sa triste mésaventure a donné matière à un article.

– Où est-il, à présent? Toujours à la Taude d'Inkin? »

Hoe effleura des touches.

« Voilà la suite. »

Sur l'écran apparut un bref paragraphe :

Nihel Cahous, le millionnaire d'un jour, a regagné le désert. Il est retourné au Trou de Jamile pour y chercher un autre filon.

« C'est un article très récent, précisa Hoe. Il est paru voici environ un trimestre.

– Comment peut-on se rendre au Trou de Jamile?

– Il se trouve au sud-ouest. Je vais vous le montrer sur la carte.

– Je vous remercie, mais je voudrais en premier lieu aborder un autre sujet : Lens Larque, qui a dérobé le sable de Cahous. »

Les traits de Hoe se figèrent avec méfiance.

« C'est un nom que nous ne mentionnons qu'à voix basse, à Serjeuz.

– C'est cependant le plus célèbre des citoyens de Dar Sai et je dois absolument faire un article sur lui. »

Hoe arbora un sourire gêné.

« C'est bien naturel. Il s'agit d'un homme exceptionnel. Et je dois entre parenthèses vous préciser qu'il a horreur qu'on lui fasse une publicité défavorable et qu'il a des relations de partout. En bref, que ce n'est pas un homme dont on peut se moquer.

– C'est ce qu'on m'a dit. L'avez-vous déjà rencontré?

– Pas que je sache. J'espère n'avoir jamais à le faire.

– Et en ce qui concerne les photographies? En avez-vous de lui, dans vos dossiers? »

Hoe hésita, puis murmura :

« Sans doute pas. Rien d'utile, en tout cas.

– Dois-je préciser que notre entretien est strictement confidentiel? Le *Journal des Prospecteurs* ne sera pas mentionné, ni cité comme source. Cependant, il faut à *Cosmopolis* une photo de cet homme. En fait, elle voudrait cinquante, pour ne pas dire cent U.V.S. »

Gersen posa un billet. Hoe le toucha avec des doigts hésitants puis retira sa main à regret.

« Je n'ai pas de portraits récents. Mais, il y a de cela seulement quelques jours, j'ai découvert quelque chose sur une vieille photographie... J'ignore si cela correspond ou non à ce que vous désirez.

– Faites-moi voir. »

Hoe jeta un regard par-dessus son épaule, puis pressa des touches. Sa voix était brusquement devenue claironnante.

« Ce que je vais vous montrer est une collection de vieilles photos de groupes des clans, prises au fil des années. Par quoi désirez-vous commencer?

– Par le clan Bugold.

– Certainement. Voici la plus vieille photographie du dossier. Elle a été prise il y a presque deux siècles. Regardez ces gens! Ne sont-ils pas pittoresques? A cette époque, les Bugolds formaient une sorte de clan hors-la-loi et peut-être arboraient-ils pour cette occasion leurs expressions les plus féroces... et voici quelque chose de plus récent, qui a environ une trentaine d'années. Toujours les Bugolds, et presque timides par comparaison. De ce côté se tiennent les « galopiots » et là-haut les « kitchets »; ainsi qu'on les appelle. C'est durant ces mois de transition que les femmes Darsh sont le plus à leur avantage. Voyez cette fille au corps droit et aux yeux luisants! Elle est vraiment très belle. Ceux-ci sont les jeunes mâles et s'ils ne sont plus des « galopiots » ils ne sont pas encore des hommes. Regardez celui-là! J'ignore son nom mais on m'a dit qu'il avait par la suite volé et qu'il était devenu ce que les Darsh appellent un rachepol. Qui sait ce qu'il est devenu?... désirez-vous voir d'autres photographies?

– Plus tard, quoi qu'il en soit. J'aimerais avoir des reproductions de ces deux clichés. Ils constituent un sujet d'étude intéressant. »

Hoe poussa un levier et deux photocopies tombèrent dans un panier.

« Voilà, monsieur.

– Merci, dit Gersen qui glissa les photographies dans sa poche. »

Hoe fit de même avec l'argent.

« Je suis un peu pressé par le temps, expliqua Gersen. Montrez-moi où se trouve le Trou de Jamile ou, si c'est possible, donnez-moi ses coordonnées. »

Hoe pressa des touches et tendit la feuille sortie de l'imprimante à Gersen.

« Comptez-vous revenir rapidement?

– Dans un ou deux jours.

– Notre entretien a été naturellement strictement confidentiel.

– Cela va sans dire. Dans un sens comme dans l'autre.

– Naturellement. »

Hoe escorta Gersen jusqu'à la porte.

« Mes meilleurs vœux vous accompagnent, jusqu'à notre prochaine rencontre. »

***

Au *Comptoir du désert*, Gersen loua un glisseur dernier modèle et l'équipement indispensable pour s'aventurer hors des taudes : un processus qui, effectué par l'entremise d'un employé apathique, prit un certain temps. Gersen ne pouvait s'empêcher d'imaginer Bel Ruk en vol vers le Trou de Jamile et il fût bientôt torturé par une frustration nerveuse qu'il parvint à combattre. Lorsqu'il eut finalement obtenu la libre disposition du véhicule, il sauta dans le cockpit, tira la verrière, amena le pare-soleil au-dessus de sa tête et fit élever l'engin. Il traversa le voile liquide, grimpa progressivement, puis s'éloigna du groupe de parasols de Serjeuz en direction de l'ouest.

Il régla le pilote automatique sur les coordonnées du Trou de Jamile, tira au maximum la commande de vitesse et s'installa confortablement sur son siège. Le désert qui glissait sous lui subissait mille métamorphoses subtiles : une plaine caillouteuse; des dunes de sable fin qui allaient se briser contre des affleurements de tuf noir; une zone de cañons où s'engouffrait le vent; une étendue ondulée de sable clair autour d'un village de trois parasols : la Taude Fotheringay, d'après la carte. Sur l'horizon nord se dressait un unique parasol : la Taude de Dugg.

Une heure s'écoula, puis une autre. Cora gardait la même allure que le glisseur. L'étoile se déporta graduellement vers le nord alors que l'appareil obliquait vers le sud.

Au-dessous se trouvait une autre taude solitaire, inhabitée et à l'abandon : celle de Gannet, toujours selon la carte. Pas le moindre filet d'eau ne ruisselait sur son parasol et les dombles désertes étaient accroupies sous un enchevêtrement de buissons désséchés et de squelettes d'arbres. Sur la carte, un cercle rouge traduisait son abandon. Gersen suivit du regard la route qui conduisait au Trou de Jamile qu'indiquait un petit astérisque rouge. Il lui restait encore une heure de voyage.

Gersen commençait à se sentir tendu. Selon les déplacements de Cahous, Gersen calcula qu'il aurait soit une heure d'avance sur Bel Ruk, soit deux ou trois heures de retard. Et si Bel Ruk le précédait au Trou de Jamile, l'expédition pourrait s'avérer dangereuse.

Un plateau bas apparut à l'horizon puis, là où un ravin peu profond descendait vers le désert, le Trou de Jamile. Gersen vit un parasol de fortune, fabriqué à l'aide de tubes et d'une membrane à la doublure métallique. La structure avait été endommagée : le parasol était incliné, comme ivre, et seules quelques rares gouttes d'eau en tombaient. Il abritait trois cabanes. L'une s'était en partie effondrée mais les deux autres étaient en meilleur état. A cinquante mètres au sud, sous la forte lumière de Cora, à côté d'un entassement de matériel de prospection corrodé, se dressait une cabane à outils faite de planches algaïques [1].

Gersen fit descendre le glisseur et contourna la taude sans y discerner le moindre signe de vie. Il fit un second tour puis posa l'appareil derrière le groupe de cabanes. Il repoussa la verrière et fut aussitôt agressé par une bouffée d'air brûlant du désert. Il tendit l'oreille... seul l'éclabous-

1. Certaines espèces d'algues, une fois compressées et chauffées; libèrent une substance caoutchouteuse qui, après refroidissement, lie la matrice dans une natte étanche.

sement solitaire de l'eau qui s'égouttait et le soupir du vent dans l'armature du parasol venaient rompre le silence.

La chaleur commençait à cuire sa peau. Il tira le capuchon sur sa tête et mit en marche le conditionneur d'air. Il ajusta sur ses yeux les hémisphères métalliques translucides et glissa ses pieds dans des chaussures du désert. Il descendit de l'appareil et parcourut le paysage du regard. D'un côté, le désert complètement nu s'étendait jusqu'à l'horizon. De l'autre côté, une trémie, un transporteur à ruban délabré et un tas de sable brun indiquaient l'emplacement du filon de Cahous. Au-dessus de Gersen un filet d'eau irrégulier s'écoulait du parasol affaissé. Nihel Cahous n'était visible nulle part et Gersen fut envahi par un profond sentiment de défaite.

Il alla regarder dans les cabanes de pierre où il ne découvrit que des cendres et quelques meubles en piteux état. Le quatrième abri, à cinquante mètres au sud, devait abriter le module générateur, le puits, et la pompe à eau. Alors que Gersen s'avançait dans l'espace découvert afin de s'en assurer, un reflet mouvant dans le ciel capta son attention. Il s'immobilisa et identifia instantanément dans cet objet un aérocar qui approchait : apparemment un glisseur identique au sien.

Gersen revint en courant sous le parasol, à la fois excité et rassuré. Si Bel Ruk se trouvait à bord de cet appareil, cela signifiait qu'il n'avait pas encore retrouvé Nihel Cahous. Gersen sauta à bord de son propre engin, se mit aux commandes, et le fit glisser entre les ruines. Il le couvrit ensuite de plusieurs plaques brisées prélevées aux ruines du parasol et obtint un camouflage qu'il jugea satisfaisant. Il s'arma d'un projac et d'un pistolet, puis il se glissa derrière les piles de débris où il effraya trois créatures semblables à des scorpions. Chacune de ces bêtes avait une trentaine de centimètres le long et était tachetée de blanc et de brun, avec un ventre orange. Elles hérissèrent leurs rangées d'écailles scintillantes et le fixèrent de leurs yeux émeraude. Puis elles agitèrent leurs fouets munis d'un aiguillon et entreprirent de l'encercler. Gersen les détruisit à l'aide de décharges silencieuses de son pistolet, et elles disparurent au sein de petites explosions avec un léger bruit de verre brisé.

Gersen releva les yeux vers le ciel. Le glisseur était à présent caché par le parasol. Il estima que sa cachette était loin d'être satisfaisante. Il se baissa et courut vers l'abri des planches en essayant de se perdre contre le flanc de la butte. Il contourna la cabane à outils, sauta très haut puis effectua un rétablissement dans les airs et faillit de peu retomber dans une dépression où une douzaine de scorpions paressaient au soleil. Les aiguillons se dressèrent, les yeux d'émeraude brillèrent et cillèrent. Gersen les tua d'une unique décharge, puis se cacha derrière l'abri.

Le glisseur était suspendu dans les airs : un appareil à la laque verte et noire, plus gros que le véhicule de location de Gersen. L'engin glissa sous le parasol et se posa. Deux hommes en descendirent. Ils portaient l'équipement des coureurs du désert. Leurs visages, encapuchonnés et protégés par les étranges lunettes métalliques, étaient méconnaissables. Cependant, il était impossible qu'il y eût Ottile Panshaw, dont la frêle silhouette aurait facilement permis à Gersen de l'identifier. Les deux hommes parcouraient la taude du regard, ainsi que Gersen l'avait fait un peu plus tôt.

Ils rabattirent leur capuchon sur leur visage afin d'augmenter l'efficacité du conditionnement d'air[1] et s'avancèrent vers les abris. Après avoir jeté un regard à l'intérieur, ils s'arrêtèrent pour désigner du doigt telle ou telle direction et commenter leurs découvertes. Gersen se demandait ce qui pouvait bien les intéresser. Ils ne semblaient pas rechercher Nihel Cahous. Quoi alors? Les actions de la Kotzash?

Arrivés au troisième abri, les deux hommes devinrent attentifs. L'un d'eux tendit le doigt dans un geste qui indiquait de la satisfaction. Il entra puis ressortit avec un coffre métallique qui paraissait très lourd. Il le posa, tira le couvercle, palpa le contenu et fit un mouvement de tête qui pouvait avoir n'importe quelle signification. L'autre homme referma le couvercle puis porta la boîte jusqu'au glisseur. Son camarade dirigea alors son regard sur la cabane à outils. Il adressa un geste péremptoire à son compagnon et tous deux traversèrent la zone à découvert

1. Réflexe typiquement darsh, constamment répété.

en direction de la cabane. Un homme ouvrit la porte, regarda à l'intérieur, puis recula d'un bond en poussant une exclamation de surprise. Gersen, qui se trouvait derrière l'abri, colla l'œil à un interstice entre les planches. Grâce à la lumière qui pénétrait par la porte, il pouvait entrevoir l'intérieur.

Le deuxième homme approcha.

« Qu'y a-t-il? »

Le premier arrivé agita la main.

« Tu le vois.

– *Asi achih!* [1]

– Cet endroit pue. Il grouille de démons.

– Les démons engendrent une autre puanteur. Ah, que c'est infect! Eh bien, il n'y a pas de documents, ici.

– Pas si vite. Le shrig [2] veut douze cents parts et six cents se trouvent ici. Nous devons absolument les découvrir.

– Donne-lui la centaine que tu as déjà obtenue et dis-lui qu'il est impossible d'en trouver plus.

– J'y serai peut-être contraint. Bah, Cahous n'aurait jamais gardé ses titres là-dedans, s'il a seulement pris la peine de les conserver.

– Ha, ha! Cahous le noceur fou! Il les a probablement lancés dans le sansunn [3] en poussant un juron. Il était célèbre pour ses admirables jurons, d'après ce qu'on dit de lui.

– Il n'en prononcera plus jamais.

– Quittons cet endroit épouvantable. Nous avons le

1. Exclamation darsh exprimant une acceptation fataliste : « C'était écrit! » ou « C'est la vie! » Les Darsh n'acceptent pas les revers de bonne grâce ou avec philosophie, ce sont de perpétuels mécontents. « Asi achih » désigne l'acceptation d'une défaite ou, dans le cas présent, l'inexorable force du destin.

2. Larve d'un animal des marais, célèbre pour son ballet à la démarche sinueuse sur sa paire de pattes caudales. Le shrig évolue à une hauteur variant entre un mètre vingt et un mètre cinquante et émet une phosphorescence jaunâtre. La nuit, les shrigs dansent par centaines dans les marais, ce qui produit un spectacle surnaturel et fascinant. Ici, le terme est employé dans un sens insultant, afin de désigner un dilettante qui n'a aucun sens des réalités.

3. Sansunn : brise du soir qui suit le soleil autour de la planète.

sable à nous partager. Cette journée aura été malgré tout profitable!

– Le shrig veut ses actions et sa voix est lourde de menaces. Même Bel Ruk peut avoir peur.

– La peur ne peut faire apparaître des actions qui n'existent pas.

– Exact... Allons jeter un dernier coup d'œil aux cabanes. »

Les deux hommes pivotèrent sur eux-mêmes puis se dirigèrent vers la taude.

Une voix s'éleva derrière eux.

« Veuillez vous arrêter, messieurs. Ne vous retournez pas, car la mort est prête à frapper dans votre dos. »

Les Darsh s'immobilisèrent, en frissonnant.

« Levez lentement les mains... plus haut. Maintenant avancez vers la base du parasol. Ne vous retournez pas.

Dix minutes plus tard Gersen avait tout réglé d'une façon qu'il estimait satisfaisante. Les deux hommes avaient décliné leurs noms : Bel Ruk et Cléandre. Ils gardaient le visage tourné vers l'armature de la taude, capuchons rabattus sur les yeux et ligotés par des bandes de tissu. Des liens similaires, découpés dans leurs vêtements, immobilisaient leurs poignets aux tubes métalliques. Lorsque Gersen estima que les deux hommes ne pouvaient plus représenter une menace, il les fouilla et confisqua leurs pistolets ainsi que la dague de Bel Ruk. Puis il se rendit à leur glisseur et ouvrit la boîte qu'ils avaient ramenée de la cabane. Elle contenait environ vingt-cinq kilos de sable noir. La bourse de Bel Ruk était posée sur le siège de l'appareil. Gersen l'ouvrit et y découvrit les titres de propriété de 110 actions, qu'il s'appropria. »

Il revint vers ses deux prisonniers qui tentaient discrètement de se libérer de leurs liens.

« J'espère que vous prenez les choses du bon côté, leur dit-il. Dans un certain sens, on peut dire que c'est votre jour de chance. J'ai pris les quelques actions de la Kotzash que j'ai trouvées dans une bourse, là-bas, et en échange je vous ai laissé dix U.V.S. Étant donné que ces parts sont absolument sans valeur, vous n'avez que des raisons de vous réjouir. Naturellement, j'emporte également le sable noir de Cahous. »

Cléandre et Bel Ruk s'abstinrent de tout commentaire.

« Je préférerais que vous interrompiez vos efforts pour vous libérer, ajouta Gersen. Car si vous deviez y parvenir je me verrais contraint de vous abattre. »

Les épaules de Cléandre s'affaissèrent, mais Bel Ruk ne parut pas le moins du monde impressionné. Gersen observa un moment les deux hommes puis traversa à nouveau l'espace qui le séparait de la cabane à outils. Bel Ruk et Cléandre avaient laissé la porte ouverte. L'éclat de Cora illuminait un amas macabre d'ossements et de lambeaux de tissu blanc. Nihel Cahous avait dû mourir, peut-être électrocuté, alors qu'il tentait de réparer la pompe. Des douzaines de scorpions entouraient le cadavre. Ils avaient déchiré ses vêtements pour avoir accès au festin.

Comme Bel Ruk et Cléandre l'avaient fait justement remarquer, la puanteur qui régnait dans l'abri dépassait les limites du supportable.

Gersen se rendit vers la trémie et y trouva une pelle. Il revint à l'abri et se servit de l'outil pour tirer les restes de Nihel Cahous à l'extérieur, sur le sable. Les scorpions crissèrent de rage et sortirent à leur tour avec des yeux menaçants. Gersen les tua du plat de sa pelle.

L'abri fut finalement débarrassé du cadavre et des scorpions, et Gersen revint tranquillement sous la taude où il observa ses prisonniers.

« Pendant combien de temps avez-vous l'intention de nous retenir ici? demanda Bel Ruk d'une voix plate.

– Plus très longtemps, soyez patients. »

Gersen regagna l'abri. La puanteur s'était quelque peu dissipée et les scorpions avaient disparu. Gersen y entra avec prudence. Il poussa tout d'abord l'interrupteur principal du panneau de commande puis se tourna pour regarder ce qu'il n'avait fait qu'entrevoir par la fissure.

Nihel Cahous avait utilisé ses actions de la Kotzash pour tapisser les murs de la cabane à outils. Sous l'effet de la chaleur, le ruban adhésif s'était transformé en une pellicule cassante et granuleuse, et les titres de propriété se détachèrent sans difficulté.

Gersen ramena les documents récupérés sous la taude et les compta : 600 parts. Avec les 110 actions subtilisées à Bel Ruk, son portefeuille se montait à présent au chiffre rond de 2000 actions.

Gersen revint vers ses prisonniers. Bel Ruk, qui frottait ses liens contre le métal, s'était presque libéré. Sans faire de commentaire, Gersen l'attacha à nouveau.

« Messieurs, annonça Gersen, je suis sur le point de partir. Bel Ruk vient de prouver qu'en une heure d'efforts, à quelque chose près, vous pourrez vous libérer. »

Bel Ruk lâcha une question :

« Pourquoi prenez-vous mes actions de la Kotzash? Elles sont sans valeur.

– En ce cas, pourquoi y tenez-vous?

– A Serjeuz, un iskish fou est prêt à les payer, répondit Bel Ruk d'une voix rauque.

– Les actions de la Kotzash semblent brusquement être très demandées. Peut-être que ce fourbe sans oreille de Lens Larque est sur le point de rendre ce qu'il a volé? [1] »

Bel Ruk et Cléandre gardèrent un silence gêné.

Gersen les observa un instant, puis il porta le coffre de sable noir à son glisseur et quitta le Trou de Jamile.

***

A Serjeuz, alors que Cora était en partie masquée par l'horizon, Gersen posa le glisseur sur le sable, à côté de son voltigeur Fantamique. Il transféra le coffre de sable noir et ses parts de la Kotzash à bord de l'autre appareil, puis il fit franchir le voile liquide au glisseur qu'il ramena à l'agence de location.

Il traversa la place jusqu'à l'*Auberge des Voyageurs* puis attendit que l'attention de Tippin fût distraite pour y pénétrer et monter dans sa chambre. Il prit un bain, mit des vêtements propres, et regagna le salon. Il se laissa alors remarquer par Tippin qui lui fit signe depuis le comptoir.

1. Les mots « vol », « pillage », « larcin » ont une signification bien plus cinglante dans le contexte darsh.

« Bonne soirée, lui dit Gersen.

– Ça ne fait aucun doute.. Où étiez-vous, aujourd'hui? »

Gersen fixa Tippin d'un long regard menaçant. Le réceptionniste détourna les yeux.

« En quoi cela vous intéresse-t-il? demanda Gersen.

– On m'a posé des questions, répondit Tippin avec humeur.

– Qui?

– Bel Ruk, si vous tenez à le savoir, et il y a de cela moins de dix minutes. Il pense que vous l'avez volé, dans le désert.

– Comment aurais-je pu lui dérober quoi que ce soit alors que je suis resté dans ma chambre toute la journée? demanda Gersen d'une voix plate.

– Je ne sais pas. Vous étiez dans votre chambre?

– Pensez-vous le contraire?

– Je ne pense rien.

– Est-ce la première fois que vous me voyez, aujourd'hui?

– Oui, bien sûr.

– Et est-ce que je ne descends pas de mon appartement?

– Si, c'est exact.

– Alors, dites à Bel Ruk que, d'après ce que vous savez, je n'ai pas quitté ma chambre de toute la journée.

– Mais, est-ce vrai? cria avec irritation Tippin.

– Oui, pour ce que vous en savez. »

Gersen se détourna et pénétra dans le jardin. Il s'installa à une table ombragée et dîna sans hâte.

Daswell Tippin sortit du hall. Il scruta le jardin, vit Gersen, et s'approcha comme une truite frétillante. Il se jeta dans un siège et déclara d'une voix mélodramatique :

« Bel Ruk a menacé de me tuer. Il prétend que je suis de connivence avec vous. Il m'a traité de « voleur » et m'a dit qu'il m'emmènerait à la Taude de Sangwy [1]. Savez-vous ce que cela signifie?

1. Taude de Sangwy : colonie isolée des Landes de Sheol, peuplée de bandits, de rachepols et de fugitifs. C'est à la Taude de Sangwy que le commissionnaire Sudo Nominus a rencontré Lens Larque, un épisode dont il a fait le récit dans *Souvenirs d'un commissionnaire péripatéticien.*

– Rien de bon, apparemment.
– Cela représente ces maudits fouets darsh. Et surtout ne riez pas, de telles choses arrivent, je le sais de source sûre!
– Quand Bel Ruk vous a-t-il menacé?
– Il y a moins de cinq minutes. J'ai eu un entretien téléphonique avec lui. Je lui ai dit que, jusqu'à preuve du contraire, vous n'aviez pas quitté Serjeuz. Et il est devenu fou furieux de colère.
– Où se trouve-t-il, à présent?
– Je l'ignore. Ici, à Serjeuz, je suppose.
– Veuillez regarder ce document. »
Gersen lui présenta la liste établie par Jehan Addels.
« Lorsque vous avez obtenu ces actions pour mon compte, à qui les avez-vous achetées? Biffez les noms de leurs ex-détenteurs. »
Tippin lut la liste sans grand intérêt, rayant des noms avec un style.
« Celui-ci, celui-ci. Celui-ci. »
Puis, avec un geste de dégoût, il jeta le style.
« C'est de la folie! Si Bel Ruk me voit avec vous, il m'écorchera vif.
– Aujourd'hui, il avait sur lui cent actions. Comment les a-t-il obtenues? »
Tippin le regarda, visiblement épouvanté.
« Vous l'avez donc volé!
– J'ai récupéré des biens sur lesquels il n'avait aucun droit. Après tout, Lens Larque a pillé l'entrepôt de la Kotzsash.
– Mais ce n'est pas conforme à la logique darsh, murmura Tippin. Nous danserons ensemble à la Taude de Sangwy. »
Il se tourna et scruta la place.
« Je vais devoir quitter Serjeuz. Je ne peux rester ici plus longtemps.
– Où comptez-vous aller?
– Chez moi. A Svengay. J'ai eu là-bas quelques ennuis, il y a longtemps, mais à présent tout cela est certainement oublié.
– En ce cas, où est le problème? Vous n'aurez qu'à embarquer à bord du premier vaisseau en partance. »

Tippin tendit les mains.

« Avec quel argent? Je vis avec une femme qui m'a mis sur la paille. »

Gersen écrivit un message sur une feuille de papier, puis il sortit cent U.V.S. et tendit le tout à Tippin.

« Portez cette lettre à Jehan Addels, à Nouveau Wexford, sur Aloysius. Il vous remettra mille U.V.S. et vous trouvera un travail sur place, si vous le désirez. Je vous conseille de ne pas dire à cette femme que vous partez, bien que cela ne me regarde pas. Si elle vous a mis sur la paille une fois elle recommencera n'importe où ailleurs. »

Avec des doigts gourds, Tippin prit l'argent et le billet.

« Merci... votre conseil est valable... oui, très valable. Je quitterai Serjeuz demain, il y a un vaisseau en partance.

– Ne dites a personne que vous allez partir. Faites-le, tout simplement.

– Oui, c'est exact. Certains seront surpris, lorsqu'ils découvriront mon départ.

– Revenons aux actions de la Kotzash. Auprès de qui Bel Ruk a-t-il obtenu les siennes?

– Eh bien... je lui en ai donné vingt. Il a racheté les autres à Malby Sift.

– Biffez les noms. »

Tippin étudia la liste et fit un certain nombre de traits.

« Je ne peux avoir de certitude en ce qui concerne les autres. Ce qui reste se trouve au tréfonds des Galles ou dans la Lande d'Écumasse. Mais vous n'y trouverez personne. Tout le monde s'est rendu à Donnorville pour le grand hadaul. Et c'est là que se trouvera également Bel Ruk, s'il veut d'autres Kotzash.

– Que compte faire Panshaw de ces actions?

– Lorsque vous dites Panshaw, vous voulez dire Lens Larque.

– Alors, que veut faire Lens Larque des Kotzash? »

Tippin parcourut à nouveau la place du regard.

« Je n'en ai pas la moindre idée. Panshaw estime que Lens Larque est devenu fou. Il a eu maille à partir avec les

Methlen et à présent il ne pense qu'à se venger. De tous les hommes, il est le plus redoutable. Imaginez un insecte qui ait forme humaine... Oh, regardez! Bel Ruk arrive!

– Restez assis! Il ne vous fera pas de mal. Il ne s'intéresse qu'à moi.

– Il va vouloir que je l'accompagne!

– Refusez de le suivre. Ne dites rien, n'obéissez pas à ses ordres! »

Tippin émit un borborygme asthmatique et bas. Gersen le regarda avec dégoût.

« Dominez-vous, bon sang!

Bel Ruk pénétra dans le jardin et vint vers leur table d'un pas majestueux. Avec un maniérisme outré, il tira une chaise et s'assit.

« J'espère ne pas interrompre une discussion confidentielle?

– Non, aucunement, répondit Tippin d'une voix tremblotante. Je dois effectuer les présentations : Kirth Gersen, voici Bel Ruk, un homme important de Dar Sai. »

Dans une folle tentative de plaisanterie, il ajouta :

« Vous avez énormément de choses en commun, vous vous intéressez tous deux à la finance.

– Oh, nous avons encore bien plus de choses en commun que cela, fit remarquer Bel Ruk. »

Il repoussa son capuchon d'un haussement d'épaules pour révéler son visage osseux cuivré, ses pommettes massives et son oreille tranchée. Il nota le regard de Gersen et précisa :

« Oui, c'est exact, je suis un rachepol. Mon clan m'a traité sévèrement. Cependant, je me suis vengé et je n'ai plus de raisons de me plaindre. »

Il appela le serveur d'un geste.

« Apportez-moi un quart de bière, et servez à ces messieurs ce qui leur plaira.

– Rien pour moi, déclara Gersen.

– Je prendrais bien un petit verre de Tivol, dit prudemment Tippin. »

Bel Ruk examina Gersen avec une lenteur presque insultante.

« Kirth Gersen, n'est-ce pas? Quel est votre monde natal?

– Alphanor, dans le Rassemblement.

– Et vous collectez les actions de la Kotzash?

– Chaque fois que je peux les obtenir à bas prix. Êtes-vous vendeur?

– Je n'ai rien à vendre, après que vous m'ayez volé et déshonoré aujourd'hui même.

– Vous faites certainement erreur, protesta Gersen. Tippin m'en a touché deux mots, mais je ne suis pas certain d'être parvenu à le convaincre.

– S'il s'est laissé convaincre, c'est qu'il est encore plus stupide que je ne le pensais. Mais réglons une chose à la fois. »

Il tendit la main.

« En premier lieu, rendez-moi mes actions. »

Gersen secoua la tête en souriant.

« Impossible. »

Bel Ruk retira son bras et se tourna vers Tippin.

« Tu as trop demandé à mon amitié.

– Absolument pas! protesta le réceptionniste. Certainement pas! Jamais!

– Nous en reparlerons. »

Bel Ruk leva sa chope et avala la moitié de la bière d'un trait. Puis, avec un geste désinvolte, il lança le reste au visage de Gersen. En raison d'une grande expérience, ce dernier avait deviné le cours que prendraient les événements. Il se pencha de côté et évita la majeure partie du liquide. Dans le même mouvement, il souleva la table et la lança sur Bel Ruk qui fut projeté en arrière et alla s'étaler dans le jardin.

Le serveur approcha prudemment.

« Que se passe-t-il, messieurs?

– Bel Ruk a un peu trop bu, expliqua Gersen. Emmenez-le avant qu'il ne se blesse. »

Le serveur aida Bel Ruk à se relever puis redressa la table et la remit en place.

Gersen observait calmement Bel Ruk qui réfléchissait au choix qui lui était offert. Il ne trouva de toute évidence aucune solution à son avantage et pivota sur lui-même puis quitta le jardin.

« Il va chercher une arme, déclara Tippin d'une voix tremblante.

– Non. Il a d'autres soucis.

– Je ne peux plus faire marche arrière, à présent. C'est soit la Taude de Sangwy soit un départ sans espoir de retour. »

Gersen donna à Tippin un billet de cinquante U.V.S.

« Réglez ma note ici, jusqu'à demain. Il est possible que je parte également.

– Où irez-vous? demanda Tippin, désorienté.

– Je ne sais pas encore exactement. »

Gersen se leva d'un bond.

« Mais, veuillez m'excuser. A présent, je suis pressé. »

Il monta au pas de course jusqu'à sa chambre et prit une partie de son matériel. De retour au rez-de-chaussée, il quitta l'hôtel et courut jusqu'à la Taude de Skansel. Sur la place, il s'arrêta pour regarder la maison Dindar. Une lumière brillait derrière la fenêtre du bureau de Panshaw et il n'avait pas de temps à perdre. Il gravit la rampe, escalada le toit en pente et obliqua vers la fenêtre qui donnait dans le bureau de Litto. Il sortit son capteur et le plaça au contact de la piste conductrice qu'il avait pulvérisée seulement deux nuits plus tôt. La voix gutturale de Bel Ruk résonna immédiatement dans l'écouteur.

– ... pas si facile. Ils sont disséminés çà et là dans toutes les Galles.

– La plupart d'entre eux se réuniront à Donnorville pour le hadaul.

– Mais ce n'est pas forcément un bien, grommela Bel Ruk. Ces tamiseurs ne sont pas des idiots. Ils vont comprendre ce que nous cherchons et voudront tout récupérer.

– C'est possible. Mais voilà une solution : organise un hadaul et offre un prix. La mise des participants pourrait être de cent parts de la Kotzash. Laisse aux robleurs [1] le soin de récupérer les actions à notre place.

– Et ensuite? »

La voix de Panshaw était chargée de sarcasme.

« Est-ce que je dois tout t'expliquer?

1. Robleurs : participants à un hadaul. Les robes sont les anneaux concentriques du terrain de hadaul, respectivement peints en jaune, en vert et en bleu.

– Vous avez été plutôt prolixe au sujet de Gersen, si tel est bien son nom.

– C'est une autre histoire. Gersen ne sera pas au hadaul.

– C'est vous qui le dites, rétorqua Bel Ruk après avoir émis un reniflement bruyant. Et dans le cas contraire?

– C'est à nouveau à toi de décider. L'Oiseau aimerait dire deux mots à cet homme.

– Dites à l'Oiseau de venir au hadaul, pour qu'il me fasse une démonstration de sa célèbre technique.

– Peut-être s'y rendra-t-il sans que je l'y invite, pour exprimer son opinion sur ton travail. »

La voix de Bel Ruk fut brusquement hésitante.

« Vous le croyez vraiment?

– Non. Je ne le crois pas. Il ne pense qu'à son grand projet. »

Rel Ruk parut légèrement soulagé.

« Tant qu'il fait ses tours, il disperse son énergie.

– Elle ne sera pas dispersée s'il perd la Kotzash.

– Je ne peux pas réaliser l'impossible. Ce Gersen a de l'expérience. Cependant, il ne m'a pas tué alors qu'il en avait l'occasion. »

Panshaw émit un petit rire.

« C'est sans doute qu'il ne te trouve pas très dangereux. »

Bel Ruk s'abstint de répondre.

« Enfin, fais de ton mieux, ajouta Panshaw. A partir de maintenant je ne pourrai plus guider tes pas. Tu as la réputation d'être adroit dans les robles. Mène ton propre hadaul et récupère la cagnotte [1].

– J'ai déjà eu cette idée.

D'une manière ou d'une autre, débrouille-toi pour obtenir au moins sept cents actions. Ensuite, que Gersen trouve ou pas celles de Cahous, nous serons tranquilles. Maintenant, je vais aller me coucher, l'horaire de Twanish est tyrannique. Ces maudits Methlen commencent leur journée au lever du soleil, juste au moment où les bons voleurs comme toi et moi la terminent. Oh, pourquoi dois-je payer le prix des blessures portées à l'orgueil

1. Cagnotte : Total des mises, la récompense du vainqueur.

de l'Oiseau? Si ce n'était pas si drôle, j'en pleurerais.

– Tout cela me dépasse, grommela Bel Ruk. Ça ne me concerne pas.

– C'est tout aussi bien! Tu serais moins efficace que jamais.

– Un jour, Panshaw, je vous tordrai le cou d'une seule de mes mains.

– Un jour, Bel Ruk, je verserai du poison dans ta bière infecte. A moins, naturellement, que nous perdions la Kotzash et que l'Oiseau nous livre tous deux à son Panak. »

Bel Ruk émit un son creux et l'entretien fut terminé.

Gersen attendit un moment dans l'espoir que Bel Ruk contractât quelqu'un d'autre, mais le silence continua de régner dans le bureau. Finalement, Gersen refit en sens inverse le chemin qu'il avait suivi pour venir.

CHAPITRE X

Gersen mit cap à l'est. Sous le Voltigeur Fantamique, dans la clarté aveuglante de Cora, le désert défilait en des bandes et des taches colorées : rose, ocre, un blanc jaunâtre qui évoquait un mélange de talc et de soufre. Vers l'horizon les couleurs étaient stratifiées, comme des sédiments, dans des traits brun canelle, gris-vert, prune, avec parfois de violentes griffures là où des arêtes de roche noire venaient affleurer la surface.

Gersen survola une région de dunes basses puis une succession de buttes rose-rouge. Au-delà s'étendait un plateau recouvert par la flore du désert : corail doux, oreilles saillantes d'alvéolées, tripes des sables jaunes, herbes tintantes, magmolles pourpres.

A larges intervalles, de l'eau ruisselait des parasols pour rafraîchir des communautés solitaires où les coutumes darsh subsistaient sous leur forme la plus pure. La Taude de Bunter, de Ruph, d'Itchy Nola : tels étaient les noms portés sur la carte. Puis, là où commençait le désert de Terwig, il ne put plus voir la moindre taude.

Cette région désolée, un bassin brûlé de pierre ponce rouge foie, autrefois décrit par un voyageur impressionnable comme « l'enfer exposé à la lumière du jour », se terminait au pied d'une falaise d'un blanc crayeux. Au-delà, le sol se tordait et se fendillait dans un immense pays désolé de grès érodé par le vent, puis le désert reprenait vers le nord, le sud et l'est. Finalement, les cinq parasols de Donnorville apparurent à l'horizon.

Gersen approcha de l'agglomération dont il effectua un

survol circulaire. Sur l'aire d'atterrissage, à la limite ouest, étaient posés divers vaisseaux : deux petits cargos, cinq appareils de plaisance, des vingtaines de glisseurs du désert et d'aérocars.

Gersen se posa près du voile liquide. Il revêtit une bure darsh, s'arma et débarqua. La chaleur assaillit son visage et il se hâta de pénétrer sous la chute d'eau. Il se retrouva au sein d'un amas de dômes d'où lui parvenaient des odeurs âcres et des voix fortes. Par des allées tortueuses, il atteignit une esplanade bien moins grande que la Place Centrale de Serjeuz. Un unique hôtel restaurant offrait sa modeste hospitalité aux visiteurs venus des autres mondes.

Autour de la place, sous des arbres flip-flap, des brasseries de plein air comblaient les besoins des excursionnistes darsh. Devant l'hôtel, des ouvriers effectuaient les derniers préparatifs du hadaul. Des cercles avaient été peints sur le dallage. Deux petites tribunes et plusieurs rangées de bancs offraient leurs sièges aux spectateurs.

Gersen traversa la place en direction de l'hôtel. Une douzaine de Methlen étaient assis dans le jardin. Jerdian Chanseth ne se trouvait pas parmi eux.

Il n'y avait plus de chambres disponibles.

« C'est la période de la rencontre des clans! déclara l'employé sur un ton cassant. Faites comme les autres : allez dormir dans les buissons! »

Gersen regagna le jardin. Bel Ruk se tenait à moins de dix pas de lui. Il était plongé dans une conversation avec un jeune Darsh au visage rusé. Bel Ruk portait des vêtements iskish et le turban blanc qui était ceint autour de sa tête dissimulait son oreille mutilée. Il tournait partiellement le dos à Gersen qui put passer derrière lui sans se faire remarquer. Il s'arrêta derrière un népharier à la vaste ramure basse et observa la scène à travers son feuillage vert sombre.

Bel Ruk tenait un discours énergique et pressant. Il avait sorti une liasse d'U.V.S. d'une poche intérieure et il la frappait en cadence dans la paume de sa main afin de souligner ses paroles. Le jeune homme hochait attentivement la tête. Bel Ruk lui remit finalement la liasse et fit un geste brusque. Le jeune homme claqua des doigts, selon le geste d'assentiment darsh, puis s'éloigna sur la place. Gersen attendit cinq secondes puis le suivit à la bonne distance.

Le jeune Darsh marchait à grands pas, avec plambosh. Il quitta la place, traversa une jungle de végétation touffue et atteignit finalement une seconde place où il se joignit à un groupe de Darsh qui étaient attablés devant des chopes de fer. Il parla et l'argent changea de mains. Les chopes de fer furent levées et vidées, puis tous les hommes partirent à l'exception du jeune Darsh que Gersen avait filé.

Gersen s'assit sur une éminence, dans l'ombre d'un groupe de bananiers. Un insecte gravit sa jambe et il le chassa du plat de sa main avant de se rendre dans une des brasseries. Il s'installa sur un siège en retrait et on lui servit de la bière dans une chope de fer.

Une heure s'écoula puis un des membres du groupe revint avec une liasse de ce que Gersen pensa identifier en tant que titres de propriété de la Kotzash.

Gersen se leva et traversa la place. Il fit semblant de regarder à toutes les tables, puis s'avança vers celle qu'il avait surveillée. Sans formalités, il s'assit.

« Mon nom est Jaide, Bel Ruk a dû vous parler de moi. Les plans sont changés. Nos adversaires le surveillent et il faut les tromper. Vous passerez désormais par moi. Combien d'actions avez-vous récupérées?

– Seize, pour l'instant, répondit le jeune homme que Gersen avait filé.

– Quel est votre nom?

– Delfin. »

Il désigna l'homme qui avait rapporté les titres de propriété.

« Et voici Bartle.

– C'est très bien, Bartle, dit Gersen. Vous pouvez repartir. Trouvez-nous d'autres parts. »

Bartle ne paraissait guère pressé d'obéir.

« C'est pas si facile. Les gens me prennent soit pour un idiot, soit pour un escroc. Je dois penser à ma dignité.

– Qu'y a-t-il d'indigne à payer en bon argent des papiers sans valeur?

– Ils ne sont pas sans valeur, dès l'instant où quelqu'un est prêt à les payer. C'est en tout cas ce que pense tout le monde, surtout en raison du fait qu'il s'agit de la Kotzash.

– C'est bon, offrez plus. Delfin, donnez-lui de quoi lui permettre d'avoir les coudées franches. »

A contrecœur, Delfin compta vingt U.V.S. Gersen prit les actions, les plia, et les glissa dans sa poche.

« L'argent file, grommela Delfin. Ruk m'avait dit qu'il m'en redonnerait, lorsque je lui rapporterais les titres.

– Je réglerai ça, promit Gersen. »

Il sortit la liste préparée par Jehan Addels.

« Un certain Lampeter contrôle quatre-vingt-neuf actions. Trouvez-le immédiatement et achetez-les, le moins cher possible.

– Je ne les aurai jamais pour vingt U.V.S., rétorqua Bartle sur un ton découragé. Et où est ma commission? »

Gersen lui donna dix U.V.S. de son propre argent.

« Ramenez-moi les quatre-vingt-neuf actions et vous toucherez votre commission. »

Le Darsh haussa les épaules avec scepticisme puis s'éloigna.

Gersen s'adressa à Delfin.

« N'oubliez pas que vous devez désormais passer par moi. Ne contactez Bel Ruk sous aucun prétexte! Ça pourrait attirer sur vous la colère d'un certain Oiseau. Vous me comprenez?

– Parfaitement.

– Si vous deviez revoir Bel Ruk, tenez-vous loin de lui. Effectuez désormais toutes vos transactions avec moi.

– C'est clair. »

Un autre émissaire de Delfin apparut, avec neuf actions. Delfin préleva dix autres U.V.S. sur l'argent de Bel Ruk. Il les lui donna et le renvoya. Gersen ajouta les neuf parts aux seize premières. Il en avait 2 025 au total. Il lui restait encore à en obtenir 386.

Les uns après les autres, les hommes rapportèrent au total quarante-neuf parts. Bartle revint, un peu dépité. Il parla d'une voix morose.

« La rumeur s'est répandue. Tout le monde se méfie et plus personne n'accepte de vendre. Ceux qui ont déjà cédé leurs actions sont en colère. Ils me traitent d'escroc et veulent récupérer leurs parts.

– C'est impossible, déclara Gersen. Et Lampeter?

– Il est assis là-bas, au *Havre de Valt*. Il boit une bière. »

Bartle tendit le doigt pour désigner l'autre côté de la place.

« C'est ce vieux type au nez crochu. Il déclare qu'il ne les cèdera que contre leur valeur d'origine, pas pour moins.

– Leur valeur d'origine? Nous ne donnerons jamais une telle somme pour des papiers sans valeur.

– Allez expliquer ça à Lampeter.

– C'est exactement ce que je vais faire. »

Gersen examina une fois de plus sa liste.

« Connaissez-vous Feodor Diamant?

– Tout le monde le connaît.

– Il détient vingt parts. Trouvez-le et rachetez-les-lui, si c'est possible. Sinon, amenez-le-moi.

– Comme vous voudrez. »

Barthe partit à nouveau et Gersen traversa la place en direction du *Havre de Valt*. Il s'approcha du vieil homme au nez crochu.

« Vous êtes Lampeter?

– C'est exact. Et vous, qui êtes-vous, sinon un iskish?

– Je suis en effet un iskish. Pendant mes loisirs je collectionne des titres sans valeur : ce n'est qu'un passe-temps comme un autre. Vos actions de la Kotzash vous servent-elles à quelque chose?

– Absolument à rien.

– En ce cas, peut-être me les donnerez-vous? Si vous préférez, je peux vous faire un règlement symbolique, disons dix U.V.S. pour le tout. »

Lampeter tira sur son nez et adressa à Gersen un large sourire qui découvrit ses dents.

« Mon expérience m'a appris que lorsque quelqu'un veut acheter quelque chose, c'est que la chose en question a de la valeur. Je les vendrai au prix qu'elles m'ont coûté, pas à moins. »

Gersen feignit la surprise.

« Ce n'est vraiment pas raisonnable.

– Nous verrons. Si je rentre dans mon argent, je serai quitte. Si ce n'est pas le cas, je serai toujours perdant quoi qu'il en soit.

– Avez-vous ces actions sur vous?

– Bien sûr que non. Je les considérais sans valeur, jusqu'à ce jour.

– Où sont-elles?

– Dans ma domble, juste là-bas.

– Allons les chercher. Si vous me garantissez de ne pas parler de notre transaction, je monterai jusqu'à quatre vingt-neuf U.V.S.

– Quatre-vingt-neuf U.V.S. Cette offre est presque insultante! Vous essayez de me rouler de deux mille U.V.S.!

– Lampeter, regardez-moi attentivement. Que voyez-vous? »

Lampeter, qui avait déjà bu plusieurs chopes de bière, examina Gersen sans le voir avec précision.

« J'aperçois un iskish aux yeux verts, qui est soit un escroc soit un fou.

– Je préfère que vous me considériez comme un fou. Maintenant posez-vous la question suivante : combien de fois, durant les quelques années qui vous restent à vivre, trouverez-vous un iskish suffisamment insensé pour vous offrir de l'argent en échange de papiers sans valeur?

– Plus jamais, c'est certain. C'est pourquoi je dois tirer parti de cette occasion,

– A cette occasion, deux U.V.S. l'action est un grand maximum.

– Leur valeur initiale ou rien! »

Gersen fit un geste de défaite.

« Je vous donnerai le quart de leur valeur, et je ne peux rien faire de plus. Je commence à être à court d'argent. »

Lampeter but sa bière puis posa la chope de fer et se leva.

« Venez. Je sais que je fais une mauvaise affaire, mais je ne peux pas perdre plus de temps. »

Il avança en titubant le long d'un chemin qui traversait

la jungle et s'arrêta à côté de l'entrée obscure d'une domble.

« Un instant. »

Il entra puis ressortit avec une enveloppe graisseuse.

« Voilà les actions. Où est l'argent? »

Gersen prit l'enveloppe, en retira les titres et les compta : quatre-vingt-neuf parts.

« C'est bien, veuillez me suivre. Je ne porte jamais autant d'argent sur moi. »

Il le guida vers la cascade et suivit l'allée périphérique, puis il franchit le rideau liquide en direction du Voltigeur Fantamique. Il ouvrit la porte du sas et fit signe à Lampeter de gravir l'échelle. Le Darsh le regarda avec suspicion.

« Où me conduisez-vous?

– Nulle part. Je ne peux pas vous payer ici, sous ce soleil brûlant.

– C'est bon, mais faites vite, ma bière s'évente. »

Gersen sortit le coffre de sable noir qu'il avait subtilisé à Bel Ruk, au Trou de Jamile.

« Quatre-vingt neuf parts à un quart de leur valeur nous donnent 223 onces. »

Lampeter grommela qu'il préférait de l'argent liquide mais Gersen n'en fit pas cas. Il pesa le sable noir et le vida dans une boîte en fer blanc qu'il tendit à Lampeter.

« Vous pouvez vous estimer heureux.

– Je ne peux m'empêcher d'être curieux. Pourquoi donnez-vous du bon sable noir en échange de papiers sans valeur que je m'apprêtais à jeter? »

Gersen réfléchit.

« Il me faut encore un minimum de 248 parts. Trouvez-les-moi et je vous expliquerai pour quelle raison je les veux.

– Vous me payerez en sable noir?

– Pas au quart de leur valeur. Je ne dispose pas de suffisamment de sable.

– Je doute qu'il y ait autant d'actions, ici à Donnorville. Mais retournons au *Havre de Valt* et amenez votre boîte. Nous verrons ce que nous pouvons faire. Mon ami Jeus possède dix ou vingt parts. Il acceptera peut-être de vous les céder.

– Amenez votre ami à la brasserie qui se trouve de l'autre côté de la place. Je dois à présent y retourner. »

Gersen prit congé de Lampeter et alla rejoindre Delfin. Ses émissaires, à eux tous, n'avaient récupéré que trente et une actions supplémentaires dont Gersen prit possession. Cependant, Bartle était accompagné par un petit homme replet aux yeux ronds et noirs, et au nez en bec de perroquet.

« Je vous présente le Gros Odo, annonça Bartle. Il détient quinze parts de la Kotzash.

– Et bien, monsieur, quel est votre prix? demanda Gersen. J'ai à présent tout ce dont j'ai besoin, mais je vais malgré tout écouter votre proposition.

– Le prix est indiqué sur chaque action, répondit Odo.

– De même que la signature d'Ottile Panshaw. Tous deux représentent un gaspillage d'encre.

– Je ne vendrai pas à moins. Je ne me laisserai pas avoir par un iskish. Je ne suis pas plus bête qu'il y a une heure. Adieu.

– Un instant. Vous dites quinze parts? Je vous les reprends au quart de leur valeur, pas plus.

– Impossible.

– En ce cas, adieu. C'est mon dernier prix.

– Oh, c'est d'accord, je les cède à moitié prix. Je suis en veine de générosité, aujourd'hui. »

Gersen parvint finalement à un accord. Ils tranchaient à quarante onces de sable noir au moment où Lampeter amena son ami Jeus, aussi vieux, décharné et ivre que lui. Lampeter désigna Gersen d'un grand geste.

«Voilà cet iskish fou qui échange du bon sable contre des Kotzash.

– Voilà mes parts, cria Jeus. Il n'y en a que dix-huit, mais soyez généreux et donnez-moi cent onces de sable.

– Les cours sont un peu plus bas, rétorqua Gersen. Vingt onces pour le tout. »

Le marchandage attira l'attention et Gersen fut bientôt entouré par des personnes qui détenaient une ou deux actions et voulaient rentrer dans leur argent, ou par des prospecteurs à présent en colère qui avaient déjà vendu les leurs à un prix bien plus bas. Gersen vida le coffre de sable noir mais n'acquit que quarante-trois actions supplémentaires. Son portefeuille en comprenait à présent 2270 et il lui en manquait encore 141. Les Darsh qui se tenaient autour de lui brandissaient avec avidité leurs titres de propriété, mais Gersen dut se contenter de secouer négativement la tête.

« Je n'ai plus de sable et plus d'argent. Je dois aller encaisser une lettre de change. »

Les prix demandés commencèrent à baisser. Gersen était si près de son but qu'il sentait croître son impatience. Il se tourna vers Delfin.

« Donnez-moi tout l'argent qui vous reste.

– Il y a seulement cinq U.V.S. Comparé aux sommes considérables qui ont été dilapidées aujourd'hui, c'est un bien maigre règlement pour une journée de travail.

– Bartle avait trente U.V.S. dont il n'a pas rendu des comptes.

– Il ne le fera jamais. Retournez demander de l'argent à Bel Ruk.

– Je n'ose pas. J'ai déjà trop dépensé... Mais ça me donne une idée. Écrivez-lui un message : « les prix sont élevés. Envoyez-moi deux cents U.V.S. par le porteur de la présente... signé Delfin. »

Delfin paraissait avoir des doutes, mais il écrivit malgré tout le billet. La situation n'était pas claire, mais qui était-il pour poser des questions à cet iskish fou?

« Maintenant, dit Gersen, envoyez ce message à Bel Ruk qui nous fera certainement parvenir cet argent.

– Hardous! Viens ici un moment! »

Delfin tendit le billet à Hardous.

« Va au jardin de l'hôtel. Tu trouveras un rachepol qui porte un turban blanc avec une broche d'émeraude. Donne-lui ce mot. Il te remettra de l'argent que tu me rapporteras. Fais vite! »

Gersen, à présent sur les charbons ardents, parcourut le cercle de ceux qui offraient leurs actions. Il prit toutes celles qu'il pouvait atteindre.

« Donnez-moi les vôtres, les vôtres, les vôtres. Faites-vous régler par Delfin ou venez me trouver ce soir à l'hôtel. Delfin me connaît bien, il se porte garant. Vous serez réglés demain, ou peut-être même ce soir, si Bel Ruk envoie l'argent. »

Certains des actionnaires abandonnèrent leurs parts, d'autres reculèrent. Gersen ne pouvait se permettre de perdre plus de temps. Il fit signe à Delfin.

« Allons jusqu'à la place pour nous assurer que Bel Ruk s'y trouve. »

Ils s'arrêtèrent sous le feuillage et regardèrent vers le jardin de l'hôtel dans lequel Hardous pénétrait. Bel Ruk, assis à une table centrale, était visiblement impatient. Durant un instant il demeura immobile, en silence, puis il se leva. Il parla avec Hardous et ensuite tous deux quittèrent le jardin et s'engagèrent sur la place.

« Je suppose que les choses vont mal pour Bel Ruk, dit sombrement Gersen à Delfin. Il semble de mauvaise humeur. Évitez-le. S'il vous voit, il vous demandera des comptes et que pourriez-vous lui dire? Rien. Gardez vos distances et nous ne nous en porterons que mieux.

– Il y a de nombreuses choses que je ne comprends pas, déclara Delfin d'une voix inquiète.

– Je n'en doute pas. Mais faites ce que je dis et, dès que j'aurai encaissé la lettre de change, vous n'aurez pas à le regretter. »

Delfin recouvra une partie de ses couleurs.

« C'est au moins une perspective réconfortante.

– Bien. Je peux compter sur votre coopération?

– Dans tous les points du cercle. »

Gersen reconnut dans cette métaphore un terme issu du jargon du hadaul, ce qui n'était pas totalement rassurant.

« J'ai encore besoin de... laissez-moi compter... 120 autres parts, au moins. Il faut que ce soir vous alliez de partout. Tout le monde sera au courant et on vous fera certainement des offres. Peut-être pour les 120 actions qui me manquent.

– Ce soir? C'est impossible. Mirassou sera haute dans le ciel. Les kitchets dont courir le désert et je serai juste derrière elles.

– Et qui sera juste derrière vous?

– Ha ha! J'ai déjà été pourchassé par des khoontz. Ce soir, il faudra être prudent! Si vous comptez sortir, laissez-moi vous donner un conseil. Les kitchets montent dans les Chailles, mais chaque ombre dissimule une khoontz. L'ombre moins agile, qui n'est généralement pas aussi difficile, se rend dans les bas de Differy, mais il rentre chez lui courbaturé et amer, parce que se sont les kitchets qui décident et qui font leur propre choix.

– Je ne l'oublierai pas, dit Gersen. Et demain?

– Demain, c'est le hadaul. Il durera toute la journée et les Kotzash devront attendre.

– Cependant, sautez sur l'occasion, si on vous fait des offres. Mettez les actions sur mon compte et tenez vous loin de Bel Ruk. Il risque d'avoir une dent contre nous. »

La voix de Delfin se chargea d'inquiétude.

« Je devine derrière vos paroles une signification plus importante. J'éviterai Bel Ruk. Maintenant, je vous souhaite de passer une bonne soirée et une excellente nuit dans le désert. »

Gersen se rendit à son Voltigeur Fantamique où il compta ses actions, avant de les enfermer dans un placard. Il ôta ensuite sa bure darsh et enfila un ample pantalon gris et une blouse à rayures noires et vert sombre. Il vérifia ses armes puis descendit nonchalamment sous le parasol. C'était le crépuscule. Les rideaux d'eau s'étaient taris et Donnorville s'ouvrait librement sur le désert.

Gersen vint vers le jardin de l'hôtel et s'arrêta au sein des ombres pour examiner les personnes assises aux tables : une douzaine de touristes, autant de Darsh visiblement fortunés, et un groupe de jeunes Methlen accompagnés par deux femmes plus âgées, distinguées et dignes.

Jerdian Chanseth sortit de l'hôtel. Elle portait une légère robe blanche. Elle passa près de Gersen qui l'appela doucement.

« Jerdian! Jerdian Chanseth! »

Elle s'arrêta et regarda avec surprise en direction de Gersen qui était en partie adossé contre un arbre. Elle fit une pause, adressa un rapide coup d'œil au groupe formé par les autres Methlen, puis s'approcha.

« Que faites-vous ici?

– Je vous regarde, et votre vision me comble de bonheur. »

Jerdian émit un sifflement moqueur entre ses dents. « Ssssss! Vos phrases sont galantes. »

Elle le regarda de haut en bas.

« Je vous trouve plus détendu, plus décontracté que le sinistre banquier-escroc-vagabond de l'espace que j'ai rencontré à Serjeuz. Vous avez presque l'air d'être un jeune homme.

– C'est impossible, j'ai au moins six ans de plus qu'Aldo. Cependant, en cet instant, je ne me sens pas du tout sinistre.

– Pourquoi, en cet instant?

– Dois-je m'expliquer? Je me trouve en votre compagnie et vous êtes ensorcelante.

– Encore de la galanterie! »

Jerdian, en dépit de son petit rire distant, ne semblait pas en prendre ombrage.

« Les paroles ne coûtent rien. Vous avez déjà une femme et une importante famille.

– Rien de ce genre. Je ne dois penser qu'à moi.

– Comment êtes-vous devenu banquier?

– J'ai acheté cette banque dans une intention bien précise.

– Mais une banque coûte énormément d'argent! Êtes-vous un criminel richissime?

– Je ne suis certainement pas un criminel. Enfin, pas vraiment.

– Alors, qui êtes-vous? Répondez-moi franchement.

– Le terme de vagabond de l'espace est vraiment celui qui me définit le mieux.

– Kirth Gersen, vous prenez plaisir à vous moquer de moi et je déteste les cachotteries! »

Puis elle ajouta, d'une voix imposée par son éducation Methlen :

« Cependant, vos secrets ne me concernent pas.

– C'est tout à fait exact. »

Gersen regarda de l'autre côté de la place, en direction du désert à présent baigné par le crépuscule.

« En fait, je ne devrais même pas discuter avec vous. Je ne parviens qu'à me torturer de désir. »

Jerdian le fixa une minute puis elle laissa brusquement échapper un petit rire.

« Quels rôles merveilleux vous jouez! L'aventurier picaresque; le banquier qui a roulé mon père; le patricien élégant; et à présent l'adolescent amoureux, désenchanté et plein de nobles sentiments, qui renonce à son amour. »

L'amusement de Gersen était un peu moins naturel.

« Je ne me reconnais dans aucun de ces rôles. »

La mélancolie l'envahit, presque comme du poison.

« Venez par ici, nous serons seuls. »

Il prit son bras et la guida vers une table située à l'extrémité du jardin. dans l'obscurité. Jerdian Chanseth avançait de sa démarche raide, en résistant un peu. Elle s'assit avec une attitude hésitante et pincée, puis regarda froidement Gersen. Elle était à présent redevenue une Methlen hautaine et dédaigneuse.

« Je ne peux rester qu'un instant. Nous allons faire une excursion dans le désert et je dois aider aux préparatifs.

– On dit que le désert est magnifique, la nuit. Surtout sous le clair de lune. Partez-vous à pied?

– Certainement pas. Nous avons loué un autocar. Maintenant je dois partir. Je ne porte qu'un intérêt fortuit à vos affaires.

– Alors, tout est pour le mieux, étant donné que je n'ai pas l'intention de vous révéler quoi que ce soit. »

Jerdian ne fit aucun mouvement pour se lever.

« Et pourquoi?

– Vous pourriez en parler et m'attirer des ennuis. »

Jerdian se renfrogna.

« Vous croyez donc que je bavarde de tout ce que je sais avec mes amis?

– Pas forcément. Mais comme vous l'avez vous-même fait remarquer, votre intérêt n'est que fortuit. Vous risqueriez de faire un commentaire désinvolte qui finirait par parvenir à des oreilles indiscrètes. Je vais vous raccompagner auprès de vos amis. »

Il se leva, mais Jerdian refusa avec perversité de se mouvoir.

« Veuillez vous rasseoir. En fait, vous me demandez de partir, ce qui est loin d'être flatteur. Où se trouve à présent la galanterie dont vous vous vantiez? »

Gersen regagna lentement son siège.

« Je ne me suis jamais vanté d'être galant. J'ai été un peu impulsif.

– Vous faites bien peu cas de ma coquetterie.

– Elle est en sécurité, entre mes mains. Puis-je parler franchement? »

Jerdian réfléchit un instant.

« Eh bien... disons qu'il n'y a personne, ici, qui puisse vous en empêcher. »

Gersen se pencha en avant et prit les deux mains de la jeune fille dans les siennes.

« Voilà la vérité : j'ai un vaisseau spatial, là-dehors. Mon plus cher désir serait de vous emmener et de faire l'amour avec vous à travers toutes les constellations de l'univers. Mais je ne puis me permettre ne serait-ce que d'y rêver.

– Vraiment? Et... toujours par simple curiosité... pour quelle raison?

– Parce que je dois effectuer une tâche urgente et dangereuse.

– Y renonceriez-vous, si j'acceptais de partir avec vous? demanda Jerdian avec malice.

– Ne suggérez même pas une chose pareille! Mon cœur cesse de battre lorsque je vous entends.

– Votre galanterie vient d'effectuer un retour en force. »

Gersen se pencha sur la table et Jerdian ne recula pas. Alors que leurs visages n'étaient plus séparés que par quelques centimètres, Gersen s'arrêta et se tira brusquement en arrière. Il sentit les mains de Jerdian se crisper dans les siennes.

« Si vous vous en souvenez, dit Gersen au bout d'un moment, nous avons parlé de Lens Larque, lorsque nous étions à Serjeuz. »

Jerdian le regarda avec des pupilles dilatées.

« C'est l'être le plus malfaisant de tout l'univers!

– Vous avez parlé d'une « aventure désagréable ». Que s'est-il passé, plus exactement?

– Rien de bien important, un simple accident. Nous vivons dans un quartier appelé Llalarkno. Un jour, un Darsh a voulu acheter la maison voisine de la nôtre. Mon père n'aime guère les Darsh. Il hait l'odeur de leur cuisine et ne peut supporter leur musique. Il a crié avec véhémence : “ Partez, quittez ce pays! Vous ne pourrez pas acheter cette demeure. Croyez-vous que je pourrais accepter de relever chaque jour le regard pour découvrir votre gros visage de Darsh qui me regarde par-dessus le mur? Disparaissez! ”

« L'homme est reparti. Par la suite nous avons appris qu'il s'agissait de Lens Larque.

– A quoi ressemblait-il?

– Je l'ai à peine remarqué. J'ai le vague souvenir d'un homme corpulent, avec de longs bras. Il avait une grosse tête lisse et des moustaches noires. Sa peau était brun rosé, comme celle des Darsh les plus pâles.

– Vous ne l'avez pas revu depuis?

– Pas que je sache.

– Il n'oublie jamais une insulte, c'est ce que veut sa légende, en tout cas, et il est célèbre pour les tours qu'il joue à ses ennemis.

– Il peut jouer autant de mauvais tours qu'il veut. Nous avons des règles de sécurité très strictes, car nous nous trouvons très près de l'au-delà. Mais pourquoi vous intéressez-vous à Lens Larque?

– J'espère le détruire. Mais pour cela, je dois tout d'abord le trouver. C'est pourquoi j'achète des Kotzash afin d'attirer son attention. »

Jerdian fixa Gersen, à la fois craintive et émerveillée. Elle alla pour parler, mais une silhouette apparut au-dessus d'eux : Aldo, la tête légèrement inclinée en arrière, la bouche serrée en une moue réprobatrice. Il s'inclina avec raideur devant Jerdian.

« Votre tante, l'Excellente Mayness, est impatiente que vous alliez la rejoindre.

– Très bien, j'arrive de suite. »

Gersen s'adressa à Aldo.

« Vous avez projeté de faire une excursion dans le désert.

– C'est exact.

– Où avez-vous l'intention de vous rendre?

– Nous allons visiter les Chailles, répondit Aldo sur un ton à présent glacial. Venez, Jerdian.

– Les Darsh des deux sexes vont être nombreux dans le désert, fit remarquer Gersen.

– Cela ne nous concerne pas, dès l'instant où ils restent loin de nous.

– Ils risquent de vous attirer des ennuis.

– Nous avons loué un autocar. Le conducteur affirme que nous ne serons absolument pas importunés. Quoi qu'il en soit, nous sommes des Methlen. Les Darsh demeureront à distance. »

Il alla se placer à côté de Jerdian qui se leva lentement et s'éloigna telle une somnambule.

Gersen resta assis. Il rumina de sombres pensées durant un certain temps, puis il se rendit à son vaisseau. Il s'arrêta à côté de l'échelle et observa longuement le désert en direction de l'est. La lune qui se levait illuminait déjà le ciel. Des petits groupes de Darsh sortaient de la taude, à bord de véhicules ou à pied, femmes et filles séparées des jeunes garçons et des hommes. Sur un vieux buggy aérien arriva Delfin, accompagné de trois camarades. Ils portaient des bures légères et des turbans aux couleurs vives. Ils passèrent à proximité de Gersen qui les héla. Delfin fit arrêter l'appareil qui s'immobilisa avec un soubresaut. Gersen s'avança.

« Comment se passe votre soirée?

– Très bien, jusqu'à présent.

– Avez-vous trouvé d'autres actions?

– Non. Comme vous l'aviez supposé, Bel Ruk n'est guère content de ce qui s'est passé aujourd'hui. Il a l'intention d'utiliser son fouet contre vous et contre moi également.

– Il faut d'abord qu'il nous attrape. Il faut ensuite qu'il puisse lever son fouet.

– Exact. Quoi qu'il en soit, vous ne trouverez plus une seule Kotzash à Donnorville. Bel Ruk a financé un grand hadaul, dont l'enjeu est mille U.V.S. La mise des robleurs sera soit de cent U.V.S., soit de vingt-cinq parts de la kotzash. Inutile de dire que toutes les Kotzash restantes vont servir à financer ce hadaul.

– Dommage, dit Gersen.

– Cependant, vous avez fait de votre mieux, et habilement. Vous êtes un fourbe. Mais pourquoi nous retardez-vous? Les kitchets boivent le clair de lune.

– De même que toutes les vieilles fesses molles des Galles, ajouta un de ses camarades.

– Regardez là-bàs! s'écria Delfin d'une voix à la fois surprise et amusée. Ces Methlen constipés vont jouir du clair de lune! Vous voyez le conducteur de l'autocar? C'est Nobius, un fourbe aussi retors que vous.

Gersen apprécia le compliment.

« Croyez-vous que ce Nobius ait l'intention de jouer un tour aux Methlen? »

Delfin fit un geste amusé.

« Il existe une tendre kitchet nommée Farrero qui est gardée par trois énormes Rhoontzes. Nobius a juré de prendre Farrero cette nuit. Je me demande comment il compte y parvenir alors qu'il sert de conducteur aux Methlen! Mais nous devons partir. Mirassou s'élève dans le ciel. Les kitchets courent sur le sable et font des rêves délicieux! Allez, en route! Que Cambrousse [1] nous donne des forces! »

Le buggy partit sur ses roues souples. Gersen se tourna pour suivre l'autocar des yeux. Ce n'était déjà plus qu'une tache sombre, loin sur le sable.

Inquiet et troublé par des désirs contradictoires, Gersen regarda le véhicule disparaître. Le sort des Methlen le laissait indifférent... mais pas le confort et la dignité d'une certaine Jerdian Chanseth envers laquelle il éprouvait toute une palette de sentiments, tant protecteurs que d'une autre nature.

Eh bien, il ne pouvait s'en défendre. Il marmonna un juron puis monta à bord du vaisseau et ouvrit un sabord latéral. Il fit sortir la grue et descendit le canot. Gersen plaça alors un casque sur sa tête et emboîta une panoptique nocturne sur le viseur. Dans le râtelier latéral, il posa deux armes, puis il monta à bord et fit décoller l'appareil.

Mirassou flottait au-dessus de l'horizon : un grand disque blanc argenté, léger et serein, qui irradiait cependant une énergie ardente. Les Galles devenaient un lieu où

1. Le satyre Cambrousse, Pittaugh le lutin des sables, et Leine la grand-mère, sont les trois personnages principaux du panthéon mythologique darsh.

des événements par ailleurs impensables devenaient non seulement concevables mais fort probables. Gersen, qui percevait comme toujours au moins deux niveaux de conscience dans son esprit, était amusé de se trouver autant influencé par Mirassou que Delfin... il modifia quelque peu la trajectoire de l'appareil pour se rendre au sud de l'autocar, puis il le stabilisa à une altitude de trois cents mètres. Après avoir abaissé la panoptique sur ses yeux, il enclencha le viseur nocturne et augmenta le rapport d'agrandissement. L'autocar et ses passagers semblaient se trouver à quelques mètres de lui. Avec leurs vêtements magnifiques et leurs visages baignés par la clarté blafarde de la lune, les Methlen semblaient irréels. C'était une troupe de pierrots lors d'une escapade frivole. Gersen les observa, fasciné, à la fois moqueur et envieux. Les Methlen étaient au nombre de dix. Trois jeunes hommes étaient assis sur le siège arrière. Quatre jeunes filles et deux femmes plus âgées, ainsi qu'Aldo, occupaient les sièges latéraux. Jerdian, fragile et blême, était assise devant, un peu à l'écart des autres. Peut-être influencé par Mirassou, Gersen se sentit transporté de joie par sa propre escapade sous le clair de lune.

A l'avant, sur la haute banquette du conducteur, se trouvait Nobius. Il était confortablement installé et jetait par instants des regards condescendants à ses passagers. Les femmes les plus âgées, lorsqu'elles notaient son manège, paraissaient irritées par ce qu'elles estimaient être de l'insolence et faisaient des gestes hautains. Elles intimaient à Nobius de se concentrer sur la conduite, ordre que le conducteur ignorait totalement, ce qui augmentait encore les gesticulations irritées des membres de l'expédition.

L'autocar avançait sur le sable fin. Devant lui et légèrement de côté se dressaient les Chailles : un volcan éteint qui s'élevait hors d'une multitude d'arêtes et d'affleurements. Une des femmes les plus âgées donna de nouvelles instructions à Nobius en lui faisant signe de s'écarter des Chailles. Nobius acquiesça obséquieusement et poussa les commandes pour changer de direction. Mais dès que l'attention des femmes fut distraite, il ramena l'autocar vers les rochers. Gersen scruta les Chailles et entrevit des bures blanches. D'autres personnes étaient sorties profiter de la clarté de Mirassou.

Les femmes Methlen notèrent à nouveau la proximité des Chailles et ordonnèrent aussitôt avec véhémence à Nobius de s'en écarter. Nobius obéit courtoisement. Ce ne fut qu'après un moment qu'il reprit adroitement sa direction initiale. Sa destination semblait être un tertre rocheux de peut-être six mètres de hauteur qui se dressait quelques mètres à l'écart des corniches principales. Au sommet du tertre se trouvait une kitchet, calme et pensive, qui regardait les sables en direction du sud.

Nobius fit brusquement faire demi-tour à l'autocar, puis il accéléra et le conduisit dans l'avenue sablonneuse qui séparait le tertre et les éminences principales des Chailles. Les femmes adressèrent des reproches véhéments à Nobius, mais ce dernier n'y prêta pas la moindre attention. Soudain, il feignit de les entendre. Il stoppa le véhicule juste sous le tertre puis se tourna sur son siège, comme pour mieux écouter leurs instructions.

Les femmes parlèrent avec vivacité et firent de grands gestes. Nobius les écouta attentivement puis donna son assentiment. Il se tourna sur son siège, mais à présent le moteur avait des défaillances. L'autocar avança sur quelques mètres puis s'immobilisa, alors que Nobius actionnait avec diligence des interrupteurs et des leviers. A l'arrière du véhicule les trois jeunes hommes se levèrent interrogativement. Nobius renonça à poursuivre ses efforts et demeura assis, pour regarder sur les côtés.

Trois lourdes silhouettes sortirent de l'ombre, vêtues de robes noires. Elles bondirent et saisirent par la taille les jeunes hommes Methlen se trouvant sur le siège arrière. Elles disparurent au sein de l'obscurité en tenant toujours leurs prises qui se débattaient inutilement.

Nobius se ramassa sur lui-même et banda ses muscles. Une quatrième silhouette, encore plus massive que les autres, jaillit hors des ombres du tertre. Elle bondit à bord de l'autocar, s'empara d'Aldo, et l'emporta en dépit de ses cris.

Nobius sauta aussitôt au bas du véhicule puis monta au sommet du tertre. Il s'empara de la kitchet, lui fit redescendre l'autre versant, et disparut entre les dunes.

Sidérées par les événements, les femmes Methlen se levèrent, hébétées. Au sein des ombres et sur les corniches on pouvait discerner d'autres mouvements. Un tournoiement de bures blanches, puis une soudaine ruée vers l'autocar. Les premiers arrivés s'emparèrent des jeunes filles et les suivants, avec moins d'enthousiasme, se saisirent de leurs chaperons. Puis tous se retirèrent vers des lieux isolés.

L'homme qui avait enlevé Jerdian l'emportait dans le désert sans faire cas de ses cris ou des coups qu'elle lui assenait. Il s'arrêta une centaine de mètres plus loin, entre les dunes, et il la déposa sur le sable. Une plate-forme volante se posa près d'eux et Gersen en sortit. Jerdian émit un cri incrédule de joie et de soulagement.

Le Darsh prit une attitude menaçante.

« Fiche le camp, je vais m'occuper de cette kitchet! »

Sans dire un mot, Gersen braqua un pistolet vers les pieds de l'homme et fit naître une mare de sable en fusion. Le Darsh sauta en arrière, à la fois effrayé et furieux. Gersen aida Jerdian à se lever et la fit monter à bord de son appareil. Un instant plus tard ils étaient dans les airs et laissaient derrière eux un Darsh inconsolable qui les suivait du regard.

Toujours à basse altitude, l'appareil vira vers le sud, au-dessus des dunes. Jerdian adressait par instant à Gersen un regard oblique.

« Je vous suis reconnaissante..., déclara-t-elle finalement d'une voix rauque. Je ne sais pas quoi dire d'autre... Comment se fait-il que vous soyez si rapidement arrivé sur les lieux?

– Je vous ai vue à bord de cet autocar. Le conducteur est célèbre pour ses ruses et j'ai décidé de vous suivre afin de vous protéger... bien que vous ne m'ayez pas demandé de veiller sur vous.

– Je suis heureuse que vous l'ayez fait. »

Jerdian poussa un profond soupir. Elle regarda derrière eux en direction des roches noires et émit un son étrange qui se situait entre un sanglot et un rire.

« Ma tante Mayness et ma tante Eustacie sont là-bas. Ne pouvons-nous les aider? »

Puis elle répondit à sa propre question.

« Je suppose qu'il ne leur arrivera rien de trop épouvantable.

– Quoi qu'il en soit, c'est la nature de leur épreuve, il est déjà trop tard pour intervenir. »

Gersen ôta son casque et le plaça dans un coffre. Il permit à l'appareil de dériver à basse altitude, à seulement neuf mètres au-dessus des dunes. Jerdian ne semblait ni anxieuse ni désireuse de se rendre quelque part. D'une douce voix pensive, elle déclara :

« Le désert est un lieu véritablement étrange, au clair de lune. Il s'en dégage une sorte d'enchantement, comme d'un de ces sites que l'on visite en rêve... pas étonnant qu'il provoque tant de choses.

– J'en suis parfaitement conscient. »

Il passa son bras autour des épaules de Jerdian et l'attira vers lui. Elle releva le regard et se laissa aller contre lui. Il l'embrassa, puis l'embrassa encore.

L'appareil dériva à basse altitude et se posa sur une dune. Ses deux passagers restèrent assis en silence, les yeux fixés sur le sable baigné de lune. Finalement, Jerdian prit la parole.

« Je suis très surprise de me trouver ici, en votre compagnie... Et cependant, pas vraiment surprise... Je ne peux m'empêcher de penser aux outrages que subissent tous les autres. Que diront-ils, demain? Serai-je la seule à rentrer avec ma vertu intacte?

– Pas obligatoirement », dit Gersen qui l'embrassa à nouveau.

Dix secondes s'écoulèrent, puis Jerdian lui murmura d'une voix rauque :

« Mais, ai-je le choix?

– Naturellement. Vous êtes libre. »

Jerdian descendit de l'appareil et s'éloigna de quelques pas le long de la dune. Gersen vint se tenir près d'elle. Elle se tourna finalement pour lui faire face et ils s'embrassèrent à nouveau. Gersen étendit le manteau darsh blanc sur le sol et, dans les anciennes dunes des Galles baignées par la clarté de Mirassou, ils devinrent amants.

***

La lune atteignit le zénith puis entama sa course descendante. La nuit s'avançait; la magie s'estompait lentement. Gersen ramena Jerdian à Donnorville puis revint vers l'autocar. Les quatre jeunes hommes, maussades et échevelés, se tenaient à son côté. Un des chaperons et une des filles étaient silencieusement assis dans le véhicule. Comme Gersen approchait, l'autre femme d'un certain âge sortit d'une faille rocheuse. Sans un mot, elle monta à bord.

Gersen s'avança. Ils lui adressèrent tous des regards suspicieux.

« Je passais par hasard et j'ai pu secourir Jerdian Chanseth, annonça-t-il. Elle se trouve à son hôtel et il est inutile de vous inquiéter à son sujet. »

Une des femmes âgées, tante Mayness, déclara sur un ton sinistre :

« Nous nous inquiétons suffisamment à notre propre sujet. Nous avons tous vécu une horrible expérience.

– Je suppose que nous devrions faire preuve de philosophie, déclara tante Eustacie d'une voix un peu plus modérée. Nous avons été outragés, soit, mais nous n'avons subi aucun dommage irréparable. Soyons au moins heureux de cela.

– C'est une opinion que je puis difficilement partager, rétorqua sèchement tante Mayness. J'ai dû subir je ne sais combien de fois les assauts d'une grosse créature immonde qui puait la bière et cette nourriture épouvantable.

– L'homme qui m'a assaillie avait également une odeur peu agréable, mais je dois dire qu'il s'est montré presque courtois, si ce terme peut convenir dans de telles circonstances.

– Eustacie, vous êtes bien trop gentille!

– Je suis avant tout épuisée. Si Jerdian est de retour à Donnorville, il ne manque plus que Millicent et Helene. Mais les voici qui reviennent. Nous pouvons quitter cet horrible endroit.

– Et nos réputations? cria tante Mayness d'une voix claironnante. Nous allons être la risée de tout Llalarkno!

– Pas si nous décidons de garder le secret.
– Comment ces Darsh bestiaux pourront-ils être châtiés, si nous tenons nos langues? »

Gersen fit une remarque.

« Je me demande si vous pourrez les faire punir, quoi qu'il en soit. Ils ont pensé que si vous désiriez vous rendre dans le désert, la nuit, c'était dans un but de procréation. L'unique coupable est votre chauffeur qui vous a joué un sale tour.

– C'est la triste vérité, approuva tante Eustacie. Nous ferions mieux de l'accepter. Faisons comme si rien ne s'était passé.

– Cet homme le sait! Les Darsh le savent!

– Vous pouvez compter sur ma discrétion, promit Gersen. Les Darsh feront peut-être quelques plaisanteries entre eux, mais ça n'ira probablement pas plus loin. Qu'un des hommes fasse preuve d'un peu de vigueur et qu'il ramène l'autocar à Donnorville.

– Si vous aviez enduré ce que j'ai souffert, vous manqueriez vous aussi de vigueur, grommela Aldo. Mais je n'entrerai pas dans les détails.

– Aucun d'entre nous n'est heureux de ce qui s'est passé cette nuit, déclara sèchement tante Mayness. prenez la place du chauffeur et ne lambinez pas! Je meurs d'impatience de prendre un bon bain. »

CHAPITRE XI

Extrait des *Jeux de la Galaxie*, par Everett Wright : chapitre consacré au « Hadaul ».

Le hadaul, comme tous les jeux dignes de ce nom, est caractérisé par sa complexité et les divers niveaux auxquels se déroule une rencontre.

Les éléments de base sont très simples : un terrain convenablement délimité et un certain nombre de joueurs. Les délimitations du terrain sont la plupart du temps peintes sur le dallage d'une place publique, parfois sur un tapis. Il existe de nombreuses variantes mais un accessoire typique à ce jeu est toujours présent. Un piédestal qui se dresse au centre d'un cercle de couleur marron. Il peut avoir n'importe quelle forme et c'est à son sommet qu'est traditionnellement déposée la récompense destinée au vainqueur. Le diamètre de ce cercle interne peut varier entre un mètre vingt et deux mètres quarante. Trois anneaux concentriques de trois mètres de large l'entourent. Ce sont ce que l'on appelle les « robles ». Ils sont respectivement peint (du centre vers l'extérieur) en jaune, vert et bleu. La zone située au-delà de l'anneau bleu est appelée les « limbes ».

Le nombre de concurrents, les « robleurs », qui participent à un hadaul est variable, mais une partie débute généralement avec un maximum de douze et un minimum de quatre personnes. Un nombre de joueurs plus important provoque une confusion excessive; inférieur, il réduit les possibilités d'ententes et de trahisons qui sont un élément fondamental de ce jeu.

Les règles sont simples. Les joueurs prennent position sur le pourtour du roble jaune. Ce sont alors des « robleurs jaunes ». Dès le début de la partie ils essayent de repousser les autres « robleurs jaunes » dans le roble vert. Après avoir été poussé ou tiré dans la zone verte, le joueur devient un « robleur vert » et il ne peut plus regagner le cercle jaune. Il doit alors tenter d'expulser les autres « robleurs verts » dans le cercle bleu. Tout robleur jaune a le droit de s'aventurer dans le cercle vert puis regagner son roble dans lequel il ne peut être poursuivi. De même, un robleur vert peut pénétrer dans le roble bleu puis regagner son propre roble, a moins qu'il n'ait été poussé hors du cercle bleu par un robleur de cette dernière couleur.

Il arrive qu'une partie se termine avec un robleur jaune, un robleur vert et un robleur bleu. le jaune peut ne pas vouloir attaquer le vert ou le bleu, le vert ne pas désirer attaquer le bleu. A ce stade, il est impossible de poursuivre la partie qui prend fin. Les trois robleurs restants se partagent le prix selon un rapport de 3-2-1 : c'est le jaune qui reçoit la première part, soit la moitié de la somme. Le vert ou le bleu peuvent alors faire de nouvelles mises égales au montant du prix revenant au vainqueur principal et, par ce moyen, redevenir des « robleurs jaunes ». La partie se poursuit alors jusqu'au moment où il ne reste qu'un unique robleur qui touche la récompense dans sa totalité. Les règles, à ce sujet, varient d'un hadaul à l'autre. Parfois, un challenger peut proposer une somme égale au prix. Le vainqueur précédent est libre d'accepter ou de refuser le défi, selon les règles locales. Souvent, ces mêmes règles locales prévoient que si le challenger propose une somme double au montant du prix, le défi doit être automatiquement relevé, hormis lorsque le vainqueur de la manche précédente souffre de fractures ou d'autres blessures graves. Lors de ces matchs de défi l'emploi de couteaux, de bâtons et parfois même de fouets est assez répandu. Il n'est pas rare qu'on assiste à la fin d'un hadaul amical au départ d'un cadavre sur une civière. Des arbitres surveillent la partie à l'aide d'appareils électroniques qui signalent tout franchissement des limites des robles.

Les tractations font partie intégrante de ce jeu. Avant le début de la partie les divers robleurs forment, dans un but offensif ou défensif, des alliances qui peuvent être ou ne pas être respectées. Ruses, trahisons adroites, duplicité, sont considérées comme les compléments naturels du hadaul. Il est en conséquence surprenant de noter le nombre de robleurs victimes d'une trahison qui sont indignés, bien qu'ils aient certainement eu eux-mêmes l'intention d'avoir recours à de tels procédés.

Le hadaul est un jeu en perpétuel mouvement, aux surprises constantes. Aucune partie n'est semblable à une autre. Les rencontres se déroulent parfois dans la jovialité et la bonne humeur, lorsque tous apprécient les ruses déployées. Parfois, quelques actes flagrants de trahison peuvent provoquer la colère et le sang coule. Les spectateurs parient entre eux ou, lors des hadauls les plus importants, ils s'adressent à des compagnies de pari mutuel. Chaque année, à l'occasion de ses festivals, chaque taude importante organise plusieurs hadauls. Ces hadauls sont considérés comme les spectacles touristiques les plus intéressants de Dar Sai.

Gersen dormit à bord de son vaisseau et s'éveilla alors que Cora était à mi-chemin de son ascension dans le ciel. Il resta allongé quelques instants. Les événements de la nuit précédente avaient déjà perdu de leur réalité. Qu'en était-il pour Jerdian? A présent qu'elle n'était plus enivrée par le clair de lune ou rendue émotionnellement vulnérable par son sauvetage, que devait-elle éprouver? Gersen prit un bain et se vêtit. Il se choisit une simple tenue d'homme de l'espace, puis il s'arma avec soin car il ignorait ce que lui réservait cette journée.

Il traversa au pas de course la chaleur étouffante, franchit le rideau liquide, et se rendit au jardin de l'hôtel. Les Methlen étaient déjà à leur table. Jerdian lui fit rapidement un demi-sourire et lui adressa un signe discret des doigts. Gersen fut rassuré : elle n'éprouvait pas de regrets. Les autres Methlen ne lui prêtèrent pas attention.

Tout en prenant son petit déjeuner, Gersen observa les Methlen. Les jeunes hommes étaient maussades et taciturnes. Les femmes paraissaient plus sereines mais parlaient à voix basse. Seule Jerdian semblait de bonne humeur, ce qui lui attirait des regards de reproche.

Le groupe termina finalement son repas et Jerdian vint vers la table de Gersen qui se leva aussitôt.

« Assieds-toi.

– Je n'ose pas. Tout le monde est un peu sur les nerfs et tante Mayness a des doutes, mais ils ne m'inquiètent pas outre mesure, étant donné qu'avec elle ils sont systématiques.

– Quand te reverrai-je? Ce soir? »

Jerdian secoua négativement la tête.

« Nous allons assister au hadaul, simplement parce que c'est la raison de notre présence ici. Mais ensuite nous regagnerons immédiatement Serjeuz et demain nous rentrerons à Llalarkno.

– En ce cas, j'irai te voir à Llalarkno. »

Jerdian sourit tristement et secoua la tête.

« Tout est si différent, là-bas.

– Et toi, seras-tu différente?

– Je ne sais pas. Ce serait préférable. Pour l'instant je suis amoureuse de toi. Tu as occupé toutes mes pensées pendant cette nuit et cette matinée.

– J'ai noté que tu as dit " je suis amoureuse de toi " et non " je t'aime ", déclara Gersen après un moment de silence pensif. »

Elle rit.

« Tu es très subtil. Il existe en effet une différence. Je ne suis plus la même, j'en suis certaine. Peut-être est-ce dû à toi, peut-être... qui sait quoi? »

Elle scruta son visage.

« Te sens-tu offensé?

– Ce n'est pas exactement ce que j'aurais souhaité entendre. Cependant, je m'interroge souvent sur mon propre compte. Suis-je un homme? Une machine? Ou encore une idée absurde et faussée? »

Jerdian rit à nouveau.

« Je ne me pose aucune question de ce genre. Tu es bien un homme crois-moi.

– Jerdian! appela Tante Mayness d'une voix sèche. Venez, nous allons nous rendre à la tribune. »

Jerdian adressa un sourire triste à Gersen et s'éloigna.

Il la regarda partir, la gorge serrée. Des sottises, se dit-il. Des sentiments absurdes d'adolescent! Il languissait comme un écolier! Il ne pouvait se permettre de se lier émotionnellement tant qu'il n'aurait pas achevé la tâche à laquelle il avait consacré sa vie! Il suivit les Methlen vers le centre de la place. La foule grouillait à présent autour des robles.

Le hadaul allait commencer : le plus typique de tous les spectacles darsh, une distraction située quelque part entre un jeu et un combat entre bandes rivales, pimentée par des ruses, des parjures et de l'opportunisme : en bref, un microcosme de la société darsh.

Se préoccuper du confort des spectateurs était un concept étranger à la philosophie darsh. Ceux qui désiraient assister au hadaul étaient contraints d'utiliser des tribunes de fortune, de se percher sur les bâtiments environnants, ou de se serrer au sein de la foule, le plus près possible des barrières qui entouraient la piste. Un des tableaux donnant la liste des participants aux divers hadauls était pendu à un poteau. Gersen ne put lire l'écriture tarabiscotée des Darsh et il se rendit au guichet d'inscription où il attira l'attention de l'employé.

« Quel est le hadaul de Bel Ruk?

– Ce doit être le troisième. »

Il tapota une des affiches.

« L'inscription coûte cent U.V.S., ou vingt-cinq actions de la Kotzash.

– Combien de personnes se sont-elles inscrites?

– Neuf, jusqu'à présent.

– Combien de Kotzash?

– Une centaine de parts. »

« Pas suffisamment », pensa Gersen. Il lui en fallait au moins 120. Il regarda avec découragement les robles et les tribunes bondées de Darsh en bures blanches. Les Methlen étaient assis dans les hauteurs d'une section réservée aux touristes. Gersen haussa les épaules avec fatalisme. Il ne connaissait pas ce jeu et les Darsh auraient eu tôt fait de se liguer contre un iskish. Cependant la possession d'une centaine d'actions supplémentaires l'amènerait très près du contrôle de la compagnie. Il tendit tout l'argent qui lui restait : un unique billet de cent U.V.S.

« Tenez, inscrivez-moi pour le hadaul de Bel Ruk. »

L'employé se recula, incrédule.

– Vous avez l'intention d'aller dans les robles? Vous êtes un iskish et je peux seulement vous le dire par gentillesse, mais vous risquez de vous faire rompre les os. Des champions redoutables et célèbres vont participer à ce hadaul.

– Ce sera une expérience intéressante. Bel Ruk lui-même y prendra-t-il part?

– Il a promis une récompense de mille U.V.S., mais il ne se rendra pas dans les robles. Si le montant des inscriptions dépasse cette somme, il fera un bénéfice.

– Les parts de la Kotzash font-elles partie du prix?

– C'est exact. Le montant des inscriptions, actions comprises, est inclus dans la récompense.

– En ce cas, inscrivez mon nom.

– Comme vous voudrez. Les rhabilleurs se trouvent sous le fanion rouge. »

Gersen trouva un point d'où il pouvait surplomber le terrain du regard. Les robleurs qui allaient participer à la première partie venaient d'apparaître : douze jeunes hommes portant la tenue classique du hadaul : pantalon court de toile blanche; maillot brun, gris, ou rouge pâle; espadrilles de toile; foulard attaché de façon à remonter les longs lobes d'oreilles. Les robleurs firent le tour du cercle bleu puis s'arrêtèrent pour discuter entre eux. Certains se parlaient confidentiellement, bouche collée à l'oreille, d'autres n'échangeaient rien de plus qu'une parole amusée. Occasionnellement, de petits groupes se formaient pour écouter l'exposé des tactiques envisagées. Tout robleur pouvait se joindre à un tel groupe pour surprendre des machinations. S'il ne les trouvait pas à son goût, ils échangeaient quelques paroles de colère et, parfois, quelques horions.

Les juges de touche sortirent d'une domble proche : quatre personnages âgés qui portaient des vestes rouges et noires brodées. Chacun d'eux avait une baguette d'un mètre quatre-vingts terminée par un pulvérisateur. L'arbitre tenait également un récipient de verre qui contenait le prix, à cette occasion une liasse d'U.V.S. Il se rendit dans le cercle central et posa la récompense sur le piédestal.

Les juges de touche allèrent prendre position. L'arbitre frappa un gong pectoral avec un dé de lourd métal. Les concurrents interrompirent leurs tractations et vinrent prendre place sur le pourtour du roble jaune.

L'arbitre s'adressa à eux.

« Je demande à présent un hadaul ordinaire où il faudra faire preuve de force et d'habileté, et où toute arme est interdite. Le prix de cent U.V.S. a été garanti par l'honorable Luke Lamaras. Je vais donner le signal des dix-sept secondes. »

Il frappa son gong pectoral et les joueurs commencèrent à se déplacer en traînant le pas. Ils se poussaient vers des positions qu'ils espéraient plus avantageuses.

L'arbitre frappa à nouveau le gong.

« Six secondes. »

Les joueurs se voûtèrent, lancèrent des regards de tous côtés, tendirent leur bras en une attitude conventionnelle.

Deux tintements aigus du gong.

« Hadaul! »

Les participants s'avancèrent rapidement, ou avec une lenteur délibérée selon les cas. Certains tenteraient de mettre en pratique des tactiques convenues à l'avance, d'autres les trahiraient. Trois robleurs convergèrent vers un homme massif pour le repousser dans la zone verte. De rage, il entraîna un de ses assaillants avec lui et lui fit traverser le cercle, jusqu'à la zone bleue. Les arbitres utilisèrent aussitôt leurs baguettes pour les marquer tous deux de poussière colorée.

Ils luttaient, donnaient des coups de tête, trébuchaient, couraient. Un à un, les joueurs furent expulsés du jaune au vert, du vert au bleu, du bleu aux « limbes » où ils étaient éliminés. Certains se servaient de leur agilité, d'autres de leur force. Une tactique fort employée, qui consistait à courir autour des robles pour attaquer un adversaire par derrière, maintenait les joueurs en perpétuel mouvement. Ce hadaul semblait avoir commencé dans la bonne humeur générale. Les concurrents riaient lorsqu'ils étaient victimes d'une poussée adroite ou d'une attaque particulièrement vigoureuse dans le dos. Mais alors que le nombre de participants encore dans les robles diminuait et que la perspective de remporter le prix devenait de plus en plus envisageable, le sérieux reprit ses droits. Les visages se tendirent, les charges devinrent plus violentes. Deux joueurs bleus commencèrent à échanger des coups. Alors qu'ils se frappaient, un troisième joueur courut hors du roble vert pour les pousser dans les limbes. Les combattants continuèrent de se battre (sans beaucoup d'adresse, nota Gersen) jusqu'au moment où un arbitre leur ordonna d'arrêter : ils distrayaient l'attention.

Il ne resta finalement plus qu'un seul joueur dans le roble vert et un homme plus corpulent et plus lourd dans le bleu. Le vert courait le long de la limite. Il feintait et esquivait alors que le bleu avançait et reculait en boitant, feignant la douleur, la fatigue et le désespoir. Le vert estima cependant plus sage de ne pas s'aventurer dans le cercle bleu. Il préférait toucher trois cinquièmes du prix que de risquer de tout perdre. Le bleu se mit finalement à se moquer du vert, dans l'espoir de le pousser à commettre un acte impulsif. Mais ce dernier resta immobile, réfléchit un moment, puis se tourna vers l'arbitre comme pour réclamer la fin de la partie. Le bleu se détourna de dégoût et le vert en profita pour plonger vers lui par derrière et le pousser dans les limbes. L'arbitre frappa son gong à trois reprises pour indiquer la fin de la rencontre. Le prix alla en totalité à ce robleur plein d'astuce qui était parvenu à tromper son adversaire.

Gersen estima que les bases du jeu étaient simples. La souplesse, la vigilance, et un large champ de vision, étaient presque aussi importants que la force et le poids. Les charges, les torsions, les poussées et les coups n'avaient pour lui rien de nouveau. Il estimait que s'il parvenait à esquiver les efforts conjugués de quatre ou cinq adversaires, ses chances seraient correctes. Il se rendit à la hutte des arbitres où il apprit que son costume bien qu'excentrique et inhabituel, était malgré tout réglementaire, hormis en ce qui concernait ses bottes. Un des arbitres fouilla dans un coffre et découvrit une paire de vieilles espadrilles sales que Gersan laça avec résignation à ses pieds.

Il ressortit et vit Bel Ruk au bureau des inscriptions. Le Darsh semblait en colère et Gersen déduisit qu'il venait de lire le nom de Kirth Gersen sur la liste des participants.

Bel Ruk s'écarta et s'adressa à un grand homme musclé vêtu d'un costume de robleur : une conversation qui devait sans aucun doute le concerner, pensa Gersen.

La seconde rencontre, dont le prix se montait à deux mille U.V.S., se déroula avec bien plus d'ardeur et bien moins de jovialité que la précédente. Le vainqueur fut un certain Dadexis : un homme entre deux âges, maigre, musclé et terriblement adroit. Il fut immédiatement défié par un jeune robleur frustré qui avait été éliminé en début de partie. Dadexis, qui avait à présent le choix des armes, opta pour les *afflocks*, ces sortes de fouets dotés d'une boule hérissée de pointes fixées à l'extrémité d'une lanière élastique, ce qui n'enchanta guère son jeune adversaire. Mais ce dernier ne pouvait plus reculer sous peine de devoir abandonner à son adversaire sa mise de défi. Les spectateurs se levèrent et s'avancèrent à tel point des robles que les juges de touche durent ordonner la création d'une zone dégagée tout autour du terrain. L'arbitre frappa sur son gong et les concurrents prirent position. Le combat fut bref et dépourvu de sang, de douleur ou de drame, à la grande déception des spectateurs. Dadexis, qui avait une longue pratique, fit tournoyer son *afflock* avec une telle dextérité que son adversaire perdit brusquement tout espoir. L'affrontement commença. Dadexis fit une feinte puis esquiva avec facilité l'arme du jeune robleur. Il lança sa propre boule. La lanière s'enroula autour du manche de l'autre *afflock* et Dadexis la tira, désarmant son adversaire. Dadexis arbora un large sourire et fit le tour des robles en brandissant son *afflock*. L'arbitre frappa le gong à quatre reprises et le vainqueur put aller prendre sa récompense, à présent plus conséquente, alors que son adversaire malheureux s'éloignait tristement.

Gersen regarda en direction de la tribune et y découvrit Jerdian. Elle s'était levée avec les autres, afin de pouvoir suivre le combat. A présent, elle se rasseyait entre tante Mayness et Aldo. Que penserait-elle en le voyant se glisser dans les robles et pousser, heurter, charger les Darsh?

Il estima que cela la rendrait pour le moins perplexe.

Les participants au troisième hadaul se réunirent autour du terrain. Parmi eux se trouvait l'homme que Gersen avait remarqué un peu plus tôt en compagnie de Bel Ruk.

L'arbitre parla dans le micro.

« Un hadaul de mille U.V.S. garantis par le généreux Bel Ruk! Onze participants ont relevé le défi avec 600 U.V.S. et 125 actions de la Kotzash. On trouve parmi eux des champions de plusieurs clans et même un iskish. »

Gersen, qui se sentait légèrement ridicule, alla se joindre aux autres concurrents, autour des robles. Cent vingt-cinq parts! S'il parvenait à remporter ce hadaul, il serait à la tête de la Compagnie Mutuelle Kotzash.

Aussitôt, un homme trapu, au visage rond, vint s'entretenir avec lui.

« Est-ce que tu as déjà joué au hadaul?

– Non, répondit Gersen. je crois que je vais devoir apprendre un tas de choses.

– Ce n'est que trop vrai. Bon, on va s'entendre. Je m'appelle Rudo. Toi, moi, et Skish, qui est là-bas, nous sommes probablement les trois joueurs les moins forts. Si nous nous allions, nous pourrons compenser notre infériorité.

– Excellente idée, dit Gersen. Qui est le robleur le plus redoutable?

– Throngarro, là-bas... (il s'agissait du Darsh avec lequel Bel Ruk s'était entretenu) et Mize, ce grand type carré.

– On va repousser en premier Throngarro. Mize viendra ensuite.

– Entendu! C'est plus facile à dire qu'à faire, bien sûr. Notre pacte tiendra jusqu'au moment où ils auront été tous les deux éliminés. »

Gersen, qui acquérait l'esprit du jeu, regarda autour de lui en quête d'autres alliés en puissance. Un jeune homme vigoureux qui avait ces manières insouciantes et bravaches connues sous le nom de plambosh, s'approcha à son tour de lui.

« Tu es Gersen? Moi c'est Chalcone. Tu ne peux

naturellement pas gagner, et moi non plus, mais mieux vaut s'allier contre Furbil, ce robleur, là-bas. Il est brutal et vicieux et il est préférable de s'en débarrasser dès le début.

– Pourquoi pas? dit Gersen. J'aimerais aussi éliminer Throngarro. On m'a dit qu'il est dangereux.

– C'est vrai. Furbil et ensuite Throngarro. Nous nous protégerons mutuellement jusqu'au vert, ou même au bleu. C'est d'accord?

– D'accord.

– Voilà comment on va pousser Furbil. Tu le feinteras latéralement. Lorsqu'il se tournera pour te régler ton compte je lui ferai un croc en jambe par derrière et tu n'auras qu'à le pousser. Il basculera dans l'autre roble.

– Une excellente tactique. Je ferai de mon mieux. »

Un instant plus tard, Furbil vint à son tour s'entretenir avec Gersen.

« Tu es l'iskish? Eh bien, je te souhaite bonne chance. Mais la chance ne suffira pas. Je te propose de former une équipe.

– Je suis prêt à accepter tout ce qui peut me permettre de rester en lice.

– Très bien. Tu vois ce type, là-bas? Il s'appelle Chalcone. C'est un misérable insolent, mais il est rapide et adroit. Voilà comment nous allons l'éliminer. On va le prendre en étau par les côtés. Tu te jetteras devant lui et je le ferai pivoter. Il sera projeté à mi-chemin des tribunes.

– Throngarro en premier, dit Gersen. C'est le plus dangereux de tous.

– Oh, d'accord. Throngarro en premier, avec la même tactique. Ensuite, ce sera au tour de Chalcone.

– Si nous sommes toujours dans les robles.

– Rien à craindre, tant que nous serons ensemble! »

Trois autres participants s'approchèrent de Gersen. Ils proposèrent diverses alliances et tactiques auxquelles Gersen donna son approbation. Il estimait que le moindre avantage était préférable à aucun avantage du tout.

Il entrevit Bel Ruk parmi les spectateurs et, durant un bref instant, il rencontra son regard menaçant. Gersen eut également l'occasion de jeter un coup d'œil vers les

Methlen et vit Jerdian qui l'observait, totalement déconcertée.

L'arbitre se rendit vers le piédestal central et y plaça le montant du prix : des liasses d'U.V.S. et des titres de la Kotzash.

L'arbitre frappa sur son gong.

« Que les concurrents prennent position! »

Les onze hommes se rendirent dans le roble jaune.

Un coup de gong.

« J'annonce trente et une secondes! »

Les participants commencèrent à se déplacer. Ils espéraient trouver des angles d'attaque favorables contre les adversaires qu'ils considéraient comme les plus redoutables.

Un autre coup de gong.

« J'annonce dix-sept secondes! »

Les robleurs voûtèrent les épaules, regardèrent à droite et à gauche, se déplaçèrent par petits bonds prudents pour s'écarter des poussées prévisibles.

« Six secondes! »

Puis :

« Hadaul! »

Les onze hommes créèrent un tourbillon de mouvements. Gersen remarqua que Throngarro se glissait vers lui et s'écarta. Derrière Throngarro apparut Chalcone. Il capta le regard de Gersen, fit un geste, et poussa Throngarro qui pivota sur lui-même pour repousser l'attaque. Gersen s'avança, poussa, et Throngarro devint un « robleur vert ».

« Maintenant, au tour de Furbil! cria Chalcone. Rappelle-toi notre accord. C'est à toi de la feinter. Le voilà, vite! »

Avec obéissance, Gersen feinta Furbil qui recula contre Chalcone. Ce dernier lui saisit le bras et tenta de l'envoyer dans la zone verte. Avec adresse, Furbil conserva son équilibre et, utilisant leur inertie commune, il propulsa Chalcone dans le roble voisin. Gersen arriva par derrière et poussa Furbil qui trébucha à son tour dans le vert. Au même instant, Gersen reçut un choc violent de côté. C'était la lourde masse de Mize dont la technique était d'une simplicité brutale : il se contentait de faire calmement le tour du cercle jaune et de pousser d'un coup d'épaule tous ceux qui se trouvaient sur son chemin. Par un simple effet du hasard, Gersen put se retenir à Skish qui reculait devant un autre adversaire. Gersen l'envoya dans le cercle vert et recouvra son équilibre sans sortir du jaune. Il fit alors un signe à Rudo et désigna Mize, mais ce dernier comprit qu'il allait être la cible d'une attaque groupée et tourna le dos au centre du terrain. Il fit tournoyer ses grands bras en des moulinets menaçants.

« Approchez, si vous l'osez! »

Gersen saisit un de ses bras et fut presque arraché du sol. Au même instant Rudo le trahit. Il lui enserra la taille par derrière et tenta de le traîner hors du roble jaune.

Gersen projeta sa tête en arrière et atteignit le nez de Rudo. Il se libéra de l'étreinte et plongea derrière la silhouette massive de Mize. Puis il s'adossa au piédestal. leva la jambe, et projeta Mize vers le cercle vert dans lequel il fut poussé par Rudo dont le nez ruisselait de sang. Rendu fou furieux, Mize réagit et chargea Throngarro qui l'esquiva avec agilité. Quatre robleurs verts empoignèrent Mize par diverses parties du corps. Il tituba, sautilla, lança des imprécations et des rugissements, mais il fut traîné à travers le cercle bleu en direction des limbes. Il parvint cependant à se rejeter en arrière, puis il lança des coups de pieds et leur échappa.

Gersen se recula pour étudier la situation. Throngarro et Mize, ses deux adversaires les plus redoutables, avaient été poussés hors du cercle jaune dans lequel il demeurait en compagnie de quatre autres concurrents.

A présent que Throngarro et Mize ne représentaient plus une menace, chacun de ces cinq robleurs avait une chance de remporter la victoire et devenait en conséquence plus prudent. Il n'existait plus d'alliances à honorer ou à trahir et chaque homme hésitait à attaquer, de peur qu'un autre robleur n'en profitât pour le pousser par derrière.

Gersen nota que les autres robleurs le regardaient avec respect et prudence. Il ne fallait pas sous-estimer un iskish qui avait résisté si longtemps.

Du coin des yeux, Gersen nota que Rudo et un certain Hement échangeaient quelques paroles. Puis Rudo vint vers Gersen

« Est-ce que notre pacte tient toujours?

– Naturellement, répondit Gersen.

– Alors, c'est au tour de Dexter. Le grand type qu louche. Tu t'approches de côté pendant que je le dépasse. Je lui fais un ciseau et il sort du roble. Allons-y! »

Comme convenu, Gersen vint vers Dexter, mais il continuait malgré tout de surveiller Hement. Alors qu'il arrivait à portée des bras de Dexter, ce dernier plongea vers lui, de même que Hement et son ex-allié Rudo qui l'attaquait par derrière. Gersen s'était attendu à cette trahison. Il lança Dexter sur Hement, projeta Rudo cul par-dessus tête dans le roble vert, puis saisit la jambe de Dexter et le tira dans l'autre cercle alors que quelqu'un se jetait sur lui par derrière. Gersen se pencha, tendit ses bras au-dessus de sa tête et tire brusquement son assaillant. L'homme tomba sur Dexter, dans la zone verte. Comme ils se relevaient en titubant, ils furent assaillis et malmenés. Sans grande conviction, Hement serra le bras de Gersen et essaya de le tirer. Gersen frappa, feinta, se tendit, poussa. Hement fut projeté dans le roble vert et Gersen resta seul dans le jaune avec un unique adversaire : un jeune Darsh trapu qui était parvenu à se maintenir dans le premier cercle grâce à une tactique qui consistait principalement à éviter tout engagement. Gersen s'avança vers lui et il recula. Il fit un tour du cercle, puis un second. A présent, il ne pouvait plus reculer être poursuivi à trois reprises autour du cercle entraînait automatiquement le rejet dans le roble suivant. Les deux robleurs se rapprochèrent prudemment. Gersen tendit le bras. L'autre concurrent saisit avec méfiance son poignet et tenta de le tirer. Mais Gersen plongea et fit une clé au bras de son adversaire. Puis il fit pivoter le jeune homme qui se débattait désespérément et le poussa jusqu'au roble vert.

Gersen était à présent seul dans le cercle jaune. Il était libre de s'aventurer dans le roble vert, ou même le bleu, et ensuite de regagner le jaune... sauf s'il était poussé du vert au bleu, ou du bleu dans les limbes. Mais il n'était guère désireux de participer aux luttes des autres robles où les concurrents, à présent impatients et irrités, laissaient libre cours à leur colère. Ils frappaient, donnaient des coups de pied, de tête et de genoux, en haletant, en rugissant ou en poussant des jurons. Throngarro, dans le roble bleu, était aux prises avec Rudo. Gersen observa la tactique de Throngarro avec intérêt. C'était un combattant expérimenté : rapide, fort, et plein de ressources, mais il n'était cependant pas de taille à vaincre Mize qui était rendu pratiquement invulnérable par sa corpulence. A l'idée d'un combat singulier contre Mize, Gersen grimaça. Il aurait probablement remporté la victoire à coups de poings et de manchettes, et en cherchant d'aveugler son adversaire, mais il aurait terminé l'affrontement avec des foulures, des contusions, peut-être des fractures ou même le cou brisé.

Throngarro avait envoyé Rudo dans les limbes et reportait à présent son attention sur Mize. Il s'allia avec deux autres bleus et attaqua le colosse. Les trois hommes furent projetés en tous sens comme des fourmis sur un scarabée. Finalement, plus par un effet du hasard que par calcul, ils firent trébucher Mize dans les limbes où il resta prostré, à marteler le sol de ses poings. Throngarro en profita pour pousser les deux hommes qui l'avaient aidé.

Gersen parcourut du regard le cercle de spectateurs. Il rencontra les yeux menaçants de Bel Ruk mais n'interrompit pas son mouvement circulaire. Il vit alors les Methlen et, durant un très bref instant, il capta le regard de Jerdian. Il ne put y lire la moindre expression. Tante Mayness appela la jeune femme et elle détourna les yeux.

Le hadaul entrait dans une phase statique. Throngarro se tenait dans le roble bleu, Chalcone dans le vert, et Gersen dans le jaune. Si le hadaul devait se terminer ainsi, le prix serait divisé en six parts. Le vainqueur en recevrait trois et les autres respectivement deux et une.

Gersen s'adressa à Throngarro et Chalcone.

« Je garde les actions de la Kotzash et vous pouvez vous partager l'argent : Les six cents U.V.S. Êtes-vous d'accord? »

Chalcone effectua un rapide calcul.

« J'accepte. »

Throngarro alla pour répondre puis reporta son regard sur Bel Ruk qui secoua sèchement la tête.

« Non, la totalité du prix doit être partagée, rétorqua à contrecœur Throngarro. »

Gersen fit signe à Chalcone d'approcher de la limite entre leurs robles.

« Je te propose une alliance que je garantis sur mon honneur, si tu fais de même.

– Quel est ton plan?

– Nous nous rendons tous les deux dans le roble bleu et nous éliminons Throngarro. Ensuite, je regagnerai le cercle jaune et toi le vert. Je prendrai les Kotzash et tu pourras garder les 600 U.V.S.

– J'accepte.

– N'oublie pas que ce n'est pas un simple pacte de hadaul, et que tu as engagé ton honneur. Si tu manques à ta parole, je considérerai cela comme une offense grave. Tu peux me faire confiance, mais est-ce réciproque?

– Pour cette unique occasion : oui.

– Très bien, passe sur sa gauche, je le prendrai par la droite. Nous resterons séparés par une longueur de bras. Je le pousserai en arrière dans les limbes.

– Entendu. »

Sans autre forme de procès, Gersen pénétra dans le vert, puis dans le bleu, avec Chalcone à son côté. Throngarro attendait, ramassé sur lui-même. Il avait compris que la meilleure défense serait l'attaque et il bondit vers Chalcone. Il avait l'intention de le saisir par la taille, le soulever et le porter dans les limbes. Gersen lui fit une clé au bras, imité par Chalcone. Gersen donna un coup de pied derrière les genoux de Throngarro qui s'affaissa. Mais, tout en tombant, il lança un coup de pied dans l'aine de Chalcone qui s'effondra à son tour et se plia en deux. Throngarro lança alors son pied vers Gersen qui saisit sa cheville et la tordit. Throngarro poussa un hurlement, alors que les ligaments cédaient. Il lutta pour rouler sur lui-même et se dégager, mais Gersen lui tordit à nouveau la cheville. Throngarro fut contraint de basculer jusqu'à la limite des limbes où il se débattit frénétiquement. Il projeta son pied libre et atteignit le flanc de Gersen qui augmenta sa torsion. Throngarro hurla de douleur et roula dans les limbes.

Gersen se recula en haletant. Chalcone s'était relevé mais restait plié en deux, mains pressées sur son bas ventre. Les deux hommes s'étudièrent, Chalcone avec des yeux vitreux. Gersen regagna le cercle jaune et Chalcone se rendit en boîtant jusqu'au vert. Gersen appela l'arbitre.

« Donnez-moi les actions de la Kotzash et remettez l'argent à Chalcone. Le hadaul est terminé.

– Êtes-vous d'accord sur ce partage? demanda l'arbitre au robleur vert.

– Oui, j'en suis plus que satisfait.

– Alors, qu'il en soit ainsi. »

Il parla dans le micro.

« Pour la première fois dans mes souvenirs, et peut-être même dans les annales de notre célèbre jeu, un iskish a remporté un hadaul important contre les meilleurs robleurs de Dar Sai. Je demande à présent s'il y a des défis. Quelqu'un désire-t-il contester la victoire de cet iskish redoutable? »

Bel Ruk s'adressait avec véhémence à Throngarro. La cheville du robleur, qui s'était assis sur un banc, avait déjà enflé. Throngarro se contenta de secouer négativement la tête et Bel Ruk se détourna coléreusement.

« Je le défie! cria-t-il d'une voix rauque. C'est moi, Bel Ruk, et nous nous affronterons au fouet.

– C'est au défié de faire le choix des armes, ainsi que vous devez le savoir, le reprit l'arbitre. Défiez-vous Chalcone et Gersen?

– Non, uniquement Gersen. »

L'arbitre remit les U.V.S. à Chalcone.

« Soyez fier de ce hadaul!

– Je le suis, et je rends hommage à Gersen qui a fait preuve d'une grande habileté. »

Chalcone prit l'argent et quitta le terrain d'une démarche clopinante.

Bel Ruk s'avança. Il tendit deux U.V.S. à l'arbitre.

« Voici le double du montant des 125 actions de la Kotzash qui, comme tout le monde le sait, sont sans la moindre valeur. »

L'arbitre recula, désapprobateur.

– « Vous les avez vous-même estimées à quatre U.V.S. chacune!

– Absolument pas! J'ai garanti une récompense de mille U.V.S. et j'ai accepté de recevoir des mises de vingt-cinq parts à la place de cent U.V.S., c'est tout. Si Gersen désire me remettre ses 125 actions, je les lui payerai 500 U.V.S. Autrement, il perdra la vie, car je le tuerai s'il ose s'opposer à moi.

– Vous adoptez une attitude inflexible, dit l'arbitre. Eh bien, Gersen, que faites-vous? Bel Ruk défie Kotzash et votre vie pour deux misérables U.V.S. Si vous désirez vous retirer, il donnera 500 U.V.S. en échange de vos actions et votre journée n'aura pas été perdue. Je dois vous informer que Bel Ruk est célèbre pour son habileté au maniement du fouet et des autres armes : vos chances ne sont guère élevées. Cependant, vous pouvez choisir les armes de votre choix. »

Gersen haussa les épaules.

« Si je dois me battre contre lui, que ce soit au couteau ou à mains nues, selon sa préférence.

– Au couteau! cria Bel Ruk. Je vais découper cet iskish en morceaux! »

Un des arbitres présenta un plateau dans lequel se trouvaient deux dagues aux manches de bois noir et aux lames à double tranchant de presque trente centimètres de long.

Gersen prit une des dagues et la soupesa. La lame, un long triangle étroit élargi vers la garde, était loin d'être équilibrée. Il estima qu'elle pouvait malgré tout faire l'affaire. Ce n'était pas une arme de jet, ce qui signifiait que les Darsh ne devaient pas les utiliser sous cette forme. Il releva les yeux vers les tribunes pour découvrir une expression d'horreur fascinée sur les traits de Jerdian.

« La rencontre se déroulera dans la limite des robles et se poursuivra jusqu'à l'abandon d'un des adversaires, déclara l'arbitre. Pour déclarer forfait il suffit de lever les bras, crier, ou sortir des robles. Le combat devra prendre immédiatement fin si l'un de vous se trouve dans l'incapacité de poursuivre le duel ou si j'en ordonne l'arrêt. Cet affrontement est libre et ne comporte aucune réglementation ou limitation. Vous prendrez position dans le roble jaune, de chaque côté du piedestal. Le combat commencera au quatrième coup de gong et se poursuivra jusqu'à mon intervention, moment où il devra prendre instantanément fin. Tout manquement à cette règle sera puni par trois journées de séjour au fond de la fosse d'aisance. Aussi contenez votre ardeur et cessez de combattre sur mon ordre, étant donné que je n'apprécierais guère qu'on dépèce un homme incapable de se défendre. »

Ces paroles furent accompagnées par un regard appuyé à l'attention de Bel Ruk.

« Trois tours du piédestal effectués à reculons ou en étant poursuivi sont éliminatoires. Je vais donner à présent le coup de gong des trente et une secondes. Gagnez vos positions. »

Gersen et Bel Ruk se faisaient face de chaque côté du piedestal.

« Dix-sept secondes. »

Bel Ruk agita sa lame d'avant en arrière, il jouissait à l'avance de la mort de son adversaire.

« J'ai longtemps attendu cette occasion.

– Elle n'est pas faite pour me déplaire, répondit Gersen. Dites-moi, avez-vous participé au Massacre de Mount Pleasant?

– Mount Pleasant? Il y a bien longtemps de cela.

– Vous y étiez donc? »

L'unique réponse de Bel Ruk fut un sourire glacial.

« En ce cas, je vais pouvoir vous tuer sans remords, dit Gersen.

– Six secondes! Messieurs, brandissez vos armes! Le prochain coup de gong marque le début du combat. »

Les secondes s'écoulaient. Elles franchissaient cette mystérieuse frontière qui sépare l'avenir du passé.

Le gong résonna.

Bel Ruk avança en contournant le piédestal. Il tenait son couteau très bas, comme s'il s'était agi d'une épée. Gersen attendit calmement puis lança son arme en direction du cœur de Bel Ruk. La lame fila droit vers sa cible, l'atteignit avec un tintement métallique, rebondit, et chut sur le sol. Bel Ruk devait porter une cotte de sequins sous son maillot. L'arbitre n'intervint pas, ce qui devait signifier que ce type de protection était autorisé.

Dès que le couteau eut heurté le sol, Bel Ruk lui donna un coup de pied pour l'envoyer dans les limbes. Au même instant, Gersen bondit en avant et l'attention de Bel Ruk fut distraite. La dague s'immobilisa à quelques centimètres de la limite extérieure du cercle bleu.

Bel Ruk chargea. Gersen l'esquiva sur la gauche et abattit le tranchant de sa main sur son cou massif, puis envoya son poing dans son œil gauche. Bel Ruk plongea sa dague vers les côtes de Gersen : la lame trancha la tunique et fendit quinze centimètres d'épiderme. Le sang jaillit.

Fou de rage, Gersen saisit le bras de Bel Ruk, lui fit une clé puis un croc en jambe et, aidé par l'élan de son adversaire, il lui brisa le coude.

Bel Ruk poussa un gémissement et son couteau glissa entre ses doigts flasques. Mais il en rattrapa le manche de sa main gauche et frappa derrière lui. La lame pénétra dans la cuisse de Gersen qui recula, épouvanté. Était-il devenu à ce point maladroit? Il perdait à présent son sang par deux blessures. Il serait bientôt estropié et affaibli, et son adversaire pourrait l'achever... Pas encore! Il abattit une seconde manchette sur le cou de Bel Ruk. Comme ce dernier tentait de se dégager et de le poignarder, Gersen lui saisit le bras gauche mais ne put lui faire de clé. Bel Ruk se dégagea d'une secousse et demeura immobile pour haleter, le bras droit estropié, l'œil gauche en partie fermé.

Gersen, dont les côtes et la cuisse ruisselaient de sang, avança vers son couteau en boitant. Bel Ruk se précipita derrière lui, dague levée pour le coup de grâce. Gersen empoigna son bras puis se pencha pour saisir son genou qui montait en direction de son entre-jambes. Il repoussa Bel Ruk qui sautilla en arrière. Gersen récupéra son arme. Bel Ruk, la bouche béante, les narines distendues, les yeux douloureux s'avança en titubant. Gersen lança son couteau pour la deuxième fois. La lame pénétra dans le cou de l'homme qui tomba à genoux et, dans un ultime effort, presque un réflexe, lança sa dague vers Gersen. La pointe s'affaissa et ce fut le tranchant qui entama la hanche de Gersen. Bel Ruk s'effrondra et le poids de son corps fit pénétrer la dague dans son cou jusqu'à la garde. Quinze centimètres de lame dépassaient de sa nuque.

« Je déclare ce hadaul terminé! cria l'arbitre. Gersen est le vainqueur. Sa récompense consiste en 125 parts de la Kotzash et deux U.V.S. »

Gersen prit les actions et quitta les robles en titubant.

Un médecin le conduisit dans une domble proche et soigna ses blessures.

Cent vingt-cinq parts de la Kotzash! Gersen possédait à présent 2416 actions, soit 6 de plus que la majorité. Il contrôlait finalement la Mutuelle Kotzash.

Il sortit de la domble pour découvrir que le cadavre de Bel Ruk avait déjà était emporté. Il regarda dans les tribunes. Les Methlen étaient partis. Ils avaient sans doute estimé avoir suffisamment vu le spectacle.

En boitant, Gersen s'éloigna et gagna son vaisseau. Il grimpa à bord, ferma les écoutilles, puis fit décoller l'appareil et mit le cap à l'est, sur Serjeuz.

***

Gersen passa la nuit à bord du vaisseau qui volait au-dessus du désert. Au matin, il le posa à côté des rideaux liquides de Serjeuz. Il mit un ample pantalon noir, une chemise de toile blanche, et un turban vert sombre : la tenue adoptée par les jeunes aristocrates d'Avente ou d'Alphanor pour aller faire des promenades. Il boitait légèrement lorsqu'il sortit sous le chaud soleil matinal, franchit les voiles d'eau, puis pénétra sur la place. Le jardin du *Sférinde Select* était presque désert. A l'*Auberge des Voyageurs* seuls quelques touristes matinaux prenaient leur petit déjeuner.

Gersen se rendit à la réception. Par téléphone, il appela le *Sférinde Select* et demanda à parler à la Gentille Jerdian Chanseth. Finalement, il entendit une voix douce.

« Oui? Qui est-ce?

– Kirth Gersen.

– Attends un moment, le temps que je ferme la porte... Kirth Gersen! Pourquoi as-tu fait une chose pareille? Tout le monde a pensé que tu étais devenu fou!

– Il me fallait encore cent vingt parts de la Kotzash. A présent, je contrôle la compagnie.

– Mais tu as pris des risques insensés!

– Je ne pouvais l'éviter. T'es-tu inquiétée pour moi?

– Bien sûr! J'avais la gorge serrée. Je ne voulais pas regarder, mais je ne pouvais m'en empêcher. Tout le monde dit que Bel Ruk était un assassin notoire et qu'il maniait les armes avec beaucoup d'habileté. Tous estiment que tu dois être comme lui.

– Ce n'est pas le cas. Puis-je te voir?

– C'est impossible. Nous allons partir pour Llarlarkno et tante Mayness ne me quitte pas. Elle est déjà persuadée qu'il y a quelque chose de louche... Où es-tu? A l'*Auberge des voyageurs?*

– Oui.

– J'arrive. Je peux courir le risque de m'absenter un quart d'heure.

– Je te retrouverai dans le jardin, à la table où nous étions l'autre fois.

– Lorsque j'ai compris que je t'aimais. T'en souviens-tu?

– Je m'en souviens.

– J'arrive tout de suite. »

Gersen sortit dans le jardin. Deux minutes plus tard Jerdian vint le rejoindre. Elle portait la même robe vert sombre que la première fois où il l'avait vue. Il se leva et elle se jeta dans ses bras. Ils s'embrassèrent : une, deux, trois fois.

« C'est tellement inutile, dit-elle. C'est la dernière fois que je te vois.

– C'est également ce que je me dis. Mais je trouve cela extrêmement difficile à croire.

– Tu dois pourtant l'admettre, dit-elle avant de regarder par-dessus son épaule. Que deviendrait ma réputation, si on me surprenait ici, avec toi? »

Gersen se sentit légèrement irrité par cette remarque.

« Est-ce que cela t'importerait tellement?

– Eh bien... oui. A Llarlarkno nous devons veiller à notre réputation.

– Et si je venais te voir à Llarlarkno?

Jerdian secoua la tête.

« Notre planète est petite. Tout le monde se connaît et nous devons vivre selon les normes établies. Cela rend notre existence heureuse... en temps normal. »

Gersen la fixa un long moment, avant de lui dire :

« Si je pouvais t'offrir une vie sereine et heureuse, je refuserais de t'écouter. Mais je ne puis rien te proposer hormis de l'angoisse, des voyages en des lieux étranges et inconfortables, et peut-être du danger... pas dans un avenir proche en tout cas... alors, adieu. »

Des larmes emplirent les yeux de Jerdian.

« Je ne peux supporter ce mot, il est semblable à la mort. Parfois, je voudrais que tu te contentes de m'emporter dans ton vaisseau et de t'enfuir avec moi. Je ne résisterais pas, je ne crierais pas. Je vibrerais de bonheur!

– Ce serait merveilleux durant un temps. Mais je ne peux le faire. Je ne t'apporterais que du chagrin. »

Jerdian se leva. Elle cillait pour tenter de retenir ses larmes.

« Je dois partir. »

Gersen se leva mais ne s'approcha pas d'elle. Jerdian hésita puis vint vers lui et l'embrassa sur la joue.

« Je ne t'oublierai jamais. »

Elle se détourna et quitta le jardin.

Gersen se rassit. Un trait avait été tiré. Il oublierait Jerdian Chanseth le plus rapidement et le plus complètement possible. Il ne devrait pas perdre de temps. Panshaw n'avait pas encore appris la mort de Bel Ruk, ni le nouveau statut de Gersen en tant qu'actionnaire majoritaire de la Kotzash. Il utilisa les deux U.V.S. gagnés au hadaul pour régler son petit déjeuner puis regagna son vaisseau. Il plaça un assortiment d'outils dans une mallette et se rendit ensuite d'un pas rapide mais claudiquant jusqu'à la maison Dindar, sous la Taude de Skansel. Il gagna directement le bureau de Panshaw.

Comme les fois précédentes, la porte était verrouillée. Gersen prit des outils et découpa le verrou. Il ouvrit la porte sans s'inquiéter de savoir si cela risquait de déclencher un système d'alarme. Étant donné qu'Ottile Panshaw ne se trouvait pas sur cette planète et que Bel Ruk était mort, personne ne pourrait l'entendre. Il pénétra dans la pièce où régnait une odeur de rance et de renfermé.

Il entendit des pas précipités dans le hall. Deux hommes apparurent dans l'encadrement de la porte. Gersen les dévisagea durement.

« Qui êtes-vous et que voulez-vous?

– Je suis le régisseur de cet immeuble, répondit sèchement l'un des hommes. M. Bel Ruk m'a demandé de veiller à ce qu'aucun inconnu n'entre dans ce bureau.

Comment avez-vous osé pénétrer ici par effraction?

– Je suis le principal actionnaire de la Mutuelle Kotzash. Ce bureau est placé sous ma responsabilité et j'ai le droit d'y entrer lorsque je le veux, avec ou sans clé.

– Bel Ruk ne m'a pourtant rien dit.

– Il ne le fera jamais. Il est mort. »

Le visage du régisseur devint grave.

« C'est une bien triste nouvelle.

– Pas pour un homme honnête. Ce Bel Ruk était une canaille. Il méritait un sort pire que celui qu'il a connu. Maintenant, veuillez me laisser. J'ai l'intention d'examiner les dossiers de la Kotzash. Si vous désirez vous renseigner sur mon compte vous n'avez qu'à vous adresser à Adario Chanseth, à la banque Chanseth.

– Très bien, monsieur. »

Les deux hommes reculèrent puis partirent, après avoir échangé quelques murmures dans le hall.

Gersen commença par fouiller les classeurs puis il passa aux étagères et finalement au bureau. Il trouva les dossiers des transactions de la Kotzash, des acquisitions de minerai et des distributions correspondantes de parts sociales : informations qu'il aurait été heureux de posséder quelque temps plus tôt. A présent, elles n'avaient plus aucune signification. Il découvrit des doubles de concessions, d'autorisations et de droits de prospection accordés à la Kotzash : toutes sans valeur, lui avait-on affirmé. Il en fit un paquet et les posa de côté.

Il n'y avait absolument rien ayant le moindre intérêt, dans ce bureau.

Gersen parcourut pour la dernière fois la pièce du regard. Elle avait abrité Ottile Panshaw, Bel Ruk et sans doute également Lens Larque. L'atmosphère en semblait encore viciée.

Gersen quitta la maison Dindar. Il se rendit directement au Voltigeur Fantamique et, quelques minutes plus tard, il se trouvait dans l'espace.

TROISIÈME PARTIE

METHEL

CHAPITRE XII

Extrait des *Peuples des Corannes*, par Richard Pelto :

Methel! La planète enchantée où un peuple magnifique et beau, fier et somptueusement paré, mène une existence privilégiée au sein d'un isolement ostentatoire, convaincu d'une façon souvent irritante de sa supériorité.

Le terme d'arrogance, qui est fonctionnellement correct lorsqu'on l'applique aux Methlen, porte en soi un trop grand nombre de connotations désobligeantes et présente sous un mauvais jour le charme ingénu de ce peuple. Même leurs serviteurs et employés, ceux que l'on appelle les « Métèques », jugent les Methlen avec une tolérance amusée et même appréciatrice qui, bien que souvent ironique, est rarement empreinte d'amertume.

Pour celui qui étudie la condition humaine et ses permutations infinies, les Methlen représentent un sujet d'étude fascinant. Leur histoire est relativement dépourvue d'événements importants. Methel a été découverte et cartographiée par les membres de l'Aretoï, un club privé de Zangelberg, sur Stanislas. Des bandes de terre ont été allouées aux membres et le reste a été déclaré réserve naturelle. De nombreux Aretoï, venus de Zangelberg pour une simple visite, y sont demeurés définitivement et tous ont considérablement augmenté leur richesse par le commerce des duodécimates.

Les Methlen ont rigoureusement veillé à rester les maîtres de ce monde et à préserver son isolement. Le port spatial de la cité d'affaires de Twanish est l'unique point d'accès et de départ de la planète. La population de Methel est peu importante. Vingt mille Methlen habitent Llarlarkno et un nombre peut-être égal demeure dans des propriétés rurales. Twanish est en effet une enclave où résident cinquante mille « Métèques », des extra-Methlen de diverses espèces qui constituent une population composée de nombreuses ethnies, ainsi que des fruits occasionnels d'unions entre Methlen et non-Methlen, et d'une importante colonie de Darsh qui effectuent des tâches subalternes.

Llarlarkno ressemble plus à un village démesuré qu'à une ville. Les merveilleuses demeures methlen sont sacrées pour les familles qui les habitent. Chacune d'elles porte un nom, chacune d'elles a sa réputation, son atmosphère, ou son caractère, qui est unique et célèbre. C'est dans ces demeures que les Methlen organisent leurs cérémonies, leurs jeux, et donnent les spectacles qui apportent de la diversité et de la couleur à leurs vies. Tournois de cent sortes, représentations théâtrales ou d'art lyrique, pavanes, pantomime classique : les spectacles se succèdent à chaque saison et chacun y tient son rôle.

Le drame est le grand moteur de l'existence des Methlen. Un élément de ce jeu consiste à prétendre que tous les autres habitants de l'Œcumène sont des êtres primitifs ou, au mieux, des barbares. Les Methlen les plus perceptifs ont conscience que ce n'est qu'un jeu : un caprice, ou une frivolité, qu'il faut apprécier en tant que tel. D'autres prennent ce concept pour une vérité fondamentale. En général, les Methlen n'ont guère conscience de leur travers. Ils ont tendance à exagérer, à faire de grands gestes, à prendre des attitudes outrancières. A chaque instant naît un nouveau décor dans lequel ils se disposent à leur plus grand avantage. Les Methlen forment cependant un peuple buté qui commet peu d'erreurs et ne permet pas à une extravagance de se poursuivre au point de devenir gênante.

Huit forteresses étaient en orbite à huit cent mille kilomètres de la surface de Methel. Pour respecter les formalités décrites dans : *Pilotage spatial et Répertoire géographique*, Gersen déclara son arrivée à l'un de ces forts. Son appareil fut abordé et examiné par un lieutenant methlen et deux cadets, puis il reçut finalement l'autorisation de descendre. On lui attribua une plate-forme d'atterrissage au spatioport de Twanish et un canal de guidage pour le pilotage automatique.

Les gardes quittèrent le bord et le Voltigeur Fantamique descendit vers Methel : un globe imposant et magnifique qui semblait recouvert de velours côtelé, vert et bleu sombre sous la clarté de Cora. A son côté flottait la lune Shanitra : un bloc anguleux de travertin couleur cendre, un corps céleste sur lequel Gersen contrôlait des droits d'exclusivité d'exploitation minière, quelle qu'en fût la valeur.

La tour de contrôle le guida vers Twanish, l'unique ville de Methel, et fit poser l'appareil sur la plate-forme du port spatial qui lui avait été attribuée.

C'était le milieu de l'après-midi. La clarté de Cora pénétrait par les hublots, claire et lumineuse. Mais elle ne possédait pas la violence qu'elle avait lorsqu'elle atteignait Dar Sai. Gersen sortit sur le sol de Methel : Le monde de Jerdiàn Chanseth.

A l'ouest, Twanish apparaissait sous la forme d'un ensemble de bâtiments de verre et de béton soutenus en encorbellement par un, deux, ou plusieurs piliers qui créaient un effet de solidité aérienne. Au-delà s'élevaient des collines boisées : Llarlarkno. Vers le nord, les terres étaient couvertes de vergers et de cultures. Vers le sud, un immense pays de pâturages où se dressaient d'énormes arbres se soulevait pour se fondre dans une longue chaîne de vieilles montagnes.

Un panorama serein et agréable, estima Gersen. Il traversa le terrain en suivant un chemin de travertin jusqu'au terminal spatial, un bâtiment polygonal de métal noir et de verre, avec un centre de trafic et une tour de contrôle. Un panneau lui indiqua un comptoir où un employé en uniforme lui demanda des renseignements sur son compte. Il les fournit à une banque de données, ce qui provoqua l'extinction d'un petit voyant jaune sur un tableau : pour indiquer, semblait-il, la fin d'un processus de vérification commencé à la forteresse de l'espace.

Par les transports en commun il se rendit dans le centre ville. A l'*Hôtel Commercial* on lui proposa une chambre et une salle de bains qui convenaient à ses besoins. Il se préoccupa alors de la question financière, car il n'avait plus d'argent liquide. Il passa un coup de téléphone et apprit quel était le correspondant local de la banque Cooney. Il s'y rendit immédiatement et on lui remit mille U.V.S. sur présentation de sa lettre de crédit.

A un kiosque, il fit l'achat d'une carte de la ville puis alla s'asseoir à la terrasse d'un café proche.

Une serveuse vint prendre sa commande. Gersen désigna une table où un homme était assis devant une mixture givrée de couleur vert pâle.

« Que boit ce monsieur?

– C'est notre « punch des Yeux Croisés », monsieur. Du jus de fruit, de la liqueur douce d'arack et du rhum de baies-bracelets, le tout passé au mixer et réfrigéré.

– Servez-moi la même chose. »

Gersen s'installa pour observer les habitants de Twanish. C'était pour la plupart des Métèques, des membres de diverses espèces qui portaient des vêtements identiques : veste aux rayures verticales de couleurs sombres ou douces, avec une jupe ou un pantalon noir. Il s'en dégageait une atmosphère formaliste et tatillonne. Il y avait également des étrangers : des hommes d'affaires, des représentants et quelques touristes. Gersen vit encore des Darsh qui portaient des culottes couleur argile, et des blouses blanches ou des pyjamas de même couleur. Les Methlen se faisaient remarquer par leurs cheveux noirs et leur teint olivâtre, leurs vêtements et leur aisance indéfinissable. Un assortiment de gens extrêmement intéressant, pensa Gersen.

La serveuse lui apporta une flasque givrée de punch des Yeux Croisés.

Gersen ouvrit la carte de la cité qui, put-il constater, n'était guère étendue. Les rues et les places de Twanish étaient soigneusement dessinées et désignées. Mais, à l'extérieur, dans la zone ouest qui était mentionnée sous le nom de Llarlarkno, aucun détail n'était porté. L'emplacement des demeures Methlen et de leur avenues ne devait pas être révélé aux membres des castes inférieures. Gersen haussa légèrement les épaules. La vanité des Methlen ne le concernait pas.

Le punch des Yeux Croisés était une réussite. Sur un signe, la serveuse apporta un second verre.

« Cela devrait amplement suffire à vos besoins, monsieur, déclara-t-elle avec gravité. C'est une boisson forte et un étranger n'en prend conscience que lorsqu'il tente de se lever. On l'appelle parfois le « Ticket de Rédemption », pour la simple raison que lorsque des personnes en boivent immodérément, elles font du tapage et doivent être punies.

– Je vous remercie de votre mise en garde, dit Gersen. Quelle est la punition encourue par les semeurs de désordre?

– Tout dépend de leur crime, mais ils sont fréquemment attachés à une cible et les enfants sont autorisés à leur jeter des fruits mûrs qui sont souvent, je le crains, immangeables et pourris. »

La fille haussa les épaules de dégoût.

« Je ne voudrais surtout pas être l'objet de la risée générale.

– Moi non plus. Pourriez-vous m'apporter l'annuaire téléphonique?

– Naturellement, monsieur. »

Gersen tourna les pages et trouva immédiatement la *Mutuelle Kotzash, Tour Skohune*. Le nom et l'adresse étaient suivis du numéro de téléphone.

Gersen appela la serveuse et régla ses consommations.

« Où se trouve la Tour Skohune?

– Regardez là-bas, monsieur, de l'autre côté du parc. Voyez-vous cet immeuble? Avec un haut portique central? C'est la Tour Skohune. »

Gersen traversa le parc d'un pas nonchalant et s'approcha de la tour : un bâtiment de huit étages aux sols de béton blanc et aux murs de verre, dont le poids était soutenu par quatre colonnes de métal noir : un immeuble très différent de la maison Dindar de Serjeuz. Pour une compagnie en faillite et criblée de dettes, comme la Mutuelle Kotzash, un bureau dans la Tour Skohune aurait pu sembler disproportionnée à ses moyens. Elle avait dû toucher de l'argent : le règlement de l'assurance de l'*Ettilia Gargantyr*? La vente des duodécimates dérobés?

Gersen traversa l'avenue et entra dans le hall du rez-de-chaussée : une salle aux murs de verre délimitée par les quatre colonnes d'angle. La liste des occupants apprit à Gersen que la Mutuelle Kotzash occupait le bureau 307, au troisième étage. Gersen réfléchit aux choix qui lui étaient offerts. Il pouvait se rendre dans les bureaux de la Kotzash et en prendre possession : un acte énergique qui attirerait sans coup férir l'attention de Lens Larque sur sa personne. Cela pouvait constituer un avantage ou un handicap pour Gersen. Mais il devait absolument agir avant que Panshaw n'apprît la mort de Bel Ruk, ce qui n'était peut-être qu'une simple question d'heures.

Gersen traversa le hall et se rendit dans le bureau où il découvrit un Métèque maigre comme un lévrier, aux traits effilés et aux yeux noirs pleins de vie. Il portait un pantalon noir classique, une veste à rayures noires, brunes, moutarde et marron, ainsi que des chaussures noires vernies. Sur une plaque de cuivre posée sur le comptoir on pouvait lire : *Udolf Testel, Régisseur.*

Gersen se présenta en tant que représentant de la banque Cooney.

« Nous envisageons sérieusement d'ouvrir une succursale sur Methel, ici à Twanish, déclara Gersen de sa voix la plus solennelle. Il nous faudra un siège social et un bureau dans cet immeuble pourrait convenir à nos besoins.

– Je serais extrêmement heureux de vous rendre service, répondit Testel qui ne semblait pas être uniquement zélé mais également un peu pompeux et imbu de lui-même. Presque tous nos locaux sont occupés mais je puis cependant vous proposer un appartement au second étage, ou une unique pièce au cinquième. »

Il sortit les plans de l'immeuble et désigna les locaux auxquels il se reférait. Gersen prit ces plans, les étudia un moment, puis examina celui du troisième étage. La Mutuelle Kotzash occupait une seule pièce, la 307, entre l'unique bureau des Importations Pharmaceutiques Irie, le 306, et le bureau triple de l'Entreprise de Forage Jarkow, le 308.

« Le troisième étage me conviendrait mieux, dit-il. Qu'y a-t-il de disponible à ce niveau?

– Absolument rien.

– Dommage, l'un ou l'autre de ces bureaux aurait exactement convenu à mes besoins. »

Il désigna le 306 et le 307.

« Est-ce que leurs locataires sont établis définitivement? Je me demande s'il serait possible de les inciter à déménager pour le cinquième étage? »

Testel se rebiffa face à cette proposition quelque peu cavalière.

« Je suis persuadé du contraire, déclara-t-il sèchement M. Coost, de l'Irie, est fermement ancré à ses habitudes. Quant à M. Panshaw, du 307, il travaille avec l'Entreprise de Forage Jarkow. Aucun ne voudrait envisager de se déplacer j'en suis certain.

– En ce cas, je vais aller jeter un coup d'œil au bureau du cinquième. Si vous voulez me donner la clé, j'irai faire un rapide tour des lieux.

– Permettez-moi de vous accompagner. Cela ne me dérange pas le moins du monde.

– Je préfère visiter seul ce bureau. Je ne tiens pas à être distrait alors que je me forge une opinion.

– Comme vous voudrez, répondit Testel d'une voix nasale. »

Il ouvrit un tiroir et choisit une clé.

« Le 510, sur la droite lorsque vous sortez de l'ascenseur. »

Gersen prit l'ascenseur jusqu'au cinquième. La clé, une bande de métal laminé, ouvrait la serrure selon un système de perméabilité aux champs magnétiques. Une telle clé ne pourrait pas être facilement reproduite et elle ne permettrait pas de pénétrer dans les bureaux 306, 307 ou 308. Gersen avait cependant noté dans quel tiroir le régisseur gardait ses doubles de clés.

Il fit un examen sommaire du 510 puis regagna le rez-de-chaussée et le bureau de Testel, à qui il rendit la clé.

« Je vous communiquerai rapidement ma décision.

– Nous serons heureux de vous satisfaire. »

Dans une petite rue Gersen trouva un atelier de

serrurerie où il acheta trois clés vierges similaires à celle qu'il avait utilisée dans la Tour Skohune et il les fit respectivement graver aux numéros 306, 307 et 308. Puis il regagna le port spatial et son vaisseau, où il prit du matériel d'écoute qu'il plaça dans une mallette. Lorsqu'il aurait expliqué à Panshaw la nouvelle situation, les conversations qui s'ensuivraient pourraient fort bien le conduire directement à Lens Larque, ou tout au moins lui fournir des indications sur le lieu où il se trouvait.

De retour à l'*Hôtel Commercial*, il déposa son matériel. C'était à présent le crépuscule et il était sans doute trop tard pour poursuivre son programme. Gersen se sentait cependant impatient et sur les nerfs. Il percevait l'imminence du dénouement et la convergence des événements. Il traversa le parc vers la Tour Skohune dans l'intention d'effectuer une reconnaissance. Si Ottile Panshaw était sur les lieux, qui savait où il pourrait le conduire, lorsqu'il quitterait son bureau?

Depuis le parc, Gersen compta les fenêtres. Il y avait toujours de la lumière derrière celle du 306. M. Coost, des Importations Pharmaceutiques Irie, travaillait tard. La 307 était obscur : Ottile Panshaw devait passer la soirée ailleurs. La 308, celle des bureaux de l'Entreprise de Forage Jarkow, était également plongée dans l'obscurité. Gersen traversa la rue et regarda dans le hall. La porte qui donnait dans le bureau du régisseur était restée ouverte et Udolf Testel se tenait encore derrière le comptoir, sourcils froncés devant un registre.

Un téléphone se trouvait à l'autre extrémité du hall. Gersen s'y rendit et appela le bureau de Testel.

« Ici la Tour Skohune, bureau du régisseur, lui répondit une voix sèche. »

Gersen éleva le ton de sa voix dans un demi-fausset frissonnant.

« Monsieur Testel, montez immédiatement sur la terrasse! Il se passe des choses auxquelles vous devez mettre un terme. Venez vite!

– Hein? cria Testel. Qu'est-ce que ça veut dire? Qui est à l'appareil? »

Gersen avait raccroché. Il alla se placer en un point d'où il pouvait surveiller l'autre côté du hall.

Testel sortit de son bureau au pas de course, et son expression trahissait avec éloquence son inquiétude et son irritation. Il sauta dans la cabine d'ascenseur et disparut.

Gersen traversa le hall jusqu'à son bureau. Il passa derrière le comptoir et ouvrit le tiroir aux clés. Il enleva celles qui se trouvaient dans les fentes marquées 306, 307, 308, et les remplaça par les clés vierges. Il referma le tiroir et sortit du bureau. Puis il traversa le hall et laissa derrière lui la Tour Skohune.

***

Satisfait de ce qu'il venait d'accomplir, Gersen dîna au *Restaurant du Médaillon* qui annonçait : *Cuisine classique – plats authentiques à la façon des grands chefs.* Gersen, qui ne s'intéressait que moyennement à la gastronomie compliquée, se livra au serveur qui lui tendit un menu bordé d'argent et de noir.

« Voici notre Grand Repas d'aujourd'hui, monsieur. Je vous le recommande vivement! »

Gersen lut :

Hors d'œuvre de dix mondes,

Bouillon de noix d'aloès et de fleurs aquatiques à la mode de Bénitres, Capella VI.

Gratin de nard rose garni de cresson et de beurre blanc servi comme au Grand Hôtel Sigismond, Avente, Alphanor.

Côtelettes de darango à cinq cornes, importées des Marais d'Oxygène, Cuenos Notos.

Boulettes de racines de belsifer au safran, à la mode de la Station de l'Adieu, Miriotes.

Entremets de champignons secs sautés, d'ananas glacé et de chutney de mangue des jardins de Vieille Terre.

Salade d'herbes et de verdure, assaisonnée d'huile d'olives méditerranéennes et de vinaigre d'alsace.

Frivoles, Caprices et Balivernes, telles qu'on les trouve le long de l'Esplanade d'Avente.

Café des Hautes Terres de Soileilpluie, Krokinole, préparé à la demande dans une cafetière de porcelaine et servi avec un verre de Rhum des Mascareignes, à la façon de la Grosse Hannah, au port spatial de Copus.

Ce menu est accompagné de cinq grands vins appropriés à chaque service.

Son prix de dix U.V.S. plaçait ce menu dans la catégorie des repas gastronomiques. Eh bien, pourquoi m'en priver? se demanda Gersen.

« Vous pouvez me servir le « Grand Repas », dit-il au serveur.

– Immédiatement, monsieur! »

Les plats étaient bien préparés, garnis avec savoir et servis avec style. Peut-être étaient-ils véritablement authentiques, ce qui paraissait être le cas à Gersen qui avait dîné dans un grand nombre des localités citées, et qui avait souvent pris un verre de rhum chez la Grosse Hannah, à Copus. Il nota que plus de la moitié de la clientèle était methlen. Et si Jerdian Chanseth était entrée? Qu'aurait-elle pensé? Qu'aurait-elle fait? Gersen se demandait ce qu'il aurait pu faire lui-même. Rien, sans doute.

Il quitta le restaurant et flâna le long de l'avenue principale de Twanish : ce boulevard bordé d'arbres connu sous le nom de la Promenade qui, après une courbe brutale autour du Parc de la Rédemption, montait vers Llarlarkno.

A l'exception des voitures de place, les véhicules étaient rares dans les rues. Gersen apprendrait que le système Methlen de restriction était des plus simple. Le gouvernement imposait de lourdes taxes sur les véhicules et ne construisait aucune route, hormis dans le proche voisinage de Twanish.

Sur une impulsion, Gersen héla un taxi : un petit véhicule monté sur pneus ballons dans lequel le compartiment à passagers était situé à l'avant et celui du conducteur à l'arrière.

« Où désirez-vous aller, monsieur?

– A Llarlarkno, répondit Gersen. Faites-moi faire une petite promenade.

– Vous n'avez aucune destination à l'esprit, monsieur?

– C'est tout à fait exact. Faites-moi faire le tour de Llarlarkno et ramenez-moi ici.

– Eh bien... je suppose que c'est possible, à présent que la nuit est tombée. Les Methlen, et vous ne pouvez le savoir étant donné que vous êtes un étranger, sont jaloux de leur intimité. Ils n'aiment pas voir de grands autocars bondés de touristes rouler dans Llarlarkno.

– Dès l'instant où ce n'est pas illégal, je cours le risque.

– Comme vous voudrez, monsieur. »

Gersen grimpa dans le compartiment réservé aux passagers.

« Désirez-vous voir un lieu en particulier, monsieur? demanda le conducteur.

– Connaissez-vous la résidence d'Adario Chanseth?

– Oui, bien entendu. La maison Chanseth s'appelle Boisvieilli.

– Alors nous passerons devant Boisvieilli et je vous serais reconnaissant de bien vouloir me désigner cette demeure.

– Très bien, monsieur. »

Le taxi partit le long de la Promenade, contourna le Parc de la Rédemption et monta vers Llarlarkno. Des acacias pleureurs masquèrent les lumières de Twanish et presque aussitôt Gersen se sentit transporté dans un nouvel environnement.

La route tournait pour traverser un plateau boisé où elle serpentait entre des demeures methlen. Gersen, peut-être en raison de l'impression laissée par Adario Chanseth, s'était attendu à du faste et de la splendeur. Il fut quelque peu surpris de trouver d'anciennes maisons aux nombreux recoins construites, ainsi qu'il était évident, sans autre but que de plaire à ceux qui y vivaient. Il entrevit des vérandas couvertes de vignes en fleur, des pelouses et des étangs. Des lanternes féeriques avaient une luminescence dorée. Les personnes qui vivaient dans ces résidences, pensa Gersen, les chérissaient comme s'il s'était agi d'êtres vivants. Les enfants ne voudraient jamais les quitter, mais le fils aîné hériterait et, à contrecœur ou de bonne grâce, les autres devraient partir. Gersen, qui se souvenait à peine de la maison de son enfance, devint mélancolique. Il aurait pu posséder une telle demeure, s'il l'avait voulu, aussi spacieuse et confortable que celle-ci. Le coût n'était certainement pas un obstacle, mais le but qu'il avait donné à sa vie faisait d'une telle idée un rêve irréalisable. Un rêve agréable, cependant, sur lequel son esprit s'attarda. Où choisirait-il de vivre, si les circonstances le lui permettaient? Certainement pas sur Alphanor et nulle part ailleurs dans le Rassemblement, ou encore sur les autres mondes végans où des demeures telles que celles-ci n'auraient pas été à leur place. Peut-être sur Vieille Terre ou encore ici, sur Methel. Avec Jerdian Chanseth? Cette idée s'imposa alors que Gersen y réfléchissait. Mais c'était de toute façon impossible.

Gersen s'adressa au conducteur.

« Où se trouve Boisvieilli?

– Nous en approchons. Voici Parnasse, la demeure des Zame. Là, Andelplus des Floristy. Et voici Boisvieilli.

– Arrêtez-vous un instant. »

Gersen descendit du taxi et demeura immobile sur la route. Avec une mélancolie encore plus profonde il étudia la maison dans laquelle Jerdian avait passé sa jeunesse. Les fenêtres étaient obscures, hormis pour quelques veilleuses. Les Chanseth n'étaient pas encore rentrés chez eux.

« Vous voyez cette maison, juste derrière? dit le chauffeur. C'est Mousse d'Alrune et elle est vraiment très belle. Elle appartient à une vieille dame, la dernière des Azel. Elle veut vendre sa maison pour un million et elle refuse de baisser d'un seul U.V.S. Vous avez entendu parler de Lens Larque, le célèbre bandit?

– Naturellement.

– Un jour qu'il se promenait dans Llarlarkno, exactement comme vous le faites, il a vu cette maison. Il a décidé de l'acheter. Après tout, qu'est-ce qu'un million d'U.V.S. pour Lens Larque? Il s'est promené dans le jardin, a examiné ceci et cela, respiré les fleurs, goûté aux baies. Adario Chanseth se trouvait par hasard dans son propre jardin et il a surveillé cet étranger. Finalement, il a crié : « Hé là-bas! Qu'est-ce que vous faites dans ce jardin? » et Lens Larque lui a répondu : : « Je visite cette propriété, si vous voulez le savoir. J'ai décidé de l'acheter. » Et Adario Chanseth a rugi : « Soyez maudit! Je ne tolèrerai jamais que votre gros visage darsh puisse apparaître au-dessus de la barrière de mon jardin. Quittez Llarlarkno et restez bien loin d'ici! » Lens Larque a rugi à son tour : « Soyez maudit! J'achèterai ce que je veux et j'exposerai mon visage où ça me plaît. » Chanseth s'est précipité chez lui et a appelé les gardes qui ont naturellement chassé Lens Larque de la propriété. Et Mousse d'Alrune est toujours inhabitée, car personne ne veut la payer un million d'U.V.S.

– Et que s'est-il passé ensuite, avec Lens Larque?

– Nul ne le sait. On raconte qu'il est parti fou de rage et qu'il a fouetté une douzaine de jeunes garçons pour se calmer.

– Se trouve-t-il toujours sur Methel?

– Qui peut savoir? Personne n'a reconnu en lui Lens Larque, alors qu'il visitait Mousse d'Alrune. son nom n'a été mentionné que plus tard. »

A travers les arbres, Gersen ne pouvait qu'entrevoir Mousse d'Alrune. Sur le lac qui s'étendait au-delà, la lune Shanitra[1] se reflétait en une traînée scintillante.

Gersen remonta dans le taxi qui repartit dans Llarlarkno à travers bosquets et vallons au sein de clairières inondées de clarté lunaire, passant devant de vieilles demeures démesurées auxquelles Gersen ne prêta pas la moindre attention. Le taxi revint par la même route en pente et s'engagea à nouveau dans la Promenade. La voix du conducteur vint interrompre les pensées de Gersen.

« Où désirez-vous aller, monsieur? »

Gersen réfléchit. La rapidité était de la plus grande importance, mais il se sentait las et manquait d'énergie. Il pourrait attendre le lendemain matin.

« Ramenez-moi à l'*Hôtel Commercial.* »

1. Cette lune doit son nom à un bouffon grotesque de l'opéra bouffe methlen.

vers [illegible] » et Arago. Chaperon a [illegible] : « Soyez maudit ! [illegible] jamais que votre [illegible] puisse apparaître au-dessus de la barrière de mon jardin. Quittez [illegible] et rentrez [illegible] » [illegible] naturellement [illegible] Moussa d'Arone [illegible] personne ne veut le payer un million [illegible]

Et qu'est-il arrivé ensuite, avec [illegible]

— Nul ne le sait. On raconte qu'il est parti [illegible] une douzaine de jeunes garçons pour se [illegible]

— Se trouve-t-il toujours sur Marine ?

— Qui peut savoir ? Personne ne [illegible] l'ancien Moussa d'Arone. Son nom n'a été mentionné que [illegible]

À travers les arbres, Gérard ne pouvait qu'entrevoir Moussa d'Arone [illegible] la lune [illegible] en une trouée scintillante.

Gérard [illegible] dans le taxi qui reprit dans [illegible] à travers [illegible] de [illegible] devant de vieilles demeures [illegible] par la moindre intention. Le taxi revint par la même route [illegible] et s'engagea à nouveau dans la Promenade. La voix du conducteur vint interrompre les pensées de Gérard.

« Où allez-vous, monsieur ? »

Gérard réfléchit. La rapidité était de la plus grande importance [illegible]. Il pourrait [illegible] le lendemain matin.

« [illegible] »

1. [illegible]

CHAPITRE XIII

Extrait des *Peuples des Corannes*, par Richard Pelto :

Les Métèques de Twanish, par réaction face à l'exclusivisme de l'aristocratie methlen, ont créé une contre-société ordonnée, bourgeoise, et circonspecte. Peut-être serait-il utile de rappeler que le terme « Métèque » n'est pas d'origine methlen. Ces derniers classent les individus en trois catégories : Eux-mêmes, les autres peuples à l'exception des Darsh, et les Darsh. Le mot « Métèque » a été employé pour la première fois par les scribes de Twanish pour donner un terme générique et facétieux à la population aux origines si diverses de cette cité. Cette appellation a connu une certaine vogue et a été adoptée comme référence narquoise aux prétentions des Methlen : une expression ironique dont les Methlen n'ont absolument pas compris le sens.

Les Métèques préfèrent ignorer qu'ils vivent dans une dépendance économique totale des Methlen. Ils aiment se considérer comme des entrepreneurs énergiques et travailleurs, avec une clientèle multiraciale. Leur société est essentiellement bourgeoise et dominée par une étiquette astreignante et fastidieuse.

Tout bien considéré, les opinions des Métèques ne sont pas moins outrancières que celles des Methlen, bien qu'étant d'origine défensive. Les Métèques considèrent que les Methlen sont des êtres frivoles, vaniteux, sybarites et dégénérés, en contraste avec leur propre dignité, leur bon sens et leur stabilité. Les spectacles methlen sont considérés comme extravagants, ostentatoires et légèrement ridicules, comme pourrait l'être un paon qui se pavane. Cependant, les activités des Methlen sont pour eux des sujets de bavardages infinis. Ils sont capables de donner un nom à chaque Methlen de Llarlarkno lorsqu'il, ou elle, se rend à Twanish

Ces deux peuples aux cultures contradictoires vivent cependant en parfaite harmonie. Les Métèques affichent un dédain méprisant pour le côté superficiel des Methlen qui, en retour, n'accordent pas la moindre attention aux Métèques.

Gersen se leva de bonne heure et se rendit à la Tour Skohune avec son matériel électronique. Le vestibule était désert et silencieux. La porte du bureau d'Udolf Testel était close.

Gersen prit l'ascenseur jusqu'au troisième étage. Il passa devant le 307 sans faire plus qu'une brève pause. Le goût d'Ottile Panshaw pour les pièges et les systèmes d'alarme lui compliquait la tâche. il s'arrêta devant le 308 et, après avoir jeté un regard de chaque côté du couloir, il glissa la clé dans la serrure. La porte s'ouvrit et Gersen vit les bureaux de l'Entreprise de Forage Jarkow. Il y avait une vaste salle d'accueil sur la gauche de laquelle se trouvait un secrétariat séparé par une cloison de verre. Sur la droite, un vestibule donnait sur le bureau des dessinateurs dont les parois étaient également en verre, et sur deux bureaux privés.

Toutes les pièces étaient désertes. Gersen entra et referma la porte derrière lui. La salle d'accueil était meublée d'un divan, de deux fauteuils, d'une table et de quelques présentoirs sur lesquels étaient exposées des maquettes du matériel utilisé : véhicules, foreuses, broyeurs, centrifugeuses, trémies, tapis roulants. Le secrétariat était adossé au bureau d'Ottile Panshaw. Gersen sortit une perceuse de sa mallette et fora un petit trou borgne dans le mur. Il y glissa une sonde, de manière à ce que son extrémité fût en contact avec le revêtement mural du bureau de Panshaw. Sous le bureau de la secrétaire il fixa la boîte noire enregistreuse qu'il relia à la sonde par un film conducteur. Il enleva la plaque arrière de la console téléphonique de la secrétaire et sortit des fils de la boîte noire qu'il connecta au terminal du téléphone.

Il avait travaillé avec rapidité et efficacité. Il était encore très tôt mais, alors qu'il replaçait la plaque derrière la console, la porte s'ouvrit et une jeune femme entra dans la salle d'accueil. Elle portait un uniforme de secrétaire : jupe noire et blouse austères, aux rayures de sucre d'orge : pourpres, rouges, et blanches. La secrétaire elle-même ne semblait pas du tout austère. En fait, elle était aguichante, vive et jolie, avec des boucles blondes qui dépassaient d'une casquette blanche. A la vue de Gersen, elle s'immobilisa brusquement.

« Qui pouvez-vous bien être?

– Un technicien du service des télécommunications, mademoiselle, répondit Gersen. Votre ligne envoyait des impulsions irrégulières, et je suis venu régler le problème.

– C'est exact. »

La fille traversa la salle d'accueil et jeta son sac à main sur un fauteuil.

« J'avais remarqué quelque chose de ce genre, surtout dans nos appels pour Shanitra.

– Tout devrait marcher normalement, à présent. Il existe une petite pièce qui s'oxyde souvent. Habituellement nous la remplaçons rapidement et nous repartons avant l'arrivée du personnel, mais aujourd'hui j'ai été retardé.

– Voyez-vous ça. Eh bien, c'est moi qui suis en avance, ce matin. J'avais quelques lettres personnelles à taper. Vous travaillez toute la nuit?

– Seulement lorsque je suis de permanence. Je suis employé à mi-temps. En fait, je ne me trouve sur Methlen que depuis un mois.

– Oh? De quel monde venez-vous?

– Je suis originaire d'Alphanor, dans le Rassemblement.

– J'aimerais tant visiter le Rassemblement! Mais je pourrai déjà m'estimer heureuse si je vais un jour jusqu'à Dar Sai! »

Cette fille était très calme, pensa Gersen, et pleine

d'esprit. De plus, elle était loin de manquer d'attraits.

« Étant donné que vous travaillez pour une entreprise de prospection minière spatiale, j'aurais cru que vous étiez appelée à beaucoup voyager. »

La fille rit.

« Je suis seulement une secrétaire. Le plus loin où M. Jarkow m'envoie, c'est au magasin du coin faire des achats. Je suppose que je pourrais voyager en sa compagnie avec un statut spécial, si vous voyez ce que je veux dire, mais ce n'est pas mon genre. »

Gersen récupéra sa mallette.

« Eh bien, il faut que je parte. (Il hésita.) Est-ce que vous me jugeriez audacieux si je vous demandais de me retrouver ce soir? Nous pourrions peut-être aller dans un endroit agréable et dîner ensemble? »

La fille rejeta sa tête en arrière et rit à nouveau, un peu trop fort.

« Vous êtes vraiment audacieux. Nous autres, les Métèques, sommes un peuple très pudibond et je ne sais pas avec exactitude ce que vous avez à l'esprit.

– Rien que vous ayez à redouter. »

Gersen voulut faire un sourire ingénu, mais ne parvint qu'à tordre son visage hâlé en un rictus lubrique.

La fille parut ne pas le remarquer.

« Êtes-vous marié?

– Non.

– Je devrais répondre négativement, et sur un ton indigné. »

Elle adressa à Gersen une œillade.

« Mais... eh bien, pourquoi pas?

– Pourquoi pas, vraiment? Où et quand nous retrouvons-nous?

– Oh... disons à la *Grange Noire.* C'est un endroit très gai où l'on danse. Êtes-vous un bon danseur?

– Eh bien... non. Pas vraiment.

– Nous allons y remédier! A l'heure du soir. Je vous attendrai à côté de la porte rouge.

– J'ai tout compris, sauf la façon de trouver la *Grange Noire.*

– Ma parole, vous êtes vraiment un étranger! Tout le monde connaît la *Grange Noire!*

– Je la trouverai facilement. Au fait, quel est votre nom?

– Lully Inkelstaff. Et le vôtre?

– Kirth Gersen.

– Quel nom étrange! Il possède un cachet médiéval. Avez-vous appris votre métier sur Alphanor?

– En partie, et en partie ici et là, dans tout l'espace. »

Gersen prit sa mallette.

« Mais je ferais mieux de partir. Nous ne sommes pas censés nous trouver chez nos clients pendant les heures de bureau. Je ne voudrais pas irriter M. Jarkow.

– Trop tard, j'entends ses pas dans le couloir. Mais il est inutile de vous inquiéter. Il remarque à peine quoi que ce soit... moi excepté, je dois dire. »

La porte intérieure glissa latéralement. Deux hommes entrèrent dans le bureau. Le premier était décharné et grisonnant, avec d'étroites épaules et un visage maigre empreint de mélancolie. Le second, grand et corpulent, avait un visage aux traits grossiers et au teint terreux, entouré par une abondance de boucles dorées qui ne lui seyaient guère. Il portait un costume de Métèque ample et douteux : un pantalon noir et une veste aux rayures noires, vertes, et orange, qui s'harmonisaient mal à son teint. L'homme maigre se rendit directement dans le bureau d'étude. Jarkow fit une pause pour regarder Gersen de haut en bas avec un regard glacial. Il se tourna vers Lully qui lui annonça d'une voix joyeuse :

« Bonjour, M. Jarkow. Permettez-moi de vous présenter mon fiancé : Dorth Koosin. »

Jarkow adressa à Gersen un signe de tête qui manquait d'amabilité. Gersen s'inclina poliment en retour, après quoi Jarkow pénétra dans son bureau. Lully porta sa main à sa bouche pour retenir un petit rire.

« Cette idée m'est venue brusquement. M. Jarkow est parfois un peu familier avec moi et j'ai voulu le décourager sans faire d'histoires. C'est un homme qui est parfois difficile à vivre. J'espère que ça ne vous embête pas.

– Pas le moins du monde, répondit Gersen. Je suis heureux d'avoir pu vous être utile. Mais il est temps que je parte.

– A ce soir. »

Gersen sortit du bureau et se rendit directement au bureau 307, le siège de la Mutuelle Kotzash. Il tenta d'ouvrir la porte et découvrit qu'elle était verrouillée. Il frappa, mais personne ne répondit.

Il réfléchit un moment puis descendit au rez-de-chaussée. Sur la liste des locataires il apprit qu'un certain Evrem Dai, Conseiller juridique et Factuaire légal, occupait le bureau 422.

Gersen prit l'ascenseur jusqu'au quatrième étage et se rendit à l'appartement 422. Un employé le conduisit dans une pièce intérieure où Evrem Dai était assis derrière un bureau.

Gersen expliqua succintement le but de sa visite. Ainsi qu'il s'y était attendu, Evrem Dai demanda quelques jours de délai. Gersen exigea non seulement que le règlement de cette affaire fût rapide mais immédiat. Après un instant de réflexion, l'homme prépara un document. Puis il utilisa le communicateur, s'entretint avec plusieurs employés et finalement avec un homme corpulent assis derrière un énorme bureau de jais noir et d'or. Evrem Dai lui montra les titres de propriété de la Kotzash et les documents qu'il avait préparés. L'homme corpulent fit un geste d'acquiescement et Evrem Dai glissa le document dans le communicateur où il reçut et transmit signatures et cachets.

Gersen paya des honoraires pas négligeables et quitta l'étude. Il descendit au troisième et arriva juste à temps pour voir Ottile Panshaw pénétrer dans la pièce 307. Gersen se mit à courir. Il le rattrapa, retint la porte avant qu'elle ne fût refermée, et entra dans le bureau. Panshaw se tourna vers lui avec une expression légèrement interrogative.

« Monsieur?

– Êtes-vous Ottile Panshaw? »

Panshaw lorgna Gersen, la tête inclinée.

« Est-ce que nous nous connaissons? J'ai l'impression de vous avoir déjà rencontré quelque part.

– Avez-vous séjourné récemment sur Dar Sai? Peut-être nous y sommes-nous croisés?

– C'est possible. Qui êtes-vous et quelle affaire vous amène?

– Je suis un spéculateur. Mon nom est Jard Glay et je détiens la majorité du capital de la Mutuelle Kotzash.

– Vraiment? »

Panshaw se dirigea pensivement vers son bureau.

« Un instant, M. Panshaw, lui dit Gersen. Je suis à présent votre employeur. Êtes-vous salarié de la Mutuelle Kotzash?

– Oui, c'est exact.

– En ce cas, je préfère que vous vous asseyez dans ce fauteuil pendant que nous discutons. »

Panshaw fit un sourire pincé.

« Vous ne m'avez pas encore prouvé que vous êtes véritablement l'actionnaire majoritaire. »

Gersen présenta le document préparé par Evrem Dai.

« J'ai une attestation officielle, ainsi qu'un ordre judiciaire selon lequel vous devez immédiatement me remettre tous les documents, les dossiers et la correspondance concernant les affaires traitées par la Kotzash, ainsi que tout l'actif, y compris l'argent, le portefeuille, les intérêts, les contrats, les biens immobiliers et autres : en bref, absolument tout. »

Les lèvres de Panshaw se mirent à trembler sans pour autant cesser de sourire.

« Les circonstances sont très singulières. J'ai naturellement conscience que vous avez acquis les actions de la compagnie. Puis-je vous demander pour quelle raison?

– Pourquoi prendre la peine de poser cette question? Vous ne me croiriez pas, si j'y répondais. »

Panshaw haussa les épaules.

« Je ne suis pas aussi sceptique que vous semblez le penser.

– C'est sans importance. Quelle est votre position officielle, ici à la Kotzash?

– Administrateur gérant.

– Qui est le principal actionnaire, après moi?

– Je détiens un nombre de parts assez important, répondit Panshaw avec circonspection.

– Et quelles sont actuellement les principales activités de la Kotzash?

– Essentiellement, la recherche de duodécimates.

– Veuillez avoir l'amabilité d'entrer dans les détails. »

Panshaw fit un geste délicat.

« Il n'y a pas grand-chose à vous dire. La Kotzash a obtenu diverses concessions et des droits d'exclusivité que nous essayons d'exploiter.

– Comment et où, plus exactement?

– Pour l'instant, nous concentrons nos efforts sur Shanitra.

– Qui a pris cette décision?

– Moi, naturellement. Qui d'autre aurait pu le faire?

– D'où viennent les fonds? »

Panshaw fit à nouveau un geste délicat.

« Les filiales ont effectué des bénéfices importants.

– Que vous n'avez pas distribués aux actionnaires.

– Nous avions désespérément besoin de fonds de roulement. C'est à l'administrateur gérant de répartir l'argent comme il l'entend.

– J'ai l'intention d'étudier soigneusement chaque activité de la Kotzash. Pour l'instant, je veux que tout soit suspendu.

– Vous semblez être en position de force, dit suavement Panshaw. Vous n'avez qu'à donner des ordres.

– Exactement. Avez-vous l'intention de conserver votre poste actuel? »

Le visage sensible de Panshaw fut ridé de perplexité.

« Vous m'avez pris au dépourvu. Il me faut un peu de temps pour étudier la situation.

– En bref, vous refusez de coopérer avec moi?

– Je vous en prie, murmura Panshaw. Ne me faites pas dire ce que je n'ai pas dit. »

Gersen alla jusqu'au bureau. D'un côté était posé l'écran du communicateur et les touches d'appel. Derrière se tenait un petit classeur destiné aux dossiers en cours. Une grande partie, pour ne pas dire la plupart, des activités de la Kotzash devaient être uniquement répertoriées derrière le front délicat d'Ottile Panshaw.

Ce dernier s'assit, plongé dans une rêverie mélancolique Gersen l'observa de côté, à présent un peu ennuyé. Dans un sens, il s'était contré lui-même. Pour permettre à Panshaw de contacter quelqu'un par téléphone, sans doute Lens

Larque, il devait le laisser seul dans le bureau et courir le risque qu'il détruise ou maquille les dossiers.

Un prix à payer acceptable, se dit-il. Il parla sur un ton qui se voulait apaisant.

« Ces brusques bouleversements ont dû vous causer un choc déplaisant. Je suppose qu'il serait normal de vous accorder quelques minutes de réflexion.

– Ce serait en effet aimable de votre part, répondit Panshaw d'une voix d'où ne perçait qu'une légère trace d'ironie.

– Je vais aller faire les cent pas de le couloir, déclara Gersen. Restez assis à votre bureau si vous le désirez, mais veuillez ne pas toucher aux dossiers.

– Bien sûr que non, répondit Panshaw avec indignation. Me prendriez-vous pour un escroc? »

Gersen sortit et laissa la porte ouverte. Il alla jusqu'à l'ascenceur, puis revint, lorsqu'il passa devant la porte il jeta un regard à l'interieur du bureau. Comme il s'y était attendu, Panshaw parlait gravement dans le communicateur. Gersen ne pouvait voir l'écran qui, de toute façon, devait être éteint. Gersen s'éloigna jusqu'à l'extrémité du couloir, puis revint. Panshaw n'avait pas terminé sa communication, mais à présent il fronçait les sourcils, nerveux et irrité.

Gersen fit un autre aller-retour et, lorsqu'il passa à nouveau devant la porte, Panshaw était assis dans son fauteuil, calme et pensif.

Gersen entra.

« Avez-vous pris une décision?

– Oui. Mon conseiller juridique me dit que je n'ai le choix qu'entre deux décisions honorables. Je puis soit quitter immédiatement ce bureau, soit espérer continuer avec un statut de salarié de la compagnie. J'ai l'impression que je ne ferais que nuire à mes intérêts si je donnais ma démission dans un instant de dépit.

– C'est plus sage, naturellement. Dois-je comprendre que vous avez décidé de coopérer avec moi?

– C'est exact, à condition bien entendu que nous parvenions à un accord sur le plan du salaire.

– Avant de pouvoir vous faire une proposition, je dois apprendre plus de choses sur cette compagnie. Ses ressources, ses engagements financiers et ses avoirs.

– C'est tout naturel. Pour commencer, permettez-moi de vous dire une chose. Votre instinct est extrêmement développé. Je me blâme pour ma bêtise et mes hésitations. Il y a longtemps que j'aurais dû acquérir la majorité des actions. J'ai négligé de le faire et maintenant je dois accepter de payer le prix de mes erreurs avec bonne grâce. »

Gersen chercha dans la voix de son interlocuteur ce timbre à peine perceptible, présent lorsque celui qui parlait avait conscience de l'existence d'un micro. Il ne le trouva pas.

« Si les circonstances le permettent, je vous garderai à mon service, avec un salaire convenable. Pour l'instant, veuillez me présenter la liste complète des avoirs de la Kotzash. »

Panshaw fit une moue.

« Une telle liste n'existe pas. Nous avons quelques milliers d'U.V.S. à la banque...

– Quelle banque?

– La Sweecham, dans cette rue.

– Et en ce qui concerne les filiales de la Kotzash? »

Panshaw hésita.

« Nous avons passé certains accords... »

Gersen l'interrompit.

« Finissons-en avec ces stupidités. Vous êtes par nature incapable de dire la vérité sauf, je crois, sous la contrainte. J'ai effectué certaines recherches. Je connais l'Hector Transit, par exemple, et je suis au courant du règlement effectué pour la perte de l'*Ettilia Gargantyr*. Où est cet argent? »

Panshaw ne parut ni embarrassé ni gêné.

« La majeure partie à servi à payer Jarkow.

– Lui payer quoi?

– La prospection sur Shanitra. Nous effectuons un effort intensif.

– Pourquoi?

– Selon les rapports, Shanitra renfermerait un filon gigantesque de duodécimates. Nous essayons de le localiser.

– Il n'y a pas sur Shanitra pas le moindre duodécimate,

rétorqua Gersen. Les Methlen l'auraient trouvé il y a longtemps. »

Panshaw fit un haussement d'épaules courtois.

« De nouveaux filons de duodécimates sont découverts chaque jour.

– Mais pas sur Shanitra. C'est moi qui dirige à présent la Kotzash et je ne veux pas que son argent soit gaspillé. Faites immédiatement interrompre cette prospection.

– Plus facile à dire qu'à faire. Certaines phases d'exploration ont déjà été financées et...

– Nous obtiendrons un remboursement. Existe-t-il un contract?

– Non. J'ai travaillé sur les bases d'un accord verbal avec Jarkow.

– En ce cas, il se montrera peut-être raisonnable. Ordonnez l'arrêt immédiat des travaux. »

Panshaw haussa à nouveau les épaules, puis il se leva et sortit de la pièce. Gersen se rendit immédiatement au communicateur et se mit en contact avec le bureau de Jarkow. L'image décorative de Lully Inkelstaff apparut sur l'écran. Gersen avait coupé la partie visuelle de son appareil et elle scruta vainement l'écran pour voir qui l'appelait.

« Ici les Forages Jarkow, dit-elle. Qui est à l'appareil? »

Gersen resta silencieux. Au bout d'un moment, Lully abaissa son interrupteur. Cependant, Gersen continuait de contrôler la ligne des bureaux de Jarkow. Il tapota contre le micro le code qui déclencherait le défilement de la bande de l'enregistreur. »

Il entendit tout d'abord un craquement, puis des pas, comme Panshaw entrait dans le bureau. Un instant plus tard ce fut sa propre arrivée et sa première conversation avec Panshaw, suivies par les bruits de sa sortie de la pièce et presque aussitôt par la voix de Panshaw dans le communicateur.

« Il y a du nouveau. Bel Ruk a échoué. Je viens de recevoir la visite du nouveau patron. Il s'est muni d'un acte judiciaire. »

La voix rauque qui avait répondu fit naître des frissons le long des nerfs de Gersen.

« Qui est-ce?
– Il se fait appeler Jard Glay. Je l'ai déjà vu sur Dar Sai mais je ne me rappelle plus dans quelles circonstances. C'est un type étrange. Je n'arrive pas à le situer. »

Un bref silence, puis à nouveau cette voix menaçante.

« Joue en douceur et surveille-le. Dans un jour ou deux je le ferai enlever. Nous apprendrons alors qui il est vraiment.

– Il serait préférable d'agir sans attendre, avait prudemment suggéré Panshaw. Il pourrait nous attirer des ennuis. Supposez qu'il connaisse l'existence de la Didroxus, ou qu'il ait vu les comptes de l'Hector Transit? Ou de Teremus. Il risque de nous bloquer sur le plan financier.

– Comment pourrait-il être au courant?

– Pour l'Hector Transit, ce n'est qu'une question de dossiers sur Alloysius. Les comptes sont tous à la Sweecham.

– Fais un transfert daté d'hier. Kosema réglera ça sans difficultés.

– Je peux le faire assez facilement. Mais il y a quelque chose qui m'inquiète au sujet de ce type. Il est là, à présent, et il m'observe depuis le couloir.

– Laisse-le t'observer. Dès que j'aurai mis en place le visage je lui réglerai son compte. Mais d'abord je dois installer le visage.

– Entendu, avait répondu Panshaw dont la voix manquait de conviction.

– Entre-temps, coopère avec lui... jusqu'à un certain point. Découvre ce qu'il cherche. Peut-être nous apprendra-t-il quelque chose d'utile. Dans quatre jours, peut-être cinq, nous en finirons avec lui.

– Comme vous voulez. »

Gersen tapota un code pour arrêter son enregistreur espion, et coupa la communication. Puis il se leva et alla vers la porte. Panshaw aurait dû avoir terminé sa visite à Jarkow. Il se rendit au communicateur et appela à nouveau le bureau voisin. Cette fois, il permit à Lully de voir son visage.

« C'est moi, votre fiancé. Vous vous souvenez de moi?

– Oh oui, mais...

– Dites-moi, est-ce qu'Ottile Panshaw se trouve toujours dans votre bureau?

– Il est reparti il y a un instant.

– Merci. A ce soir, à la *Grange Noire*, n'oubliez pas!

– Soyez sans crainte. »

Gersen quitta le bureau, descendit au rez-de-chaussée et sortit dans la rue. A une trentaine de mètres au nord il vit une enseigne :

BANQUE SWEECHAM
Services commerciaux – Transferts Intermondiaux.

Gersen courut jusqu'à la banque et franchit ses hautes portes de verre. Un gardien s'approcha.

« Que puis-je pour vous, monsieur?

– Où est M. Kosema?

– Dans ce bureau, là-bas. Mais il est occupé pour l'instant.

– C'est une affaire qui me concerne. J'y vais. »

Gersen traversa le hall et pénétra dans le bureau de Kosema. Un petit homme replet et rose, au visage rond et aux lèvres boudeuses, était assis derrière un bureau, en face d'Ottile Panshaw. Il fronçait les sourcils en regardant un document. Il releva les yeux avec un soubresaut nerveux. Ottile Panshaw sourit tristement.

Gersen prit le papier qui se trouvait devant Kosema. Il vit qu'il s'agissait d'un ordre de transfert de fonds pour un total de 4 501 100 U.V.S. Les comptes à débiter étaient ceux de Kotzash 2; Theremus; Kotzash 4; Hector transit; Kotzash 5; Didroxus; Kotzash 9 et Intérêts Wunderga. Le bénéficiaire de ce transfert, daté de la veille, était la Compagnie d'Investissements Basramp.

Gersen fixa durement Kosema.

« Êtes-vous le complice d'Ottile Panshaw, pour ce vol qualité?

– Bien sûr que non, lâcha Kosema. J'allais informer M. Panshaw que je ne pouvais rien pour lui. Comment osez-vous suggérer une chose pareille?

– Je pourrais la suggérer à vos supérieurs. Je pourrais

également leur montrer cet ordre de transfert, écrit sur du papier à en-tête de la banque Sweecham.

– C'est absurde! rétorqua Kosema d'une voix brisée et frissonnante. Vous n'avez pas la moindre raison de me suspecter d'une indélicatesse. »

Gersen émit un reniflement ironique.

« Veuillez prendre connaissance de ces documents. Je suis le président-directeur général de la Kotzash.

– Oui, c'est en effet exact. Eh bien, M. Panshaw a peut-être oublié de m'informer... »

Panshaw se leva.

« Je dois partir.

– Vous attendrez, ordonna Gersen. Veuillez vous rasseoir, s'il vous plaît. »

Panshaw hésita, puis regagna son siège.

« M. Kosema, je vous informe que M. Panshaw n'a plus les moindres pouvoirs sur un plan financier. Je ferai opposition à tout transfert de fonds que vous effectuerez à partir de cet instant, à moins que l'ordre ne porte ma signature. »

Kosema s'inclina sèchement.

« Je comprends parfaitement. Mais je vous assure...

– Je sais, de votre fidélité inébranlable. Venez, Panshaw. »

Ottile Panshaw suivit Gersen dans la rue.

« Un instant, dit-il. Allons plutôt nous asseoir là-bas. »

Ils traversèrent la Promenade. Une fois dans le Parc ils s'assirent sur un banc :

« Vous êtes un homme surprenant, déclara Panshaw. Je crains que vos actes ne vous coûtent cher.

– Comment ça? »

Panshaw secoua la tête.

« Je ne citerai pas de nom. Mais je vais vous dire quels sont mes projets. Dans deux heures, un vaisseau Flèche Noire doit quitter Hethel pour Saadal Suud. J'ai la ferme intention d'être à bord. Suivez mon conseil et partez par le même appareil. Lorsqu'une certaine personne, dont je ne puis même pas prononcer le nom, découvrira que vous avez mis la main sur presque cinq millions d'U.V.S. qu'elle considère comme siens, elle vous traitera d'une façon à laquelle je préfère ne pas penser.

– Je suis surpris que vous me mettiez en garde. »

Panshaw sourit.

« Je suis un voleur, un escroc, un extorqueur. Je suis un fieffé scélérat. Mais lorsque mes intérêts ne sont pas en jeu j'ai tendance à être honnête et même généreux. Je vais à présent prendre la fuite, simplement parce que j'ai peur que cet homme me considère comme responsable de vos actes. Vous ne me reverrez jamais, à moins que vous m'accompagniez à bord de l'*Anvana Syntro.* Si vous restez, vous serez enlevé et emporté en un lieu secret où vous serez lentement et soigneusement écorché.

– Dites-moi où je puis trouver cet homme. Je l'éliminerai. »

Panshaw se leva.

« Je n'oserais jamais faire une chose pareille. Il n'oublie pas une offense, ainsi que vous l'apprendrez bientôt. Ne prenez jamais un taxi; changez d'hôtel chaque soir. Ne retournez pas au bureau de la Kotzash. Quoi qu'il en soit, il n'y a rien là-bas qui pourrait vous intéresser. Il n'a choisi ce bureau que parce qu'il est proche de celui de Jarkow.

– Avez-vous donné l'ordre à Jarkow d'arrêter les opérations?

– Ma parole n'a aucun poids sur lui. Mais dites-moi : où nous sommes-nous déjà rencontrés?

– A Rath Eileann, dans l'Estremont, ainsi qu'au *Domus.* Vous rappelez-vous le maître-magistrat Dalt? »

Ottile Panshaw leva les yeux au ciel.

« Adieu », dit-il avant de s'éloigner rapidement dans le parc.

CHAPITRE XIV

Extrait de *La vie*, volume III, par Unspiek, baron Bodissey.

Je suis constamment sidéré et souvent amusé par les diverses réactions que suscite la richesse chez les peuples de l'Œcumène.

Au sein de certaines civilisations, l'opulence et l'habileté criminelle sont placées sur le même pied. Dans d'autres, la richesse représente la récompense naturelle accordée par la société en échange de services estimables.

En ce domaine, mes propres concepts sont clairs et nets, et je suis persuadé que le mot « simplistes » sera utilisé par mes critiques. Étant donné que ces personnes ont un intellect atrophié et empathique, leurs jappements et leurs hurlements ne feront que me rassurer.

Dans cette étude, j'exclus d'emblée la richesse acquise par des méthodes criminelles, ce qui ne réclame aucune élaboration, ainsi que la richesse gagnée au jeu, dont l'origine est due au hasard.

En ce qui concerne donc la richesse :

1. *Luxe et privilèges sont ses compléments. Cette remarque peut paraître extrêmement banale, mais elle est bien plus profonde qu'il peut le sembler de prime abord. Si on l'étudie attentivement, on y percevra bien plus de choses que le tintement lugubre de la fatalité.*
2. *Pour obtenir la richesse il faut généralement exploiter*

à fond au moins trois des cinq éléments suivants :

a. *chance.*
b. *travail, persévérance et courage.*
c. *abnégation.*
d. *intelligence à court terme : ruse, capacité d'improvisation.*
e. *intelligence à long terme : capacité de faire des projets, d'analyser les tendances.*

Ces qualités sont extrêmement répandues. Quiconque désire devenir riche peut y parvenir en utilisant intelligemment ses compétences innées.

Au sein de certaines sociétés la pauvreté est considérée comme une infortune pathétique, ou encore une noble abnégation, et on y remédie en faisant appel aux deniers publics. Dans d'autres sociétés plus saines on voit dans la pauvreté la véritable envergure d'un homme.

Réactions des critiques :

La stupidité de cet Unspiek est à tel point indescriptible que j'en suis réduit à faire des griffures et des traits furieux avec ma plume.

Lionel Wistofer, dans le *Monstrateur.*

Je suis pauvre, je l'admets! Mais suis-je pour autant un rustre et un benêt? Je le nie avec véhémence! J'éprouve autant de joie en mangeant ma part de cake ou en buvant mon thé qu'un ploutocrate ventru aux yeux globuleux qui ingurgite des ortolans au cognac, des huîtres Krokinoles ou des filets de darango à cinq cornes avec les lèvres ruisselantes de graisse! Ma richesse est ma bibliothèque. Mes privilèges sont mes rêves!

Sistie Fael, dans *Perspectives.*

... il engendre en moi une rage qui me fait crisser les dents. Il a déversé sur moi une telle avalanche de pure sottise et de radotages insultants que j'exige réparation. J'écraserai mon poing sur sa mâchoire loquace. Mieux, je le cravacherai sur les marches de son club. S'il n'appar-

tient à aucun club, je l'invite par la présente à se rendre au club des Gratte-papier seniors, aux marches larges et très pratiques, bien que je doive avouer que celui des Plumitifs possède un bar bien supérieur. C'est pour cette raison que je porte sur lui mon choix définitif, étant donné qu'après avoir rossé ce vieil imbécile je le prierai sans nul doute d'entrer prendre un verre.

McFarquar Kenshaw, dans *Les Gaéens.*

Gersen entendit le buisson bruire derrière lui. Il se pencha, se voûta, se laissa choir du banc et se tassa. Lorsqu'il pivota sur lui-même il avait dégainé sa petite arme au poing dont le canon dépassait entre l'index et le majeur.

Un jardinier en combinaison blanche le fixa avec surprise.

« Désolé de vous avoir fait peur, m'sieur.

– Il n'y a pas de quoi, répondit Gersen. Je suis un peu nerveux.

– Je l'ai remarqué. »

Gersen se leva et gagna un autre banc. Il s'assit et vérifia qu'il pouvait surveiller toutes les directions. Il savait qu'il s'était longtemps senti un homme différent des autres, avec une destinée toute tracée. Il avait souvent connu l'horreur et la colère, ainsi que la pitié. Mais la peur, lorsqu'elle pénétrait dans son esprit, y arrivait en étrangère.

Gersen s'étudia avec détachement. La peur avait affligé Tintle, Daswell Tippin, Ottile Panshaw, et à présent elle s'attaquait également à lui. Eh bien, pourquoi n'aurait-il pas ressenti lui aussi la peur? La simple pensée de Lens Larque levant son Panak pour le fouetter était suffisamment horrible pour épouvanter un cadavre.

Gersen resta assis sans bouger, découragé et abattu. Les origines de son humeur étaient suffisamment claires. Il était tombé amoureux de Jerdian Chanseth et il enviait les Methlen pour leurs demeures somptueuses. Ces deux émotions étaient venues se briser contre les remparts des buts impitoyables et obsédants qu'il avait donnés à sa vie, telles des vagues venant s'écraser sur un rocher. Et à présent que Panshaw était parti, son unique lien avec Lens Larque s'était réduit à un ou deux brins rompus. L'un d'eux était Jarkow. Il pouvait encore se laisser capturer et conduire devant Lens Larque, mais cette pensée lui donnait des frissons.

Gersen passa en revue les événements qui l'avaient conduit à Twanish. Ils allaient de Rath Eleann et la *Taude de Tintle* à Serjeuz, puis Donnorville et finalement Nethel. Il avait dépensé une considérable énergie, mais qu'avait-il obtenu? Rien d'important. Qu'avait-il appris? Seulement que Lens Larque, pour des raisons qu'il ignorait, avait loué les services de l'Entreprise de Forage Jarkow pour qu'elle effectue une prospection insensée et intensive de la lune Shanitra.

Et ensuite? se demanda-t-il sombrement. Il n'avait pas encore fouillé le bureau de la Kotzash, ce qui serait de toute façon une perte de temps inutile : Panshaw le lui avait affirmé. Sans grand enthousiasme, Gersen regagna la Tour Skohune et le bureau 307. Il fit glisser la porte puis scruta la pièce qui paraissait déjà abandonnée. Pour capturer un homme, la meilleure méthode consistait à employer un gaz narcotique. Gersen huma l'air qui paraissait relativement pur. Il vérifia la porte en quête de détecteurs, suivit le tapis à la recherche d'une bosse qui trahirait la présence d'une mine. Mais le tapis lui-même pouvait avoir été tissé de fibres explosives qui le pulvériseraient dès qu'il y poserait le pied.

Il entra prudemment dans la pièce et, en contournant le tapis, il se rendit jusqu'au bureau. Avec de nombreuses précautions il examina les dossiers de Panshaw. Il y trouva diverses concessions, des autorisations, et des permis qui avaient à l'origine constitué les uniques avoirs officiels de la Mutuelle Kotzash. La plupart portaient une annotation concise écrite à l'encre rouge. « *Sans valeur* ». La concession de Shanitra accordait à la Mutuelle Kotzash des droits d'exclusivité pour « l'exploration, le sondage, la mise en valeur et l'exploitation de tous les minerais présents à sa surface ou dans ses profondeurs » et interdisait à « toute autre personne physique ou morale, y compris les machines : appareils pilotés par des hommes ou automatiques » d'empiéter sur Shanitra durant la durée de cette concession qui était accordée pour vingt-six ans.

C'était intéressant, pensa Gersen, bien que guère utile. La question principale restait toujours sans réponse : pourquoi Lens Larque investissait-il tant d'argent et de temps sur Shanitra?

Gersen ne trouva rien d'autre pouvant l'intéresser. Les détails des règlements effectués à Jarkow, ou à d'autres firmes semblables, n'étaient nulle part en évidence. Sans doute se trouvaient-ils dans l'ordinateur d'une banque.

Gersen appela la banque Sweecham et, après une série de formalités auxquelles il se plia avec patience, on lui communiqua le code qui donnait accès aux dossiers de la Kotzash.

Durant une demi-heure, il étudia les informations qui lui furent présentées et, à la fin, il ne savait guère plus de choses qu'auparavant, bien que le grand nombre de règlements effectués à Jarkow l'eût surpris quelque peu. En une année, la Kotzash avait réglé mensuellement les factures de Jarkow dont les montants allaient de 80 500 U.V.S. à 145 720 U.V.S. Les sommes descendaient ensuite à 42 000 U.V.S. Quelle que fût la nature des travaux entrepris, ils semblaient avoir considérablement diminué.

Sur une pensée soudaine, Gersen consulta l'annuaire de la ville. L'Entreprise de Forage Jarkow devait nécessairement posséder un terrain où ranger son matériel, des locaux pour son personnel et le service comptabilité, des quais d'embarquement et même un entrepôt.

Dans l'annuaire, sous le nom de Jarkow, Gersen découvrit quatre indications : l'adresse personnelle de M. « Lemuel Jarkow », celle de M. « Swiat Jarkow », celle de « l'Entreprise de Forage Jarkow » dans la Tour Skohune, et finalement celle des « Ateliers de l'Entreprise Jarkow », sur la route de Cornegaie.

Il posa l'annuaire et s'installa confortablement dans le fauteuil pour tenter d'échafauder un plan d'action. Ottile Panshaw avait servi de point de repère, il avait indiqué la présence de Lens Larque comme une bouée peut marquer l'emplacement d'un récif. A présent que Panshaw s'était enfui, c'était Gersen lui-même qui était devenu la clé de la présence de Lens Larque, de la même façon qu'un agneau peut servir d'appât à un tigre. Gersen frissonna. Il aurait été de loin préférable de se mettre à la recherche de Lens Larque, plutôt que de le laisser venir à lui.

L'unique sujet de recherches qui semblait pouvoir être d'une quelconque utilité, même marginale, était contenu dans la question : « pourquoi Lens Larque a-t-il consacré tant d'efforts à Shanitra? »

Jarkow devait le savoir, mais il ne lui révélerait sans doute rien. Le dessinateur mélancolique devait être lui aussi au courant. De même que les employés de Jarkow... ceux qui avaient travaillé sur Shanitra.

Il se leva d'un bond, aiguillonné par le besoin de passer à l'action. Il traversa la pièce, entrebâilla légèrement la porte, puis regarda de chaque côté du corridor. Il était désert. Gersen descendit dans la rue. Selon le plan de la ville, la route de Cornegaie partait de la Promenade et obliquait vers le nord-est.

Un taxi vint vers le trottoir et s'arrêta, comme pour solliciter sa clientèle. Gersen continua le long de la Promenade et regarda finalement par-dessus son épaule. Le taxi, vieux et ordinaire, qui n'avait pour signe particulier qu'une bande blanche délavée autour de la carrosserie, regagna le flot des véhicules et disparut. Le conducteur était un homme corpulent au visage plat, d'un âge et d'une origine raciale indéfinissables.

Gersen mit en œuvre une série de manœuvres destinées à tromper tout système de filature qui aurait pu être réglé sur lui. Sur la route de Cornegaie, il pénétra dans un magasin de confection où il fit l'achat d'un pantalon gris, d'une chemise bleu pâle, d'une veste cloche brune et d'une casquette de toile noire qu'il revêtit sur place. Il laissa ses anciens vêtements au boutiquier et sortit dans la rue, à présent vêtu comme un artisan.

La route de Cornegaie s'incurvait vers l'est. Elle était bordée de petites boutiques et de diverses entreprises : pensions, tavernes, restaurants, échoppes obscures où l'on vendait des souvenirs, boutiques d'apothicaires, de barbiers, bureaux de fonctionnaires publics. Dans les faubourgs de la ville Gersen trouva les Ateliers de l'Entreprise Jarkow, où était entreposé son matériel : convoyeurs, torches rotatives, ponts roulants, foreuses verticales, défonceuses, capsules de chargement, deux grues mobiles. D'un côté se trouvait une rangée de petits bâtiments. Sur le premier était écrit : *BUREAU DU PERSONNEL*. En travers de la porte la pancarte *Pas d'embauche aujourd'hui*, était suspendue. Au-delà se trouvaient des bureaux et des entrepôts, puis un terrain d'atterrissage sur lequel étaient posés deux transporteurs de personnel abimés par les éléments ainsi qu'un énorme monte-charge.

Faute de trouver une meilleure occupation, Gersen pénétra dans le bureau du personnel. Derrière le comptoir se tenait un homme âgé, au visage buriné couvert de cicatrices.

« Monsieur?

– Je viens de voir la pancarte, dit Gersen. Est-ce que ça signifie qu'il n'y aura pas d'embauche demain non plus?

– Je le suppose. Nous terminons un travail important et nous n'avons rien d'autre de prévu. En fait, nous avons licencié la plupart de nos ouvriers.

– Quel était ce travail?

– Une exploration approfondie, là-haut sur Shanitra.

– A-t-on trouvé quelque chose?

– L'ami, quoi qu'ils aient pu trouver, je suis bien le dernier à qui ils auraient fait des confidences. »

Gersen prit congé et regagna la rue d'un pas nonchalant. Il remarqua en face des ateliers un immeuble délabré, décoré avec des éclairs lumineux extraordinaires, blancs et noirs, sur un fond de briques rouges. Sur le toit se dressait une grande enseigne aussi criarde que l'immeuble lui-même : un croissant de lune avec une fille nue allongée sur la partie concave. Elle levait un verre de liquide pâle dans lequel flottaient des étincelles électriques. L'enseigne avait une légende :*AUBERGE DES VAGABONDS DES ÉTOILES*.

Gersen traversa la rue. La musique d'un euphonium, jouée avec brio et décision, se fit plus forte comme il approchait. Lors de ses voyages à travers l'Œcumène, Gersen avait connu de nombreuses tavernes de ce genre dans lesquelles il avait assisté à d'étranges choses et entendu de nombreux récits bizarres, véridiques pour la plupart.

Il pénétra dans une longue pièce au plafond bas, à l'atmosphère lourde de vapeurs de bière. Dans l'angle opposé, une vieille femme au visage en lame de couteau vêtue d'une robe noire pailletée, à la peau peinte en blanc et aux cheveux teints en bleu, jouait de l'euphonium. A l'autre extrémité se trouvait le bar : une unique plaque de bois pétrifié. Dans la salle des groupes d'hommes et quelques femmes étaient assis à des tables de bois. Seul à une table se trouvait un Darsh corpulent qui noyait ses sombres pensées dans une grande chope de bière.

Gersen se rendit au bar. Sur une étagère étaient disposées d'innombrables chopes sur lesquelles étaient imprimés autant d'emblèmes différents. Gersen en reconnut un certain nombre qui lui étaient familiers : *Bergence* et *Compagnon fidèle d'Alphanor; Obladense* et *Vieux Souterrain* de Copus; *Bière de Smade* de la planète Smade; *Bass, Hinano, Tusker, Écume d'Ancre* de la Terre; *Acajou Supérieur* de Derdyra; *Edelfrimpschen* de Bogardius. Gersen se sentait en présence de vieilles amies. De façon à respecter le temps et le lieu, il demanda une bouteille de bière locale : la *Blonde d'Hangry*, qu'il trouva excellente.

Il se tourna et parcourut la pièce du regard. Des hommes étaient assis à une grande table à tréteaux. Leur conversation indiquait qu'ils étaient des employés de l'Entreprise de Forage Jarkow. Ils avaient déjà bu des quantités considérables de bière et parlaient d'une voix forte et catégorique, sans faire le moindre effort pour dissimuler leurs opinions.

« ... j'ai dit à Motry que s'il voulait que je retourne dans cet enfer, fallait qu'il me rende mon dégageur et qu'il me fasse installer un écran pour arrêter la poussière. Il me l'a promis et j'ai fait marcher mon machin pendant un mois. J'ai chopé la gale, le nez-rouge, et le reste. Et j'ai finalement découvert que Motry avait refilé mon dégageur au vieux Twaillander, qui fait marcher sa tri-buse deux heures par jour et qui ne se salit jamais le petit doigt.

– Motry est un type bizarre. Tu dois faire attention.

– Tu sais, maintenant que je ne travaille plus pour Jarkow, je pourrais simplement lui dire ce que je pense.

– Il est toujours là-haut, avec le technicien.
– En ce qui me concerne, ils peuvent bien se faire sauter mutuellement. »

Gersen vint s'asseoir à leur table.

« Excusez-moi, messieurs, mais est-ce que vous travaillez pour Jarkow? »

Il y eut un instant de silence, pendant qu'ils le jaugeaient du regard.

« Plus maintenant, répondit l'un des hommes avec concision. Le boulot est terminé.

– C'est ce qu'on m'a dit au bureau d'embauche.

– Vous êtes arrivé avec environ un an de retard, dit un homme.

– Mais vous n'avez pas raté grand-chose, grommela un autre. Nourriture exécrable, paie lamentable, et Claude Motry pour contremaître.

– Et pas de primes!

– C'était à prévoir, sauf s'ils découvraient un filon de sable noir, fit pensivement remarquer Gersen.

– Ils ne pouvaient pas en trouver pour la simple raison qu'il n'y en a pas, sur Shanitra. Tout le monde le sait, sauf les cinglés qui ont financé la prospection.

– Ils cherchaient peut-être autre chose que du sable, suggéra Gersen.

– C'est possible, mais alors je me demande bien quoi.

– Même si c'était le cas, ils n'ont jamais effectué une exploration digne de ce nom, fit remarquer un autre. Toujours des tunnels superficiels, pas de sondages dans les profondeurs. Si on peut espérer trouver du sable, c'est uniquement dans les entrailles de cette lune, et nous ne sommes jamais descendus bien bas. Ce qu'on a fait ressemble plutôt à un réseau de transport souterrain, comme si nous avions recherché quelque chose à ras terre.

– Dans la section D, on est quand même descendus à plus de huit cents mètres avant d'attaquer les tunnels horizontaux. »

Gersen commanda une tournée et les ouvriers lui exprimèrent leur sympathie.

Un jeune homme était assis à l'écart. Il portait une

culotte d'ouvrier et une jolie veste verte, ainsi que des chaussures jaunes. D'une voix calme, sans s'adresser à personne en particulier, il prononça un unique mot :

« Twittle. »

Un des hommes poussa Gersen du coude.

« Regardez ça. Regardez le Darsh. »

Gersen obéit et observa l'homme qui restait assis, à fixer sa bière.

« Pfit, ajouta le jeune homme aux chaussures jaunes. »

Le Darsh posa ses mains sur la chope et se mit à fléchir ses lourds doigts cuivrés.

« Pfat, dit encore le jeune homme. »

Le Darsh rentra sa tête entre ses épaules mais ne releva pas les yeux. Le jeune homme se leva d'un bond et alla à la porte. Dans la rue passait un homme gras au visage lunaire orné d'une paire de moustaches luisantes. Il portait un beau manteau de Métèque.

« Phut », dit le jeune homme qui sortit en courant dans la rue.

Le Darsh se leva brusquement et s'avança d'une démarche lourde jusqu'à la porte. L'homme corpulent tenta de s'écarter mais le Darsh le saisit et le jeta à terre. Puis il donna des coups de pied dans son postérieur rebondi, lui versa le contenu de la chope sur sa tête et s'éloigna dans la rue.

L'homme vêtu de noir s'assit et regarda avec perplexité d'un côté et de l'autre. Puis il se releva lentement, secoua la tête avec stupéfaction, et repartit.

Les travailleurs reprirent leur conversation.

« C'est le boulot le plus étrange que j'ai jamais fait, déclara l'un d'eux. J'ai creusé dans vingt-six astéroïdes mais je n'ai jamais perdu dix minutes sur un tel bloc de pierre ponce. Que des scories, comme j'ai dit à Motry. Mais il n'a pas voulu m'écouter.

– Il s'en fiche, quoi qu'il en soit, dès l'instant où Jarkow lui verse son salaire.

– Pas Jarkow : quelqu'un au nom de la Kotzash.

– En tout cas, on nous a fait creuser comme des vers dans un fromage, et à présent ils ont finalement compris. »

Un nouveau venu était entré. Il vint se tenir à côté de la table.

« C'est pas sûr! Nous venons de terminer la pose des cables de dexax... Motry et les techniciens effectuent des branchements. Une fois que le dexax aura sauté, Motry dit qu'il faudra redescendre pour forer encore. Je lui ai demandé : « Motry, par les cuisses de Dalila, qu'est-ce qu'on cherche, ici? Si je le savais, je pourrais ouvrir l'œil. » Il a poussé un grognement sarcastique et m'a répondu : " Quand j'aurai besoin d'avoir ton avis, je te le ferai savoir! "

« Prenez-le quand même, M. Motry, il est gratuit! » que je lui ai répondu. Et il a dit : " Un conseil gratuit vaut ce qu'il coûte, et qu'est-ce que tu fiches ici au lieu de travailler? – Je suis là parce que j'ai terminé mon boulot, M. Motry. – Alors poinçonne ton ticket et prends le transporteur pour redescendre au pays. Le boulot est fini pour le moment. " Je suis redescendu et je viens de toucher ma paie. Il ne reste plus personne, là-haut, sauf Motry, Jarkow, et deux techniciens qui établissent une sorte de liaison radio. »

Gersen resta encore assis quelques minutes puis estima finalement que les ouvriers n'en savaient pas plus long que lui sur le projet Shanitra. Il prit congé et regagna la route de Cornegaie par le chemin qu'il avait suivi pour venir. Au magasin de confection, il reprit ses vêtements habituels puis suivit la Promenade jusqu'à l'*Hôtel Commercial*. Avant d'entrer dans sa chambre, il prit certaines précautions afin de s'assurer que nul n'y avait pénétré pour y laisser une surprise déplaisante. Il ne trouva rien de suspect.

Il prit son déjeuner au restaurant de l'hôtel et remarqua à peine ce qu'il mangeait. Durant ces dernières heures de nombreuses choses s'étaient produites, mais rien dont il pût tirer une information significative.

Il quitta le restaurant et sortit sur la Promenade. Il regarda à droite et à gauche mais ne nota rien de menaçant, à moins que... ce taxi avec une bande blanche n'était-il pas le même qui s'était arrêté près de lui, plus tôt ce même jour? Il ne pouvait en être certain. Il traversa la Promenade et se rendit dans le parc. Durant une dizaine de minutes, il suivit les allées, se demandant ce qu'il devait faire ensuite. Lens Larque ne devait pas se trouver très loin : peut-être à bord d'un vaisseau spatial, peut-être même sur Methel.

L'esprit de Gersen était las. Il était accablé par ses problèmes et ne trouvait aucun moyen de leur échapper. Sur une impulsion, il se rendit dans une rue latérale et héla un taxi qui passait : un taxi sans bande blanche délavée.

« Conduisez-moi à Llarlarkno », dit-il au conducteur.

Comme la fois précédente, le chauffeur fit des difficultés.

« C'est une sorte de grand parc privé. Les Methlen n'aiment pas les visiteurs. En fait, ils mettent sous surveillance tout taxi qu'ils surprennent avec des touristes.

– Je ne suis pas un touriste, mais un banquier intermondial et un homme important.

– C'est très bien, monsieur. Mais les Metheln sont insensibles à de telles distinctions. »

Gersen sortit un billet de cinq U.V.S.

« Je peux également régler la course.

– Comme vous voudrez, monsieur. Mais si on m'approche et on me dénonce, c'est vous qui paierez les amendes.

– C'est entendu. Conduisez-moi à Boisvieilli, la maison des Chanseth. »

Les clairières et les vallons de Llarlarkno firent merveille sur les nerfs de Gersen. Comme il regardait les demeures à demi-dissimulées, ses peurs commencèrent à lui paraître irréelles.

Arrivé à Boisvieilli, le conducteur ralentit le taxi.

« La résidence des Chanseth, monsieur.

– Arrêtez-vous, un instant seulement. »

Le conducteur obéit à contrecœur. Gersen ouvrit la porte et se dressa sur le marchepied. Derrière un massif de haies fleuries et une étendue de bancouls, une pelouse descendait vers Boisvieilli. Légèrement en retrait de la demeure Gersen entrevoyait un groupe de jeunes gens vêtus en blanc, jaune et bleu pâle. Ils semblaient assister à un jeu, peut-être une partie de tennis ou de badminton qui se déroulait au-delà de son champ de vision.

« Montez, monsieur, le pressa le conducteur. Que vous soyez banquier ou financier interplanétaire, ils n'aimeraient pas être épiés comme ça. Ils sont obsédés par leur intimité, ces Methlen. »

Gersen remonta dans le véhicule.

« Allez jusqu'à Mousse d'Alrune.

– Comme vous voudrez, monsieur. »

A Mousse d'Alrune, Gersen descendit du véhicule et, en dépit des protestations angoissées du conducteur, il alla faire le tour de la propriété. Il examina la maison, la pelouse qui descendait jusqu'au lac, les arbres environnants. Il n'entendit pas le moindre son à l'exception du léger bourdonnement des insectes.

Il revint au taxi.

« Ramenez-moi à Twanish.

– Merci, monsieur. »

Gersen descendit dans le centre de la ville. Il fit alors acheter à la banque Cooney, par l'entremise de son correspondant la banque Carina-Crux, cette propriété connue sous le nom de Mousse d'Alrune à l'agent immobilier qui représentait Cythérea Azel.

CHAPITRE XV

Extrait de l'*Apprenti d'Avatar*, tiré des *Manuscrits de la Neuvième Dimension.*

Par cet après-midi fatidique, les cieux étaient emplis de présages : une clarté blafarde à l'est, un nuage à la forme significative au-dessus des Marais d'Ymmir, à l'ouest.

Depuis les premiers rougeoiements de l'aube, Marmaduke faisait les cent pas sur les remparts afin de surveiller la horde qui recouvrait la Plaine de Maninguez. De partout il assistait aux préparatifs de sinistres projets. Le long de la Voie de Shadim, les économes conduisaient leurs chariots de guerre. Le fleuve Cham était dissimulé par les péniches lourdement chargées de machines, de bourreaux et de gibets. Sur la moitié des pentes du Yar grouillaient les multitudes dont les feux brillaient du nord jusqu'au sud.

Finalement, Saint Bernissus, vêtu d'une toge majestueuse, vint sur les murailles. Il leva ses bras vers le Ciel en geste de doux salut, mais les hordes poussèrent des hurlements haineux qui, venus de toutes parts, se mélangèrent et créèrent le même rugissement modulé que le ressac par un jour de tempête.

Bernissus secoua la tête avec chagrin et se recula quelque peu. Durant un long moment il observa la plaine en tapotant sa barbe.

Marmaduke s'avança avec respect.

– Saint Seigneur, tout laisse croire que nous ne sommes que deux pour résister à cette foule vindicative.

Bernissus employa le Verbe :

– C'est bien.

Et Marmaduke de reculer, perplexe.

– Très Excellent! Éclairez mon ignorance, si telle est votre volonté! Quel réconfort pouvez-vous trouver au fait que nous soyons seuls?

Bernissus employa à nouveau le Verbe :

– En temps voulu, tout sera révélé.

– Je vous suis reconnaissant de cette révélation. En toute franchise, la présence de cette horde odieuse commençait à mettre mon assurance à rude épreuve.

– Felfaw ne peut remporter la victoire, furent Ses Mots, même s'il a semé un désordre important et dévastateur.

– Saint Appodex, permets-moi d'énumérer les victimes de sa farce cruelle. La multitude qui pullule à présent dans cette plaine ne comprend que des Devariants et des Oblations, à l'exception de dix mille Cathares. Nombreux sont ceux qui connaissent les syllabes du nom imprononçable. Là-bas se tient le peuple des Myrmidons, au-delà les Hypogrotes de Lissam, au-delà les Glames, qui nous font au moins l'honneur de nous faire face plutôt que d'entrer dans la bataille en nous montrant leurs fesses nues. Les Cygnes de Porving sont réunis autour de leurs Magnats et nous menaçent en levant haut leurs étendards! Je reconnais Obus de Thraw, Vilnisser, le Basilic Rouge, Pleighborn, Flynch et le Tamiseur de Hutt. Voici moins de dix jours qu'ils ont brûlé de l'encens bleu aux temples qui bordent la Voie Vode!

Bernissus s'avança à nouveau pour venir se tenir majestueusement immobile, alors que sa toge et sa barbe blanche étaient repoussées par le vent. Il leva les bras et lança un cri de guerre qui tournoya sur la Plaine de Maninguez et alla se briser contre le Yar, au sein d'innombrables éclairs. L'ennemi trembla mais recouvra bientôt courage et leva haut ses étendards.

Et les impies de hurler :

– Les Décretales doivent être modifiées! Nous avons nommé Felfaw à la colonne! Bernissus, l'imposteur des imposteurs, doit être châtié!

Bernissus prononça de douces paroles :

– Ils ne sont pas tous mauvais. En ce cas, le mal guide le bien.

– Les épées des hommes des deux sortes ont des lames longues et tranchantes, rétorqua Marmaduke. Je crains que ces nobles remparts ne puissent résister longtemps, avec seulement deux défenseurs. Où sont donc les fidèles? Où sont Helgebort et ses Inlassables? Où sont Nish, Nesso, et Petite Souris? Où sont les Vervilles?

– Leur destinée est ailleurs, furent les Paroles. Ils forment l'élite et ils sauront enseigner et conseiller. Ils réciteront les Panticles et prépareront la naissance du Second Royaume. Qu'il en soit ainsi!

– Bernissus Sanctifié! Quel doit être mon rôle, dans les jours à venir?

– Chacun doit tenir le sien. Je vais me rendre à l'Oratoire afin de trouver un Cri de guerre irrésistible qui repoussera ces pauvres égarés. Pour l'instant, veille sur les remparts. Lève haut nos étendards, repousse les échelles et combat nos ennemis.

– Je ferai le nécessaire, déclara avec résolution Marmaduke. Mais, Bienfaisance, hâtez-vous! L'ennemi n'attend que le signal de l'assaut.

– Tout se passera bien.

D'une démarche étudiée, Bernissus descendit vers la Chambre Sacrée.

Le signal vint. Les légions poussèrent un hurlement à glacer le sang et avancèrent vers les murailles.

– Bernissus Bien Aimé! cria Marmaduke dans le passage. Le Signal est venu d'Achenar et les légions fondent sur nous! Elles ont des épées à l'acier par trois fois affilé, ainsi que des lances, des catapultes et des grappins, et elles appuient leurs échelles contre les murailles! J'ai hissé les étendards et mes cris de guerre ont semé la terreur dans les rangs ennemis, mais je suis seul contre huit cent mille. Je vais irrémédiablement être découpé en tout petits morceaux, étant donné que chaque guerrier ne disposera que d'un unique cadavre sur lequel assouvir sa colère. Ineffable, le temps presse!

Marmaduke tendit l'oreille mais n'entendit pas de réponse. Avec inquiétude, il suivit le passage et appela le Saint Nom, mais sa voix résonnait dans les salles désertes. Il descendit jusqu'aux fondations du château, emprunta un conduit d'écoulement des eaux, et rampa dans les marais. Il prit la fuite vers le nord et rattrapa finalement Bernissus qui, robes relevées et jambes alourdies par la fange, s'éloignait avec difficulté mais régularité en direction des Bois de Warram.

Gersen sortit de sa chambre et descendit dans le hall de l'hôtel. Par les fenêtres, il regarda la rue. Trois taxis étaient arrêtés contre le trottoir, apparemment dans l'attente de clients. Au volant du premier, qui était ceint d'une bande blanche usée par le temps, se trouvait un homme basané au visage plat, avec des boucles noires et des oreilles taillées en pointe. Gersen s'assit en un point d'où il pouvait observer la rue.

Un homme et une femme sortirent de l'hôtel. Ils s'approchèrent du premier taxi, mais le conducteur refusa de les prendre. Ils s'adressèrent au second, puis au troisième, avec le même résultat. Finalement, ils hélèrent une voiture de place qui passait dans la rue.

Trois taxis équipés d'un réservoir de narcogène? C'était possible, pensa Gersen, fort probable, en fait.

Il sortit par la porte principale et demeura un instant immobile, comme plongé dans de profondes méditations. Du coin de l'œil il nota que les trois chauffeurs étaient brusquement sur le qui-vive. Gersen ne leur prêta aucune attention. Il traversa la Promenade et pénétra dans le parc. Dès qu'il fut à l'abri d'un bosquet de buisson à priser, il observa les taxis. Le premier resta en place alors que le second et le troisième s'éloignaient rapidement sur la Promenade.

Gersen regagna l'artère principale à une centaine de mètres à l'ouest, où il héla un taxi qui passait et qui ne pouvait être un de ceux qui avaient été stationnés devant l'hôtel.

« Conduisez-moi à la *Grange Noire* », dit-il au chauffeur.

Le taxi fit demi-tour et, au lieu de monter vers Darlarkno, il vira au sud et s'engagea dans la campagne.

La *Grange Noire* se dressait au centre d'un champ, à près d'un kilomètre de la ville. C'était un bâtiment circulaire aux murs de bois peu élevés et au grand toit conique surmonté d'une girouette de fer forgé qui représentait un coq lançant son cri. Lully Inkelstaff n'était pas encore arrivée.

Le soleil s'enfonça derrière les collines lointaines et laissa derrière lui un ciel mandarine et or. Lully Inkelstaff arriva. Elle portait une robe noire et blanche et une grande houppe de gaze rouge qui ramenait ses boucles blondes en arrière. Elle salua Gersen d'un geste joyeux de la main.

« Je ne pense pas être trop en retard... seulement de quelques minutes, peut-être, ce qui est de ma part un exploit. Êtes-vous entré?

– Pas encore. J'ai estimé préférable de vous attendre ici.

– C'est tout aussi bien. Il est facile de se rater, ce qui se produit hélas souvent. Et... dois-je l'admettre?... c'est généralement moi qui suis à blâmer. Nous entrons? Je crois que cela vous amusera. Tout le monde adore la *Grange Noire*, même les Methlen. Ils sont toujours nombreux, ici. Attendez de voir leurs danses! Mais, venez! »

Lully prit le bras de Gersen avec une cordialité presque affectueuse, comme s'ils étaient amis depuis des années.

« Si nous avons de la chance, ma table favorite sera libre. »

Ils traversèrent deux portes de bois aux lourdes ferrures et pénétrèrent dans un vestiaire où se trouvaient de vieilles machines agricoles délabrées. A droite et à gauche se trouvaient les écuries d'où sortaient des têtes factices d'animaux de ferme.

Une rampe descendait vers la salle principale, au-delà de deux vieilles charrettes branlantes. Des centaines de tables entouraient la piste de danse derrière laquelle se dressait une estrade, à présent occupée par deux musiciens revêtus de déguisements d'animaux qui jouaient du tamboura et du hautbois.

Lully guida Gersen jusqu'à une table qu'il ne trouva aucunement différente des autres, mais à laquelle Lully s'installa avec une exclamation de joyeuse satisfaction.

« Vous allez me trouver idiote, mais cette table me porte chance. J'ai vécu des moments tellement merveilleux, ici! Nous pouvons être certains de passer une soirée agréable!

– Vous me rendez nerveux, avoua Gersen. Peut-être ne serai-je pas à la hauteur. Vous serez alors irritée tant envers moi qu'envers cette table.

– Je suis persuadée du contraire. Je suis bien décidée à m'amuser et la table a tout intérêt à se tenir sur ses gardes. »

C'était véritablement une jeune femme vive et décidée, pensa Gersen. Il était préférable qu'il se tînt lui aussi sur ses gardes.

Lully, qui inclinait sa tête de côté, sembla deviner une partie des craintes de Gersen.

« D'un autre côté, dit-elle avec verve, la tragédie peut nous traquer. Tout est possible. Nous pouvons trébucher en dansant...

– En dansant? » répéta Gersen, brusquement alarmé.

Lully ne sembla pas l'entendre.

« ... et il faudra alors que j'essaye une autre table, jusqu'au moment ou celle-ci aura estimé que ses anciennes façons étaient préférables. Bien, avez-vous faim?

– Oui. vraiment.

– Moi aussi. Laissez-moi passer commande. Je sais exactement ce qui est le meilleur.

– Je vous en prie. Faites votre choix.

– Tout d'abord, nous prendrons un plat de hors-d'œuvre et des éperlans au vinaigre, puis des frites en sauce noire et une double portion de bulbes d'oignons ravigote, ainsi que des côtelettes de cotterelles. Est-ce que cela vous convient?

– Parfaitement.

– Le chirret est très bon, ici, mais peut-être préférez-vous de la bière?

– Qu'est-ce que le chirret?

– Un excellent cidre de prune guère alcoolisé. Il arrive que des personnes se rendent ridicules, lorsqu'elles essayent de danser après avoir bu de la bière de la *Grange Noire*.

– En ce cas, du chirret. Mais en ce qui concerne la danse... »

Lully faisait déjà signe à une serveuse. Comme tous les autres employés elle portait un habit de fête campagnard : une blouse volumineuse verte et noire sur une jupe bleue, avec des bas rouges et des guêtres noires. Lully commanda avec décision et spécifia exactement comment les plats devraient être préparés et servis. Presque immédiatement la serveuse amena un pichet de chirret, puis des assiettes de noisettes, d'écailles de mer salées et d'éperlans au vinaigre.

« Nous sommes arrivés tôt, dit-elle. Les clients ne sont pas encore là. Dans une heure il y aura presque trop d'animation et nous trouverons avec difficulté de la place pour danser. Mais nous allons d'abord dîner et discuter. Parlez-moi de vous et des lieux que vous avez visités. »

Gersen rit avec gêne.

« Je ne sais pas par où commencer.

– N'importe où fera l'affaire. Je m'intéresse à l'eidétique et je n'arrive pas à comprendre vos actes. Ils sont contradictoires! Vous semblez être un homme peu commun!

– Au contraire, je suis tout à fait ordinaire : maladroit, et également empoté.

– Je n'en crois pas un mot. Entre parenthèses, avez-vous décidé de vous installer ici, à Twanish? Je le souhaite, en tout cas! »

Gersen sourit pensivement, alors qu'il pensait à Mousse d'Alrune.

« Je suis parfois tenté de le faire. »

Lully soupira.

« Voyager d'étoile en étoile doit être merveilleux! Je ne me suis jamais rendue nulle part. Combien de mondes avez-vous visités?

– Je ne sais pas exactement. Je n'ai jamais pris la peine de les compter. Des douzaines et des douzaines.

– Je me suis laissé dire que chaque monde est différent et que les hommes de l'espace, même s'ils ne savent pas où ils sont, peuvent donner immédiatement un nom à une planète en regardant simplement le ciel et en respirant l'atmosphère. En êtes-vous capable?

– Parfois. Mais je me trompe une fois sur deux. Parlez-moi plutôt de vous. Avez-vous des frères et des sœurs?

– Trois de chaque. Je suis à la fois l'aînée et la première à avoir pris un travail. Je n'ai encore jamais envisagé de me marier. J'ai toujours passé des moments si joyeux qu'il me semblait dommage de changer de vie. »

Les antennes sensitives de Gersen frissonnèrent et sursautèrent. Il fut encore plus mal à l'aise qu'auparavant.

« J'ai moi aussi l'intention d'éviter le mariage. Parlez-moi de votre travail. »

Lully plissa le nez.

« Il était plus agréable, avant ce projet pour la Kotzash. J'aimais beaucoup le vieux Lemuel Jarkow. M. Swiat Jarkow n'hésite pas à se montrer un peu trop familier.

– De nombreux Darsh viennent-ils le voir?

– Pas beaucoup. Très peu, en fait.

– Est-ce que M. Ottitle Panshaw ne s'est jamais fait accompagner par un gros Darsh? »

Lully fit la moue et haussa les épaules.

« Je ne m'en souviens pas. Est-ce important?

– J'ai déjà rencontré ce Panshaw quelque part. Je crois que c'est sur Dar Sai.

– C'est probable. La Kotzash était à l'origine une compagnie darsh. Vous posez des questions mystérieuses. En fait, vous êtes vous-même un homme mystérieux. Je ne serais pas surprise outre-mesure d'apprendre que vous appartenez à la C.C.P.I. Est-ce le cas?

– Bien sûr que non. Mais dans le cas contraire je n'aurais pas le droit de le dire à la première jolie fille qui me pose la question.

– C'est exact. Cependant, vous ne ressemblez pas à un technicien ordinaire.

– Lorsque je ne suis pas de service, ma personnalité change, répondit Gersen dans une tentative forcée de plaisanterie. »

Lully l'examina avec intérêt.

« Pourquoi êtes-vous resté célibataire? Personne ne vous a jamais proposé le mariage? »

Gersen secoua la tête.

« Je n'oserais jamais demander à quelqu'un de partager la vie qui est la mienne. »

Après un instant de réflexion, Lully ajouta :

« A Twanish, la coutume veut que ce soit la femme qui propose le mariage à l'homme, ce qui est l'unique méthode convenable. On m'a dit qu'ailleurs les choses se passent différemment.

– Oui, c'est tout à fait exact. »

Gersen cherchait un moyen de passer à un autre sujet.

« Mais je vois des Darsh à côté de l'entrée. Viennent-ils eux aussi à la *Grange Noire?*

– Naturellement! On leur demande de s'asseoir là-bas, sous le ventilateur, là où leur odeur ne peut gêner personne. »

Lully observa les deux Darsh qui se glissaient dans la salle.

« Ce sont presque des barbares. Ils ne dansent jamais et restent avachis sur leurs tables pour ingurgiter leurs repas.

– Où s'asseoient les Methlen?

– Là-haut, à côté de l'estrade. Ils viennent généralement affublés de costumes de carnaval. Ils ont cette habitude plutôt stupide... C'est un peuple extrêmement bizarre qui s'amuse toujours, qui joue la comédie, qui simule et fait du chahut. Il ne fait aucun doute qu'il doit être très agréable d'être riche et de vivre à Llarlarkno.

– C'est également mon opinion. Aimeriez-vous épouser un Methlen?

– Les chances d'y parvenir sont très minces. En fait, je n'oserais jamais faire cette proposition à l'un d'eux. Ils sont toujours tellement tatillons, ne trouvez-vous pas?

– Si, vraiment!

– Ils ont leurs propres coutumes, mais ne respectent pas les convenances. Épouseriez-vous une fille Methlen, si elle vous le demandait?

– Tout dépend de la fille, dit Gersen dont l'esprit était ailleurs. »

Il se hâta de reprendre.

« Mais je n'ai pas l'intention d'épouser qui que ce soit. »

Lully donna à son bras une petite tape de réprimande.

« Allons, vous avez un bon travail, à présent, Il serait temps de vous caser. »

Gersen secoua négativement la tête, en souriant.

« Je n'ai pas le caractère pour ça... regardez, voilà l'orchestre. »

Lully jeta un regard aux musiciens.

« C'est Denzel et ses Sept Engrangeurs. Un nom très singulier, étant donné qu'ils ne sont que cinq. Je n'aime pas que les choses soient présentées sous un faux jour. Mais je dois reconnaître qu'ils sont très bons, surtout pour les pointes et les caracolades... Quelles sont vos danses préférées?

– Je n'en connais pas une seule.

– Comme c'est étrange! Pas même la grille, la gigue, ou le galop?

– Pas même une marche lente.

– Nous allons remédier à cette lacune! C'est tout simplement honteux! Je ne pourrai jamais vous demander en mariage! »

Elle éclata de rire.

« De l'autre côté, je pourrais devenir invalide et ensuite que ferais-je d'un mari danseur?... Mais voilà notre repas et il ne faut jamais parler de mariage avec l'estomac vide. »

L'orchestre, composé d'un plasson, d'une flûte basse, d'une guitare, d'une cornefossette et d'une tympanille, attaqua un air et les clients s'avancèrent sur la piste. La diversité de leurs techniques sidéra Gersen. Lors du premier morceau ils effectuèrent un branle tournoyant et compliqué ponctué de coups de pied et de bonds. Lors du second ils coururent d'avant en arrière avec des glissades sautillantes, genoux ployés. Au troisième morceau, ils firent une série d'évolutions qui se terminèrent avec seulement quatre danseurs, dos à dos et bras lancés en arrière, qui effectuèrent des figures en levant haut leurs genoux, en une imitation de course sur place.

Gersen commenta les capacités des danseurs et Lully le regarda avec les yeux écarquillés de surprise.

« J'avais oublié que vous ne dansez pas! Nous faisons

une douzaine de pas différents et il est considéré comme banal de faire deux fois le même. Ne désirez-vous pas apprendre une petite polka toute simple?

– Eh bien, non, pas vraiment.

– Kirth Gersen, vous êtes vraiment timide! Il est temps que quelqu'un vous prenne en main. Je crois que je vais vous prescrire des leçons de danse qui débuteront pas plus tard que demain. »

Gersen chercha une réplique adéquate mais fut distrait par l'arrivée d'un groupe de Methlen. Ainsi que Lully l'avait déclaré, la plupart d'entre eux portaient des costumes de pierrot, avec des pompons sur leurs chapeaux blancs, et de longues poulaines. Ils se rendirent joyeusement dans la zone réservée à leur clientèle.

Certains allèrent danser en prenant soin de ne pas se mêler aux Métèques. Ils employaient un grand nombre de pas et dansaient par couples d'une façon bien moins énergique que les autres danseurs.

Gersen scruta le groupe mais ne vit personne qu'il pût reconnaître. Pendant ce temps, Lully parlait de choses et d'autres, désignait ses connaissances, expliquait les techniques chorégraphiques, vantait la délicatesse des frites et la saveur des éperlans. Gersen essaya de faire obliquer la conversation sur le bureau de Jarkow, sans succès.

A la fin du repas, alors que l'orchestre jouait un air joyeux et que les danseurs effectuaient un entrelacement compliqué à une allure rapide et sautillante, Lully devint impatiente. Elle se tourna vers lui avec des yeux luisants.

« Demain soir, je vous apprendrai ce pas! »

Gersen secoua négativement la tête.

« Il me sera impossible de venir.

– Je ne vous plais pas? lui demanda Lully sur un ton de reproche.

– La question n'est pas là, mais j'ai un rendez-vous d'affaires.

– Alors, après-demain soir! Je vous préparerai un petit dîner et nous pourrons prendre un bon départ.

– Je ferai un bien piètre élève. En fait, je souffre parfois d'étourdissements. Danser les réveillerait certainement.

– Vous vous moquez de moi, dit-elle tristement. Vous

avez une autre femme dans votre vie, il est impossible d'en douter. »

Gersen chercha de nouvelles excuses mais il fut interrompu par l'arrivée d'un des amis de Lully : un jeune homme qui portait un élégant costume fauve et noir.

« Pourquoi ne danses-tu pas? demanda-t-il à Lully. L'orchestre est en pleine forme, ce soir. »

« Mon ami ne sait pas danser, dit-elle.

– Quoi? Mais il ne veut certainement pas que tu gâches ta soirée! Viens, ils commencent la *Débandade des Polichinelles.*

– Vous permettez? demanda Lully à Gersen.

– Je vous en prie. »

Lully et son ami se rendirent rapidement sur la piste et se mirent aussitôt à danser avec ardeur. Gersen les observa un moment, sans éprouver beaucoup d'intérêt, alors que son esprit vagabondait. Il se carra sur son siège pour réfléchir à la stagnation de la situation. Doutes, indécisions et revers se tapissaient de toutes parts. Il avait perdu l'initiative contre Lens Larque, qui menait à présent une offensive contre lui. Le danger était imminent. Il était jusqu'alors parvenu à esquiver quelques attaques peu énergiques, mais il savait qu'elles se feraient de plus en plus directes. Si Lens Larque s'impatientait, un éclat de verre lancé du trottoir opposé ferait instantanément disparaître la cause de ses soucis. Pour l'instant, Lens Larque semblait seulement être irrité. Gersen disposerait sans doute d'une autre journée avant que son adversaire ne décide d'avoir recours à des méthodes plus expéditives.

Les réflexions de Gersen furent interrompues par l'arrivée d'un second groupe de Methlen. Il se demandait si Jerdian était rentré à Llarlarkno et s'il pourrait la voir... lorsqu'elle se tourna et qu'il vit son visage. Comme ses amis, elle portait un déguisement : un justaucorps blanc qui la couvrait de la tête aux pieds avec des pompons bleus sur le devant, des poulaines excentriques et un chapeau blanc conique également terminé par un pompon bleu pâle, posé en biais au centre de ses boucles sombres. Elle paraissait si fraîche, attirante, et innocemment joyeuse, que la gorge de Gersen se serra.

Sans prendre la peine de réfléchir, il se leva et traversa

la salle. Elle tourna la tête et le vit. Durant un instant leurs yeux restèrent rivés. Les amis de Jerdian s'étaient à présent éloignés vers une table et elle hésita. Elle lança un rapide coup d'œil en direction de ses amis puis vint vers Gersen qui resta dans l'ombre. Lorsqu'elle s'adressa à lui, sa voix était un murmure rauque.

« Que fais-tu ici?

– En premier lieu, je suis venu dans l'espoir de te voir. »

Gersen passa ses mains sous les bras de la fille et l'attira contre lui. Il l'embrassa. Au bout d'un moment elle se libéra de son étreinte et recula.

– Je n'aurais jamais cru te revoir un jour! »

Gersen rit.

« Je le savais. M'aimes-tu toujours?

– Oui, bien sûr... je ne sais quoi te dire.

– Peux-tu laisser tes amis et venir avec moi?

– Maintenant? C'est impossible. Cela provoquerait un scandale. »

Elle regarda de l'autre côté de la salle.

« Dans un moment mes amis vont venir me chercher.

– Ils penseront que tu es allée aux toilettes.

– C'est possible, mais quel prétexte indigne pour rencontrer son amant en cachette!

– Puis-je te retrouver plus tard, lorsque tu partiras d'ici? »

Jerdian secoua négativement la tête.

« Nous avons prévu un souper et je ne peux me décommander.

– Alors, demain... à midi.

– Entendu, mais où? Tu ne peux venir à Boisvieilli. Mon père ne l'apprécierait pas.

– Devant Mousse d'Alrune, du côté qui fait face au lac. »

Elle le regarda avec surprise.

« C'est impossible. C'est une propriété privée!

– Mais elle est déserte et personne ne viendra nous y ennuyer.

– C'est bon. J'y serai. »

Elle regarda par-dessus son épaule.

« Maintenant, je dois te laisser », ajouta-t-elle en lançant un second regard inquiet par dessus son épaule. Le temps presse.

Elle s'approcha de lui et lui tendit son visage. Ils s'étreignirent. Gersen l'embrassa une fois, deux, puis, à bout de souffle et riant à demi, elle s'écarta.

« A demain, midi. »

Elle alla rapidement rejoindre ses amis.

Gersen se tourna et rencontra le regard outré et inamical de Lully Inkelstaff qui sortait du passage conduisant aux toilettes des dames. Sans un mot, elle se rendit à la table qu'elle avait partagée avec Gersen, puis elle prit son sac et son manteau et alla rejoindre ses amis.

Gersen haussa tristement les épaules.

« Au moins, j'ai échappé à la leçon de danse de demain. »

CHAPITRE XVI

Gersen régla l'addition et sortit de la *Grange Noire*. Une demi-douzaine de taxis attendaient des clients. Une bande de peinture blanche passée ceignait le premier de la file. Gersen se détourna avec insouciance et feignit d'attendre une personne qui se serait toujours trouvée à l'intérieur. Comment avait-on pu suivre sa trace jusqu'à la *Grange Noire*? Lui avait-on fixé un mouchard? Peut-être une giclée de produit qui, lorsqu'on projetait un rayon chercheur, renvoyait un signal? De retour à l'hôtel il se laverait soigneusement et changerait de vêtements.

A condition qu'il atteigne son hôtel, naturellement. Il ne prendrait aucun des taxis en attente, quoi qu'il en soit. Gersen fit lentement les cent pas, avec l'attitude d'un homme préoccupé. Lorsqu'il atteignit une zone d'où il ne pouvait plus voir les véhicules, il se mit à courir le long de la route qui conduisait à Twanish.

Le ciel était limpide et noir. Des constellations inconnues brillaient dans le ciel et éclairaient la route, pareille à un ruban pâle bordé de champs obscurs. Au rythme de la course, son corps sembla reprendre vie et tout son esprit parut revigoré. C'était le genre d'existence qui lui convenait : courir dans la nuit sur un monde étranger, avec le danger derrière lui. Ses hésitations et ses épouvantables doutes avaient disparu et il sentait qu'il était redevenu le même Gersen qu'avant... Contre le ciel se découpait un haut bosquet d'arbres et il s'arrêta pour tendre l'oreille. Il entendit le murmure de la musique de la *Grange Noire*, qui était à présent à près de quatre cents mètres de distance. Il vit les projecteurs d'un taxi et scruta le côté de la route, à l'opposé des arbres. Il y vit un fossé peu profond et, au-delà, une touffe de hautes herbes. Il franchit le fossé d'un bond et se jeta à plat ventre derrière les herbes.

Le taxi arrivait rapidement et ses projecteurs éclairaient la route. Arrivé à la hauteur des arbres, le véhicule stoppa brusquement, presque à côté de Gersen. Mais l'attention de son chauffeur et de ses occupants était concentrée sur le bosquet et non sur la touffe de hautes herbes qui ne dissimulait que partiellement Gersen.

Le conducteur parla d'une voix feutrée.

« Il n'a pas suivi la route. Il n'aurait jamais pu aller plus loin. »

Trois hommes sortirent du compartiment à passagers. Gersen ne put distinguer que leurs silhouettes dans la lueur réfléchie des projecteurs.

« Il doit se cacher entre ces arbres, dit encore le conducteur, à moins qu'il n'ait coupé à travers champs. »

Un des passagers, un petit homme trapu, parla d'une voix grave et plaintive.

« Braque les projecteurs sur les arbres. »

Le conducteur obéit et fit reculer le véhicule presque jusqu'au fossé.

« Ang, passe par la droite, dit encore le petit homme. Dofty, contourne-le par la gauche. Restez hors de la lumière et prenez-le vivant. C'est important : l'Oiseau le veut vivant. »

Gersen se leva derrière les herbes. Sans un bruit, il sauta le fossé puis gravit les deux marches qui donnaient accès à la cabine de conduite. Il plongea sa dague langue-de-vipère dans la nuque du chauffeur. Les pinces tranchèrent la moelle épinière, donnant une mort instantanée. Gersen coucha le cadavre dans l'espace se trouvant à ses pieds et s'assit aux commandes. Le petit homme se tenait sur la route, à gauche du taxi : un personnage avec qui Gersen désirait avoir un entretien sincère et sérieux.

Trois minutes s'écoulèrent. Gersen restait assis avec son pistolet à éclats à la main. Il attendait. Ang et Dofty sortirent du bosquet et s'avancèrent dans les faisceaux des projecteurs : Ang, un jeune homme noueux et anguleux avec un long nez busqué et une petite barbe noire; Dofty, corpulent et au visage poupin, avec des yeux dissimulés derrière des fentes. Gersen avait souvent rencontré leurs semblables dans l'Au-delà, à l'intérieur des tavernes de petites ruelles mal famées ou effectuant leur travail, comme à présent.

Le petit homme courtaud s'avança vers eux avec impatience.

« Rien?

– Il n'est pas là, répondit Ang. »

Gersen attendit que les deux hommes de main fussent juste devant le véhicule puis, sans scrupules ni contrainte, il utilisa son arme à deux reprises et projeta des éclats de verre explosif dans leurs fronts. Il tira une troisième fois et l'éclat atteignit l'épaule du petit homme alors que ce dernier pivotait sur lui-même. Son arme qu'il venait de dégainer tomba sur la route.

Gersen sauta au bas du siège du conducteur.

« Je suis celui que vous cherchez. »

Le petit homme ne dit rien mais fixa Gersen, le visage tordu de douleur.

Gersen lui parla d'une voix détendue.

« Avez-vous déjà vu un homme mourir du *cluthe*? Non? Oui? Vous avez le choix entre le cluthe ou un éclat dans la tête. Alors?

– La tête, murmura le petit homme.

– En ce cas, répondez à mes questions. Si vous m'aviez capturé, qu'auriez-vous fait de moi?

– Nous vous aurions bandé les yeux avant de vous conduire dans une cabane.

– Et ensuite?

– J'aurais demandé des instructions.

– Qui vous les aurait données? »

Le petit homme se contenta de le fixer. Gersen s'avança d'un pas, la main dans un gant. Il la leva, tendit le bras.

« Vite!

– L'Oiseau.

– Lens Larque?

– C'est son nom.

– Où est-il, à présent?

– Je l'ignore, je reçois mes ordres par radio. »

De la *Grange Noire* arrivaient de nouvelles lueurs. Le petit homme plongea désespérément vers Gersen qui l'abattit d'un éclat dans le front. Ensuite, Gersen replaça soigneusement le gant terrifique dans son étui puis, alors qu'il se détournait, il vit dans la lueur réfléchie une bande blanche délavée autour de la base du taxi. Il se mit à courir sur la route en direction de Twanish.

Le taxi qui venait de la *Grange Noire* fit halte, car l'autre véhicule lui barrait le passage. Lorsque Gersen s'arrêta pour regarder derrière lui, il vit le conducteur et les clients en descendre, pour fixer les cadavres avec horreur.

***

Au *Café du Capricorne*, qui surplombait le Parc de la Rédemption à mi-chemin entre l'*Hôtel Commercial* et la Tour Skohune, Gersen était assis devant une théière et il inventoriait les événements de la soirée. Il était heureux de constater que les choses étaient à présent plus claires dans son esprit. L'action avait irrigué les canaux stagnants de son cerveau. Les quatre meurtres? Il regrettait seulement d'avoir obtenu si peu d'informations du petit homme. Il pensa à Jerdian et fut envahi par une douce chaleur. Il pensa à Lully et se mit à rire... sous son bureau, aux Forages Jarkow, se trouvait l'enregistreur qu'il avait installé si peu de temps auparavant. Relié au bureau de la Kotzash, il ne pouvait désormais plus lui être d'aucune utilité. Il aurait été préférable de pouvoir suivre les conversations qui se dérouleraient dans les bureaux de Jarkow.

Gersen regarda en direction de la Tour Skohune qui, à cette heure tardive, n'était plus que faiblement illuminée par des veilleuses.

Il termina son thé, puis se rendit à son hôtel, où il récupéra son matériel. Il regagna la rue et traversa d'un pas alerte le parc jusqu'à la tour. Le hall était désert. Il prit l'ascenseur jusqu'au troisième étage et, à l'aide de sa clé de l'appartement 308, il pénétra dans les bureaux de l'Entreprise de Forage Jarkow.

Juste à l'intérieur de la porte, il fit une pause pour tendre l'oreille. Aucun son, aucune indication de présence humaine. Il entra dans le box de Lully où il trouva et ôta l'enregistreur. Il estima alors que le meilleur emplacement pour cet appareil devait être le bureau personnel de Jarkow.

Gersen installa le micro sous le bureau de Jarkow et y découvrit un équipement qui le surprit. Gersen se souvint du vieil aphorisme : « Celui qui dîne en compagnie du diable doit utiliser une longue cuiller. » Jarkow, qui collaborait avec Lens Larque, avait installé plusieurs versions des « longues cuillers » là où elles pourraient lui être le plus utiles.

Gersen travailla rapidement et avec efficacité. Une demi-heure plus tard, il avait installé le système à son entière satisfaction. L'enregistreur était relié au téléphone et les micros étaient dissimulés en des points qui permettaient de couvrir toute la pièce. Il rangea ses outils et il allait partir lorsque, en passant devant le bureau d'étude, il s'immobilisa brusquement... Il ouvrit la porte et entra pour découvrir le matériel habituel : cartographes, intégrateur de superficie, traceur automatique, une bibliothèque de formes. Les travaux en cours étaient étalés sur la table : page après page de cartes, colonnes et rangées de chiffres. Chaque feuille portait une annotation : Section 1A... Section 1B. La dernière était intitulée Section 20F. Sous la table, Gersen remarqua deux objets singuliers : le premier était une masse irrégulière de substance crayeuse d'environ trente centimètres de diamètre. Sa surface avait été divisée en une centaine de zones qui portaient les mêmes références que les plans. Le second objet était une réplique plus grosse du premier, faite d'une matière légère et transparente, également divisée en petites zones. Sous sa surface couraient d'innombrables fils écarlates qui s'incurvaient, se pliaient, se tordaient, ondulaient, sans forme ou ordre apparent.

Extrêmement étrange, pensa Gersen. Il ramassa l'objet, le regarda d'un côté puis de l'autre. Extrêmement étrange. Extrêmement curieux... Gersen émit brusquement un éclat de rire incontrôlable.

Était-il possible qu'il s'agisse d'une chose aussi insensée, démesurée et baroque? Il remonta mentalement les mois qui venaient de s'écouler et une centaine d'informations se placèrent soudain selon un ordre cohérent.

Il remit l'objet transparent à sa place. Puis il prit sa mallette et quitta les bureaux de l'Entreprise de Forage Jarkow. Il avait atteint son but. Les conversations qui seraient enregistrées ne pourraient manquer d'être intéressantes.

Sans incident, Gersen regagna son hôtel. Le témoin qu'il avait installé sur la porte de sa chambre était toujours à la même place et personne n'y avait touché. Gersen entra, ferma et verrouilla la porte, puis il prit un bain et alla se coucher.

***

Il passa une nuit agitée. Des visages flottaient dans son esprit : les caricatures, les croquis et une photographie floue de Lens Larque. Ce pauvre Tintle brisé et son épouse, Daswell Tippin, Ottile Panshaw, Bel Ruk, Lully Inkelstaff, Jerdian Chanseth...

Au matin, Gersen fit monter son petit déjeuner dans sa chambre puis, assailli par les doutes, il préféra ne pas y toucher. Il se vêtit avec soin puis descendit au rez-de-chaussée. Il se glissa à l'extérieur, suivit la Promenade et se rendit au *Café du Capricorne* où il se restaura. Ce jour serait important. A midi, Mousse d'Alrune et Jerdian. Ensuite... qui pouvait le prévoir? Peut-être une rencontre avec Lens Larque? Il regagna l'hôtel et monta dans sa chambre. Le témoin avait été déplacé. Gersen colla son oreille à la porte et entendit des bruits étranges. Avec une délicatesse exagérée, il ouvrit le battant et surprit la femme de ménage qui faisait sa chambre.

Il entra, lui souhaita un « bonjour » et, quelques minutes plus tard, elle le laissa seul. Il décrocha immédiatement le téléphone et appela le bureau de la Kotzash. Après avoir déclenché le magnétophone, il entendit les quatre conversations qui avaient été enregistrées le matin même. La première était un appel de Zerus Belsaint du Service de Sécurité des Forteresses Spatiales qui demandait à parler à M. Jarkow.

« Désolé, avait dit Lully d'une voix mutine. M. Jarkow est absent.

– Quand doit-il rentrer?

– Je l'ignore, monsieur. Demain, peut-être.

– Veuillez l'informer de mon appel et dites-lui que j'essayerai à nouveau de le joindre demain.

– Très bien, monsieur. »

Ensuite, il y avait eu un appel de Jarkow qui demandait où se trouvait Ottile Panshaw.

« Il n'est pas venu ici, monsieur.

– Quoi? s'était exclamé Jarkow d'une voix sèche. A-t-il laissé un message?

– Pas un mot. Personne n'a appelé, à l'exception de M. Zerus Belsaint qui désirait vous parler.

– Zerus comment?

– Zerus Belsaint du Service de Sécurité des Forteresses Spatiales. Puis-je lui dire quand vous pourrez le voir?

– Je rentrerai tard, cet après-midi, mais je ne tiens pas à parler à ce Belsaint. Il devra attendre. Si Panshaw appelle, dites-lui de passer au bureau. Et ne le laissez pas repartir avant mon arrivée.

– Bien, monsieur. »

Gersen écouta ensuite une conversation personnelle entre Lully et une amie et cela lui apprit plus de choses qu'il ne l'aurait souhaité. Lully avait fait le récit de ses aventures du soir précédent en utilisant des images et des métaphores que Gersen trouva peu flatteuses.

« Et avec une Methlen, tu te rends compte? avait déclaré Lully d'une voix rendue aiguë par l'indignation. Je n'arrive pas à m'imaginer quelle sorte d'homme c'est! Je lui ai lancé mon regard le plus menaçant, de quoi le foudroyer! Puis je suis partie avec Nary. Nous avons dansé trois suites et un galop, mais ce n'est pas tout! Lorsque nous sommes rentrés, nous sommes tombés sur un meurtre horrible... quatre meurtres, en fait. Un chauffeur de taxi et ses trois passagers. Ils gisaient en travers de la route comme des chiens crevés. C'est une nuit que je ne suis pas près d'oublier!

– Qui était la Methlen?

– Cette écervelée de Chanseth. On la voit partout.

– Oui, je la connais. »

La conversation prit fin et ce fut le tour du dernier appel. Il émanait de Motry, le contremaître de Jarkow.

« M. Jarkow, s'il vous plaît.

– Il n'est pas encore arrivé. Il doit passer plus tard.

– Je reviens de Shanitra. J'appelais pour lui dire que la vérification finale a été effectuée. Il peut en informer ses clients. Vous lui retransmettrez mon message?

– Naturellement, M. Motry.

– Ne l'oubliez surtout pas.

– Naturellement que je ne l'oublierai pas! En fait, je vais en prendre immédiatement note.

– Voilà la bonne méthode! C'est très bien, ma fille! Je passerai au bureau demain matin..

– Entendu, M. Motry, je le dirai à M. Jarkow. »

Ensuite, la ligne était restée silencieuse. Gersen s'installa confortablement dans son fauteuil et réfléchit. Ce devait être le grand jour. Il regarda par la fenêtre. Le temps était frais et la lumière de Cora descendait obliquement dans un ciel d'automne. Les hauteurs de Llarlarkno étaient indistinctes, à travers la brume. La ville, le parc, tout le paysage semblaient nimbés d'une sérénité mélancolique que Gersen trouva en harmonie avec son humeur. Les problèmes avaient été résolus, les mystères s'étaient révélés avoir pour but une réalisation si puérile, cruelle et folle, que l'esprit de Gersen refusait de l'admettre.

Il réfléchit aux conversations qu'ils avaient entendues. Jarkow devait attendre un visiteur important pour la fin de l'après-midi : qui cela pouvait-il être?... Ses pensées dérivèrent vers Jerdian Chanseth et engendrèrent un élancement d'incertitude. Que pensait-elle? A cet instant même? Gersen, si astucieux, si habile et plein de ressources, se trouvait assiégé par les doutes et l'anxiété. Il se l'imaginait ainsi qu'il l'avait vue la première fois, dans sa robe et ses bas vert foncé, avec ses boucles sombres couvrant ses oreilles et son front. Lorsqu'elle l'avait remarqué, elle lui avait adressé un regard hautain. Que leurs relations étaient à présent différentes! Le cœur de Gersen fondait... Il regarda sa montre : il restait moins d'une heure avant midi et il n'était pas trop tôt pour se rendre à Mousse d'Alrune.

Il étudia les véhicules qui attendaient à côté de l'hôtel. Il était peu probable que l'un d'eux pût constituer une menace. Il traversa cependant le parc et héla un taxi qui passait. Comme toujours, il rencontra de la réticence et le chauffeur ne consentit à effectuer ce voyage que lorsque Gersen eut accepté de s'asseoir au fond du compartiment passager, là où les ombres le dissimuleraient.

Sur la route, à côté de Mousse d'Alrune, Gersen descendit et régla la course. Le chauffeur ne perdit pas de temps pour repartir.

Gersen suivit la route jusqu'au portail d'entrée. De grands arbres d'une espèce inconnue surplombaient le mur de pierre sur lequel ils projetaient des ombres tachetées. L'air était immobile et silencieux. Sur la droite et la gauche du portique, des piliers de pierre soutenaient les bustes de nymphes de bronze. Leurs yeux le fixaient sans le voir.

Il passa sous la voûte et pénétra dans la propriété. La route s'incurvait pour monter vers un large portique. Au-delà, un sentier contournait la maison, au sein de jardins que Gersen n'avait pas encore explorés. Il traversa des massifs de buissons fleuris et d'arbres soigneusement taillés, et atteignit finalement un petit mur de pierre. De l'autre côté, s'étendait la propriété de Boisvieilli. Gersen regarda la pelouse à présent occupée par deux petites filles aux cheveux sombres, nues à l'exception de chapeaux blancs ornés de fleurs. Elles le virent et s'arrêtèrent pour le fixer. Leurs ébats se firent plus calmes. Finalement, elles coururent se réfugier dans une zone protégée des regards.

Gersen parcourut en sens inverse le chemin qu'il avait suivi. Il se demandait si un jour ses propres enfants pourraient courir avec autant d'insouciance sur les pelouses de Mousse d'Alrune... Il contourna la demeure et atteignit sa façade. Sur les marches était assise Jerdian, qui fixait pensivement le lac. Elle se leva. Il l'étreignit doucement et l'embrassa. Elle répondit à son baiser sans passion.

Ils restèrent ainsi durant quelques minutes, puis Gersen lui demanda :

« As-tu parlé de moi à ta famille? »

Elle rit tristement.
« Mon père ne te tient pas en grande estime.
– Il me connaît à peine. Dois-je aller lui parler?
– Oh non. Il te recevrait froidement... je ne sais vraiment pas quoi dire. Durant toute la nuit j'ai pensé à nous, ainsi que toute la matinée... Et je suis toujours désorientée.
– J'ai réfléchi, moi aussi. Il existe trois possibilités. Nous pouvons nous séparer, pour toujours. Tu peux également partir avec moi... immédiatement, si tu le désires. Demain, nous quitterons Methel et partirons dans l'espace. »
Jerdian soupira et secoua lentement la tête, avec tristesse.
« Tu ignores ce que signifie être une Methlen. Je fais partie de Llarlarkno, exactement comme si j'étais un de ces arbres. Je me sentirais toujours déracinée, loin de ma demeure. Peu importe à quel point je puis t'aimer.
– Je pourrais encore rester ici, sur Methel, et m'y installer... avec toi. »
Jerdian le regarda dubitativement.
« Ferais-tu vraiment cela pour moi?
– Je n'ai plus de patrie. Llarlarkno me plaît, pourquoi ne pas y vivre? »
Jerdian sourit tristement.
« Ce ne serait pas si simple. Les étrangers sont souvent mal accueillis. S'ils le sont. Nous formons un monde très fermé, ainsi que tu dois déjà le savoir.
– J'ai déjà réglé ce problème. Nous avons une demeure.
– Ici? Sur Methel? »
Gersen hocha la tête.
« Mousse d'Alrune. Je l'ai achetée hier. »
Jerdian le fixa, sidérée.
« Son prix est d'un million d'U.V.S.! Je te prenais, eh bien, pour un pauvre aventurier... un homme de l'espace!
– C'est ce que je suis, dans un certain sens. Mais je ne suis pas pauvre. Je pourrais sans peine acheter une douzaine de Mousse d'Alrune.
– Je suis sidérée.
– J'espère que tu ne me reproches pas d'être riche?
– Non. Pas vraiment. Mais tu représentes un mystère

encore plus grand que jamais. Pourquoi as-tu risqué ta vie en affrontant ce grand Darsh, lors du hadaul?

– Parce que je devais le faire.

– Mais pourquoi?

– Demain, je pourrai tout te révéler. Aujourd'hui... le moment serait mal choisi. »

Elle lui adressa un regard inquisiteur.

« Tu n'es donc pas un criminel? Ou un pirate?

– Pas même un banquier. »

Jerdian porta les yeux derrière Gersen et se figea. Une voix furieuse s'éleva :

« Hé, étranger! Que faites-vous là? Jerdian! Qu'est-ce que ça signifie? »

Sans attendre de réponse, Adario Charseth fit un signe à deux hommes à l'aspect de brutes.

« Emparez-vous de ce type et jetez-le dans la rue. »

Les hommes de main avancèrent avec confiance. Un instant plus tard, l'un gisait tête la première dans un parterre de fleurs, l'autre était assis à côté et couvrait son visage ensanglanté de ses mains.

« Vous m'avez chassé hors de votre banque, monsieur Chanseth, déclara Gersen. Mais je suis à présent chez moi et je n'admettrai pas qu'on vienne m'importuner dans ma propriété.

– Que voulez-vous dire par : votre propriété?

– J'ai acheté Mousse d'Alrune, pas plus tard qu'hier. »

Chanseth émit un rire dur.

« Vous n'avez encore rien acheté. Avez-vous lu la charte de Llarlarkno? Non? En ce cas vous allez avoir une surprise. Llarlarkno est un domaine privé. Toutes les propriétés sont soumises à un droit de regard. On ne peut acheter en fait qu'un simple bail, qui doit être approuvé par les Curateurs de Llarlarkno. Dont je fais partie. Je ne veux pas que votre visage d'étranger puisse apparaître au-dessus des murs de mon jardin et observer mes enfants, pas plus que je n'ai toléré la présence de ce rustre de Darsh. »

Gersen regarda Jerdian. Elle se tordait les mains et des larmes coulaient le long de ses joues. Chanseth lui adressa un regard dur.

« C'est donc ça, n'est-ce pas? Un drame romantique. Eh bien, change de rôle et oublie-le. Tu es une petite créature entêtée que son imagination met dans des situations qu'elle ne peut contrôler. Le drame est fini, il prend fin ici. Il est temps que tu apprennes les bonnes manières. Rentre immédiatement à la maison!

– Un instant », intervint Gersen.

Il se rendit auprès de Jerdian et abaissa le regard vers son visage ruisselant de larmes.

« Tu n'es pas obligée de lui obéir. Tu peux partir avec moi... si tel est ton désir.

– Il a probablement raison, répondit-elle d'une petite voix. Je suis une Methlen et je ne pourrai jamais être autre chose. Je suppose que je ferais aussi bien de l'admettre. Adieu, Kirth Gersen! »

Gersen s'inclina avec raideur.

« Adieu. »

Il se tourna vers Adario Chanseth qui se tenait près de lui, le fixant durement, mais il ne parvint pas à trouver les mots qui lui auraient permis d'exprimer ses sentiments. Il pivota sur lui-même et s'éloigna dans l'allée. Il passa sous le portail voûté et les nymphes de bronze le suivirent de leurs yeux aveugles.

La route était déserte. Gersen marchait vers le sud, en direction de Twanish, et Boisvieilli s'étendait sur sa droite. Il adressa un unique regard à la pelouse en pente. Les deux petites filles, qui portaient à présent des robes courtes, le virent passer et interrompirent leurs jeux pour l'observer. Gersen traversa un bois paisible puis descendit finalement vers le boulevard jusqu'au *Café du Capricorne.* Il avait faim et mangea un plat de viande, puis il resta assis devant une théière, à fixer le parc.

Cet épisode était terminé. Émotions, espoirs, résolutions galantes : tout s'était envolé et avait disparu comme des étincelles emportées par le vent.

Gersen estimait que le thème était celui d'une simple tragi-comédie en deux actes : tensions, conflits, affrontements sur Dar Sai; un bref entr'acte pendant que les décors étaient changés; puis la montée de la tension jusqu'au dénouement à Mousse d'Alrune. L'impulsion dynamique avait été donnée à la production par la folie de Gersen.

Qu'il avait été absurde de s'imaginer dans le paysage bucolique de Mousse d'Alrune, participant aux jeux frivoles des Methlen, quelles que fussent ses aspirations! Il se nommait Kirth Gersen et il était guidé par des impératifs intérieurs qui ne pourraient jamais être satisfaits.

Le rideau était tombé. Les tensions s'étaient dissipées, les conflits s'étaient réglés par un équilibre oscillant mais définitif. Gersen parvint à esquisser un sourire amer tout en buvant une gorgée de thé. Le chagrin de Jerdian ne durerait pas longtemps, elle ne souffrirait même pas vraiment.

Il se leva et se rendit à son hôtel. Il prit un bain, puis revêtit un costume d'homme de l'espace. Par le communicateur, il se brancha sur son enregistreur et entendit un autre appel personnel de Lully, à Nary Balbrike, et un autre appel de Jarkow qui demandait à nouveau des nouvelles d'Ottile Panshaw, d'une voix plus sèche que la fois précédente.

« Il n'a pas appelé, monsieur Jarkow.

– C'est étrange. Et il ne se trouve pas dans son bureau?

– La Kotzash est restée déserte toute la journée.

– C'est bon. Je viendrai assez tard car j'ai quelques questions importantes à régler. Vous n'aurez qu'à rentrer chez vous comme d'habitude. Si Panshaw appelle, laissez-moi un message.

– Bien, Monsieur Jarkow. »

Gersen coupa la communication et regarda sa montre : Lully devait à présent quitter le bureau.

Gersen effectua ses préparatifs et les vérifia avec une patience méticuleuse. Finalement satisfait, il quitta l'hôtel et traversa le parc. Il arriva à la Tour Skohune juste à temps pour voir Lully s'éloigner d'un pas alerte, puis prendre la Promenade. Gersen pénétra dans l'immeuble, prit l'ascenseur jusqu'au troisième, et se rendit directement au bureau 308.

Il colla son oreille à la porte. Aucun bruit. Il utilisa sa clé et fit glisser la porte puis parcourut les pièces du regard. Elles étaient désertes. Il entra dans le vestibule et referma la porte derrière lui.

Il se rendit au bureau de Jarkow et regarda à l'intérieur. Désert, comme auparavant. Il traversa le hall et entra dans le bureau d'étude où il s'assit.

Il attendit et une demi-heure s'écoula. Les rayons de Cora qui pénétraient par les fenêtres ouest étaient à présent presque horizontaux.

Il commençait à se sentir tendu. Chaque seconde passait avec un battement presque audible.

Il se lassa d'être assis. Il se leva et alla se poster là où il pourrait regarder à travers la cloison de verre tant la porte extérieure que, en tournant la tête, le bureau de Jarkow. Sa position ne le satisfaisait pas, il se sentait trop vulnérable. Il referma la porte et s'agenouilla. A l'aide de son couteau il découpa une petite fente dans le panneau inférieur, ce qui lui donna une vision oblique du bureau de Jarkow.

Des pas dans le couloir. Gersen tendit l'oreille : un seul homme. Quel que fût l'important visiteur de Jarkow, il n'était pas encore arrivé.

La porte glissa en arrière et Jarkow pénétra dans le vestibule. Gersen, qui se tenait derrière un meuble classeur l'observa par un espace aménagé entres des piles de livres.

Jarkow entra avec une mallette. Il s'arrêta, regarda dans le box de Lully et fronça les sourcils. Un homme laid à l'aspect impitoyable, pensa Gersen, rendu encore plus antipathique par sa perruque blonde apprêtée. Ce n'était absolument pas un personnage à prendre à la légère. Marmonnant silencieusement, Jarkow entra d'un pas lourd dans son bureau personnel. Gersen s'agenouilla pour se rendre invisible.

Par la fente, il vit Jarkow se rendre à son bureau. Une fois là, il ouvrit la mallette et en sortit une boîte noire surmontée d'un bouton ambre. Puis il plaça cette boîte au centre exact du plateau et alla ensuite s'asseoir dans son fauteuil. Il se pencha en arrière et se tourna pour fixer d'un regard menaçant Llarlarkno qui était visible de l'autre côté du parc.

Gersen sortit de sa cachette et pénétra dans le vestibule. Jarkow entendit un bruit. Il se tourna brusquement pour voir Gersen entrer dans son bureau. Ses lourds sourcils s'abaissèrent et ses yeux gris-jaune se clorent à demi.

Durant un instant, lui et Gersen se fixèrent. Gersen fit trois pas en avant, lentement, pour venir se placer presque devant le bureau.

« Eh bien, qui êtes-vous? demanda finalement Jarkow.

– Mon nom est Kirth Gersen. N'avez-vous jamais entendu parler de moi? »

Jarkow hocha sèchement la tête.

« Je sais certaines choses sur votre compte.

– J'ai pris la Kotzash à Panshaw. Je lui ai donné pour instructions d'interrompre tous les travaux sur Shanitra. Il a dû vous en informer. »

Jarkow hocha lentement la tête.

« C'est exact. Pourquoi avez-vous fait tout cela?

– Tout d'abord, parce que je voulais l'argent de la Kotzash. Hier, j'ai fait transférer presque cinq millions d'U.V.S. sur mon compte personnel. »

Les yeux de Jarkow se clorent encore plus.

« En ce cas, c'est à vous que je présenterai ma note.

– Ne prenez pas cette peine. »

Jarkow ne parut pas l'entendre. Il ôta la boîte noire du centre du bureau et la posa sur l'appui de la fenêtre, à côté de son fauteuil.

« Alors, que voulez-vous de moi?

– Quelques instants de conversation. Attendez-vous quelqu'un?

– Peut-être.

– Nous aurons malgré tout le temps de bavarder. Laissez-moi vous apprendre une chose à mon sujet. Je suis né en un lieu appelé Mount Pleasant, qui a été ensuite détruit par un groupe d'esclavagistes. Parmi eux se trouvait un certain Lens Larque : un meurtrier, un voleur et un misérable de la pire espèce. Ce Lens Larque est un Darsh qui portait à l'origine le nom de Husse Bugold. Il est devenu un proscrit, un « rachepol », ce qui lui a coûté une oreille. Il a perdu la seconde très récemment, à la *Taude de Tintle*, à Rath Eileann. Comment puis-je le savoir? C'est moi qui la lui ai tranchée. Madame Tintle l'a probablement faite cuire dans son ahagaree du lendemain. »

Des lueurs jaunes scintillaient dans les yeux de Jarkow. Il se leva brusquement. D'une voix modulée, il annonça :

« Vos paroles m'offensent, d'autant plus que je suis Lens Larque.

– Je le sais parfaitement, dit Gersen. Et si je suis venu ici, c'est pour vous abattre. »

Lens Larque se pencha sous le plateau de son bureau.

« Nous verrons qui va tuer l'autre. Je vais commercer par vous briser les jambes! »

Il pressa la touche, mais cela ne provoqua aucune émission d'énergie destructive. Gersen avait débranché le circuit lors de sa visite précédente.

Lens Larque émit un juron guttural et sortit une arme de sa poche. Gersen tira le premier et fit exploser le pistolet dans la main de Lens Larque. Ce dernier rugit de douleur. Il contourna le bureau et s'élança vers Gersen, qui prit une chaise et la projeta vers le visage de l'homme. Lens Larque fit dévier le siège d'un mouvement de ses bras puissants. Gersen s'approcha, lança son genou dans le bas ventre de Lens Larque, puis abattit sa main droite sur la nuque de l'homme. Il recula d'un pas, esquiva un direct, puis donna un coup de pied au genou de son adversaire. Lens Larque perdit l'équilibre et alla s'étaler sur le sol, où sa perruque blonde tomba pour révéler un crâne chauve et ridé et des conduits auditifs béants.

Gersen se pencha sur le bureau et braqua son arme vers l'estomac de Lens Larque.

« Vous allez mourir. Je regrette seulement de ne pas pouvoir vous tuer une douzaine de fois.

– Panshaw m'a trahi.

– Panshaw a pris la fuite, il n'a trahi personne.

– Alors, comment avez-vous su qui j'étais?

– J'ai vu votre visage, dans l'autre pièce. Je connais votre projet et pourquoi vous vous êtes servi de la Kotzash. Tout cela a été inutile. »

Lens Larque banda ses muscles et essaya de saisir les pieds de Gersen, mais il ne parvint à faire qu'un léger mouvement douloureux. Il releva les yeux vers son adversaire.

« Que m'avez-vous fait?

– Je vous ai injecté du *cluthe.* Ce poison brûle votre nuque. Vos bras et vos jambes sont déjà paralysés. Dans dix minutes vous serez mort. En passant de vie à trépas, pensez à tout le mal que vous avez fait à des personnes innocentes.

– La boîte... là-bas. Donnez-la moi, haleta Lens Larque.

– Non. Je suis trop heureux d'avoir réussi à contrecarrer vos projets. Vous rappelez-vous Mount Pleasant? Vous y avez tué mon père et ma mère.

– Prenez la boîte, murmura Lens Larque. Tirez la protection et pressez le bouton.

– Non, dit Gersen, jamais. »

Lens Larque commença à se traîner sur le sol alors que ses viscères se nouaient et se serraient. Gersen se rendit dans la salle d'accueil et attendit. Les minutes s'écoulèrent. Il entendit toujours des bruits alors que les muscles de Lens Larque se lovaient, se nouaient et se tendaient dans différentes directions. Sa respiration se transforma en halètements ronflants. Neuf minutes plus tard il gisait, tordu dans une contorsion grotesque. Après dix minutes, il cessa de respirer et, une minute plus tard, il était mort.

Gersen, assis dans le fauteuil du vestibule, prit une profonde inspiration. Il se sentait âgé, triste, et las.

Le temps s'écoulait. Gersen se leva et se rendit dans la pièce qui avait été le bureau de Jarkow. Le crépuscule cédait la place à la nuit. Shanitra s'élevait au-dessus de Llarlarkno et c'était la pleine lune.

Gersen prit la boîte noire. Il la tint un moment dans la main pour la soupeser, pour s'imprégner de sa puissance. Des désirs contraires étaient en conflit. Il se rappela le visage dur d'Adario Chanseth et il rit sans gaieté. Lens Larque avait œuvré très longtemps pour mettre au point son tour le plus ironique de tous. Un tel travail et tant d'argent devaient-ils être gaspillés, surtout alors que Gersen avait exactement les mêmes motivations que Lens Larque?

« Non, dit-il. Certainement pas. »

Il tira en arrière la plaque de protection et posa son doigt sur le bouton ambre.

Il le pressa.

La surface de Shanitra entra en éruption. Des blocs

s'élevèrent dans une ascension majestueuse, des éclats se disséminèrent dans différentes directions et un nuage de poussière créa un nimbus rendu luminescent par la clarté de Cora.

La poussière se dissipa. Les matériaux brisés retombèrent selon une configuration différente. La surface irrégulière de Shanitra ressemblait à présent au visage de Lens Larque : les longs lobes d'oreilles, le crâne chauve, la bouche tordue en un rictus de gaieté stupide.

Gersen se rendit au communicateur et appela Boisvieilli. On lui passa Adario Chanseth.

Ce dernier scruta l'écran.

« Qui m'appelle?

– Sortez de votre demeure, lui dit Gersen. Il y a un grand visage de Darsh apparaît au-dessus des murs de votre jardin »

Gersen coupa la communication. Il sortit de la Tour Skohune et se rendit à son hôtel. Une fois là, il régla sa note et partit.

Un taxi le conduisit au spatioport. Il gagna aussitôt son Voltigeur Fantamique, grimpa à bord, et quitta la planète Methel.

Achevé d'imprimer en juin 1995
sur les presses de l'Imprimerie Bussière
à Saint-Amand (Cher)

POCKET - 12, avenue d'Italie - 75627 Paris Cedex 13
Tél. : 44-16-05-00

— N° d'imp. 1614. —
Dépôt légal : 3e trimestre 1982.

Imprimé en France

Les Galaxies de la Science-fiction

HERBERT
La maison des mères

Les Planètes de la Science-Fantasy

McCAFFREY
Le dragon blanc

Les Univers de la Fantasy

MOORCOCK
La quête de Tanelorn

Les Abîmes de la Dark Fantasy

LOVECRAFT
La trace de Cthulhu